アルバイト・アイ

誇りをとりもどせ

大沢在昌

角川文庫
18553

目次

恐怖のお荷物

1

うららかな日曜日。花見のシーズンも近づき、暖かな一日を、本来なら海辺か川べりにバイクでかっ飛んで過ごしたいところだが、僕と親父は新宿にいた。

歌舞伎町《かぶきちょう》のどまん中にある喫茶店を借りきった、ある式典《セレモニー》に招待されていたのだ。

「向井康子《むかいやすこ》さんの出発を励ます会」と、喫茶店の入口には紙が貼られている。

喫茶店の中央にはステージが作られ、フツーの恰好《かっこう》をした康子が立っている。喫茶店を埋めた客の大半は高校生なのだが、どれも皆、フツーの高校生ではない。スケ番、番長、暴走族——制服も、膝《ひざ》まであるような超長ランやら、チャイナドレスのようなギンギラ戦闘服やら、つまり、ツッパリグループばかりなのだ。

康子は、タレント学園として有名なJ学園のスケ番をずっと張っていた。そしてこの春、ついに引退することになったのだ。

康子の死んだ親父さんというのが、戦後日本を代表する（?）有名な強請《ゆす》り屋で、その遺産である「鶴見《つるみ》情報」をめぐる争いに、我が「サイキ・インヴェスティゲイション」が巻きこまれたのが一年半前。

康子はそのとき、タレントデビューが決まっていたのだが、やくざ、殺し屋、オカマ、果ては国家権力までが介入するその争奪戦にほとほと嫌けがさし、デビューを蹴《け》ってしまった。

以来、硬派ひと筋。だが、三年間の高校生活の終わりを迎えるにあたって、引退する日がやってきたのだ。

――先輩！

――ヤスコさん！

黄色い声がとび、あちこちからすすり泣きがもれる。後輩から贈られた花束で、康子は埋まっていた。

来賓には、冴木《さいき》親子の他に、僕の家庭教師麻里《まり》さん（元レディス暴走族のリーダーなのよね。今は弁護士の卵だけど）、新宿署の少年係の刑事サン、各有名ツッパリ校の歴代番長、なぜかゲイバーのママまでがいて、結構、ゲンシュクな雰囲気。

康子は愛用の〝戦闘服〟を、跡目を譲る後輩に手渡し、マイクを握った。

心なしか、目がうるんでおる。

「あたしは今日で、フツーの女の子に戻ります。ですけど、お前たち（ここできっと後輩をにらむ)、あたしがいなくなっても、アンパンやシャブに手を出したり、やくざの誘いにのってウリ(売春)をかましたりするんじゃないよ。万一、そんな噂が聞こえてきたら、あたしはいつでも、封印を破るからね」

「来賓席」にすわる親父の膝の上には、〝封印〟された、康子愛用の匕首《ドス》がある。親父はさっきこれを受けとり、責任をもって保管すると告げたのだ。

会場はしんと静まりかえった。

「あたしたちは皆《み》んな落ちこぼれだけど、落ちこぼれには、落ちこぼれの青春がある。人さまに迷惑をかけない限り、どんな青春を送ろうと、それはその人間の自由だと、あたしは思っている。でも、皆んな、一生、落ちこぼれでいようとは思っていない筈《はず》だ。今は今。でもこれからは少しずつ、先のことを考えて生きようとして下さい。喧嘩《けんか》もいい。ときには命がけで戦わなけりゃいけないことだってあるよ。だけど、人を傷つけることは、自分も傷つけることだってことを、肝に銘じておいてほしいんだ。

あたしはツッパリを卒業する。決して、長いものに巻かれようとか、世の中に媚《こ》びて生きていこうと思ってるわけじゃない。戦わなけりゃいけないときには戦うけど、これまでみたいに、すぐ戦争だ、なんて考え方はしないよう努力するよ。できれば……女の子らしく、可愛いって、いわれてみたいし」

すすり泣く声が一段と高くなった。確かに、康子は、J学園の生徒を守る、いいスケ番だった。喧嘩早くて、すぐに匕首を抜く癖はあったし、怒らせると手負いの熊も逃げだすほどの狂暴さを発揮したが、それも今日限りで終わりというわけだ。

「スケ番の康子は、もういません。これからは、ただの向井康子です。ヤスコって呼び捨てで呼ばれても、街で目があっても、肩がぶつかっても、喧嘩を売るようなことはしないつもりです」

パチパチ。康子が一礼すると拍手が巻きおこった。

そのあと、跡目を譲られた新女番長（この子もまた可愛かった）が、康子の教えを守り、これからもJ学園の平和と安全のために努力することを誓って、セレモニーは終わり。

サスガに、「学業にセイ出しておくれ」とはいわないあたり、康子も立場を心得ておる。

散会とともに、僕と親父、麻里さんは歌舞伎町に出た。康子は、後輩たちと二次会に向かったが、リュウ君誘われても、これはパス。

もともと硬派精神をウンヌンするヤカラとは肌があわないのだ。

「隆《リュウ》ちゃんもしっかりしないとね」

麻里さんが雑踏を歩きながらいう。今日の麻里さんは、お姉さんぽいシルクのブラウスにタイトスーツで、ぐっと渋め、親父も一応、紺のダブルで決めていたりして、ジーンズにスタジアムジャンパーの僕としては、冴木家のワードローブにおける不公平を糾弾したい気持だったね。

「そうだ。お前もぼうっとしていると、どんどん女の子に相手にされなくなるぞ」

親父がいったので、僕は思わず親父の顔を見たね。いったい、親父にそんなことをいう甲斐性《かいしょう》がどれだけあるというのだ。

無責任、無気力、労働心向上心道徳心欠如、バクチ好き、女好き、酒好きのこの人に。

さすがに、むっとした僕の視線がこたえたのか、親父はコホンと咳《せき》ばらいをした。

「さて、久しぶりの新宿だが、もしお前がゲームセンターにでも行きたいというのなら、俺は麻里ちゃんとメシでも食っていく」

「あのね、セガレをゲームセンターに追いやって家庭教師を誘惑しようなんて考えがアマいの。寄り道しないで、まっすぐ事務所に帰ろう」

僕はいって、通りかかったタクシーに手をあげた。

「あら隆ちゃん。わたしならかまわないのに……」

麻里さんがいう。

「麻里さんがかまわなくても僕がかまうの」

「だったらお前ひとりで広尾《ひろお》に帰ればいいだろう」

「いいよ。それで圭子《けいこ》ママにこう報告するわけ？　僕はまっすぐ帰ったけど、親父と麻里さんは歌舞伎町の人波に消えましたって。知らないよ、来月から家賃が十倍にはねあがっても……」

親父は麻里さんと顔を見あわせ、肩をすくめた。

僕は開いた自動ドアに二人を押しこんだ。むろん親父が先、麻里さんを間にはさんで僕、の順だ。

「広尾へ行って下さい」

告げると、タクシーは発車した。

億ション、輸入食料品専門店、ブティック、フランス料理店、美容院、洋菓子店が建ち並び、ベンツ、ジャガー、BMW、ロールスロイスがありふれた車種に見える、超一等地広尾の、商店街のすぐ裏に、僕ら親子が住むサンタテレサアパートはある。

一階には、大家の圭子ママが暇つぶしに出したカフェテラス「麻呂宇《まろう》」があって、二階には「サイキ・インヴェスティゲイション」のネオン文字看板。

冴木インヴェスティゲイションは、事務所兼用のリビングと、親父と僕の寝室をそれぞれ備えた二LDKである。地価からいけば、本来、五十万円に軽く届く家賃を、十分の一、しかもあるとき払いの催促なしで住まわせてくれているのは、すべて圭子ママの好意なのである。

圭子ママは、カフェテラスの店名にまでそれをうかがわせるハードボイルド好きで、しかも涼介《りようすけ》親父にかなりの思いを寄せておる様子。

大金持未亡人の圭子ママと結婚歴不明、犯罪歴おおいにありそうな涼介親父が結婚してくれれば、僕はかなり生活に安定感を抱けるのだが、そこのところ親父も、決死の攻防戦を圭子ママとくりひろげておるらしい。

つまり、我が冴木家は、

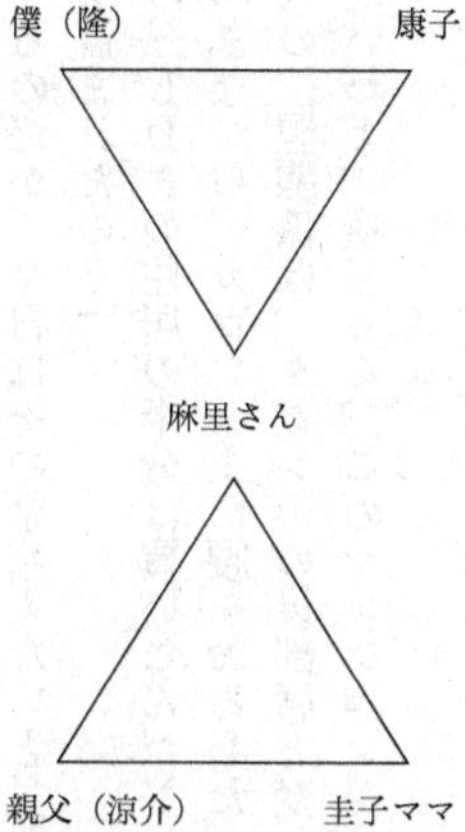

という、ダブル三角関係でなりたっておるわけであります。

タクシーを広尾の商店街で降り、僕らは木とガラスでできた「麻呂宇」の扉を押した。

とたん、

「あ、帰ってきた！　涼介さん、たいへんなの！」

圭子ママの叫びが耳にとびこんできた。

圭子ママは、じき四十に手が届こうという、ほぼ親父と同世代。ただしファッションの趣味に関しては、麻里さんと変わらぬ若さを誇る、いささかの派手好み。常連の、近くのS女学院大の女子大生たちと化粧と洋服の話に花を咲かせる間、「麻呂宇」を支えるのは、「広尾のドラキュラ」こと星野《ほしの》伯爵である。

星野さんは、無口で謹厳、料理の腕が抜群のバーテンダーで、五十をいくつか越えた年齢。白系ロシアの貴族の血を本当にひいているとかで、長身でロマンスグレイの容姿には、思いをよせるオジン趣味の女子大生も多いと聞く。

ママがどんなに騒いでも、眉《まゆ》ひとつ動かさない星野さんまでが、今日は珍しく深刻な表情を浮かべていた。

お客さんはちょうど途切れたのか、誰もいない。

「たいへんなのよ、ちょっとすわって。隆ちゃんも。それから麻里さんも――」

親父をめぐる女の争いで、普段なら圭子ママと麻里さんは、バシバシとキビしい目線の飛ばしっこをするのだが、今日はその余裕もないと見た。

「ママ、洋服でも盗まれたの？」

噂では、ママの三LDKの住居の半分は買いこんだドレスで埋もれているという。僕はそんな軽口を叩《たた》きながら、カウンターに腰をおろした。麻里さん、親父とつづき、直線上における三人の位置関係は、タクシーの後部席と変わらない。

「そんなのじゃないわよ、隆ちゃん、このマンションが人手に渡りそうなの」

「ええっ」

麻里さんが声をあげた。

「でもここ、ママのものなのでしょ」

「そうよ。だけど、さっきある人が来て、わたしの亡くなった主人の借金のカタに差しおさえるというのよ」

「今頃？　そんな馬鹿な」

僕はいった。確か、圭子ママの旦那《だんな》さんが死んだのは十年近く前だ。もちろん、そのときは、僕も親父もここにはいなかったが。

「そうなの。わたしも知らなかったの。主人はその人に一億の借金があったというのよ」

「一億円⁉」

星野さんがおとしたばかりのコーヒーをカップに注いで僕らの前においた。親父が煙草に火をつけ、ママを見た。

「何者だい、それをいってきたのは」

「銀座で画廊をやってるっていう人。わたしは知らなかったけれど、主人とはつきあいがあったらしいわ」

「そうか。ママの亡くなったご主人て、画家だったものね」

麻里さんがいって「麻呂宇」を見渡した。店内には、何枚かの油絵がかかっていて、それが皆、ママの亡くなった旦那さんが描いたものだというのは、僕も聞いたことがあった。

「ええ。その人は、主人が書いた借用証も見せてくれたのだけれど、筆跡も本物だし、判もちゃんと押してあったのよ」

ママがお金持なのは、その画家のご主人の遺産ではなく、もともと金持の家にママが生まれたからなのである。亡くなった旦那さんは、むしろ、売れない画家だったらしい。

「でも今頃になって、どうして?」

僕は訊《たず》ねた。

「その人の話だと、お金は、主人の才能に投資するつもりで渡したのだというの。だから返してもらうつもりはなかったのですって。だけど、つい最近、どうしてもあることで大金が必要になったというのよ。それで返してほしいって……」

「無茶だよ、そんなの」

僕は麻里さんを見た。麻里さんは法学部にいて、司法試験を今年めざしている。

「そんなの払わなくてもいいのじゃないの」

「そうねえ……奇妙といえば奇妙ね。でも、ちゃんとした借用証があるとすれば、まったく払わないというわけにはいかないかもしれないわ。でも本来なら、ママの御主人が亡くなったときに、向こうがキチンとしておかなければならない問題だわ」

「で、ママは何といったんだ?」

親父が訊ねた。

「とにかく急なことなので、信頼できる人と相談して、御返事しますって……」

信頼できるヒト——。一億が一万円だって、ことお金に関して、うちの親父が頼りになるとは、とても思えない。

「親父、会ってみたら、そいつに」

僕はいった。親父に支払い能力などカケラもないにしても、値切るのはこれで結構、得意そうだ。

「一億なんて現金、とてもないわ。もし払うとしたら、このサンタテレサアパートを売るしかないの」

冗談じゃない。もしここがなくなったら、冴木親子は路頭に迷うことになる。定職も定収入もない、中年不良と高校生のセガレを住まわせてくれる奇特な大家など、この圭子ママをおいて、広尾はおろか、東京中にもいないにちがいない。

「話は聞いてみるよ」

親父はいった。

「よかった」

圭子ママが名刺をとりだした。親父が受けとると、僕はのぞきこんだ。

「銀座、幸本《こうもと》画廊・幸本吉雄《よしお》」とある。

「今はここに？」

「ええ」

親父の問いにママは頷《うなず》いた。

親父は店の電話に手をのばした。名刺の番号を押し、出た相手に名乗る。圭子ママから相談を受けた者だ、と告げた。

向こうで相手が変わる気配があった。関係を訊《き》かれ、友人だと答えた。

「……。わかりました。では、これからうかがいます」

ほんのふた言み言、話しただけで親父はそういって電話を切った。

「どう？」

「これから会うことになった。隆、お前も来い」

親父はいって立ちあがった。

「どうやら向こうはえらく急いでる様子だ」

2

幸本画廊は、銀座・並木《なみき》通りにあるビルの一階だった。あたりのビルは、ほとんどがバーやクラブで、日曜日の夕方は、人通りがほとんどない。違法駐車はずらりと並んでいるが、これは、少し離れたデパート街への買物客と見た。

ガラスの大きなショウウインドウの中は、ショウウインドウの横に扉があり、「幸本画廊」と金文字が入っている。ショウウインドウの中は、およそ何が描いてあるのかもわからない、雑多な色と幾何学的な模様がまざりあった抽象画だった。

親父は扉の前に立つと、軽くジャケットの襟に触れた。内ポケットがわずかにふくらんでいるのは〝封印〟された康子の匕首《ドス》が入っているためだ。

親父はおもむろに扉を押した。内部は、十畳ほどのスペースで、中央に小さな応接セットがおかれ、壁にはすべて絵が飾られている。そのどれもが、ショウウインドウの中味と同じタイプの、理解にいささか手間がかかりそうな抽象画だった。

人けのない展示室の中央に立って、親父は、

「ごめんください」

声をかけた。

「はい」

奥に「事務室」と記された扉があり、そこが開いた。度の強い眼鏡をかけ、よく太った男が姿を現わした。グレイのスーツに、黄色のヴェストを着けている。顔つきは、したたかそうで、ちょっと見には、画廊の主人というよりは、不動産屋の親父、というタイプだ。つまり、やくざには見えないが、てんでカタギにも見えない。年は五十くらいか。

「幸本画廊」には、その男の他には誰もいないようだった。あまり儲《もう》かっている様子もなく、十年近くも前に、ポンと一億円を圭子ママの旦那に貸したという話は、にわかには信じがたい。

男は、僕と親父の姿を見ても、それがさっきの電話の人物とはわからなかったようだ。

「幸本さんですな。さきほど電話で失礼した、冴木です。これは息子で、私のアシスタ

ントをしております」

親父がいうと、男は眼鏡の奥で目を広げた。

「あ、これは。まあ、おかけ下さい」

言葉の調子では、それほど因業《いんごう》にも見えない。勧められるまま、僕と親父は、ソファに腰をおろした。

「今、手伝いの者を使いにやらせておりまして、おかまいできないのですが――」

「結構です。とにかく一度、お話をうかがおうと思いまして」

親父はおだやかな声でいった。いきなりコワモテという作戦をとらないあたり、手のうちの探りあいムード。

男は僕らの向かいにすわり、親父がさしだした名刺を受けとった。

「サイキ・インヴェスティゲイション……失礼ですが、サンタテレサアパートの河野《こうの》さんとはどういうご関係で――」

圭子ママの姓は河野という。

「あそこの二階に部屋をお借りしている、いわば店子《たなこ》です。せがれともどもたいへんお世話になっております。いわば家族ぐるみで親しくさせていただいている、というわけで」

男は無言で頷き、親父の顔を見た。どうやら、圭子ママと親父の関係を疑っているようだ。

「誤解のないように申しあげますが、たまたま相談を受けた立場ではありますが、私と河野圭子さんとの間には、いま申しあげた以上の関係はありません。ただ私もサンタテレサアパートに事務所をお借りしている以上、あのアパートを立ち退かねばならないとすると、非常に困ったことになるので、お節介を承知でこうしてうかがったしだいです」

「なるほど……。ご職業はそうすると――」

「名刺にありますように調査業、すなわち私立探偵です」

男がすっと息を吸いこんだ。

「私立探偵、ですか」

ウサン臭い奴、と思ったにちがいない。

「主に失踪《しっそう》人調査などを中心に、ほそぼそとやっております」

まあ、行商人稼業《スパイ》の経験を生かして、ドンパチ専門に、とは、初対面の人にはいえないだろう。

「ほう……」

男は興味深げに頷いた。

「他にどのようなお仕事を？」

「離婚問題はとりあつかっておりませんが、警察沙汰《ざた》にしにくい犯罪調査などもおこなっております」

男――幸本の目の中でチカッと何かが瞬いた。

「その場合、依頼人の秘密も守る、と？」

「もちろんです。結果、警察に追及されても、裁判になるまでは、秘密を守ります」

「生命の危険をお感じになったことは？」

「ありますが、それとこれが何か――？」

「いや、ちょっと興味をそそられてしまいまして。何やら面白そうなお仕事なので。失礼しました」

ワッハッハと幸本は笑った。とたんに、時代劇に出てくる悪玉廻船《かいせん》問屋、といった雰囲気になる。

「ところで、その一億の負債の件なのですが――」

親父がいうと、幸本は首を振った。

「いや、そのことについては、あれからいろいろ考えたのですが、やはり今さら返してくれというのは、あまりにムシが良すぎるのではないかと思いまして」

「は？」

「いや、私も軽率なことをしたと反省しておるのです。考えてみれば、河野先生の絵に入れこんだのは、十年以上も前のことで、私もたまたまその頃、父の遺産を受けつぎ、何か良いことに使えないかと考えておったときなのですよ。父はたまたま、このあたりに少し土地を持っておりまして、相続とともにそれを換金したものですから」

「河野氏は、そのお金を何に使ったのでしょう」

「さあ。画家の先生というのは、やはり普通の方とは少しちがったところがありますから……。旅行や画材、あるいは、我々常人から見れば理解できないようなことに使われてしまったのかもしれませんねえ」

「しかし、一億というのはかなりの大金ですな」

「ええ。正直いって、お疑いになるのも仕方のないことだと思います。ただ、こう申しあげては何ですが、我々画商は、この方と入れこんだ才能には、ときにはおしみなく投資することもあるわけで」

「しかし、河野氏の場合は、それが実らなかったわけですね」

「そうですな。ですが、予想されたリスク、ということです」

「それで、失礼な話、元はとれるのでしょうか」

親父はセコいが、確かに訊いてみたい質問をもちだした。

「そうですね。たとえば、ショウウインドウで御覧になったあの絵ですが、露木《つゆき》くんという、若い天才のものです。私は彼をパリに留学させました。現在では、あの絵には八千万円の値段がついていますよ」

「八千万！」

「ええ。パリでは彼の評価は非常に高く、特に元貴族のある富豪夫人が、彼の絵を熱心に買い求めておられる」

幸本はいった。僕はそれを聞きながら、奇妙なことに気づいた。絵の話を始めたとたんに、幸本の表情が暗くなったのだ。

「そうすると、その露木さんという若い画家への投資は無駄にはならなかったと？」

「そうなります。画商というのは、ただ絵を売り買いするだけでなく、やはり、一生にひとりは、そういう天才を育ててみたいと思っているのです。今はなかなか、才能のある人は、私らのような小規模な画商にはよりつきませんが……。どうしても名のある、大手の画廊さんの方に面倒を見てもらうことが多いようで……」

「なるほど」

「その点、冴木さんのようなご職業ですと、むしろ個人でおやりになっている方が信頼の度合いも増すというものですな」

「心がけてはいます」

幸本の言葉にコンタンありと見たか、親父は胸をはった。

「で、河野氏の負債の件に戻りますが――」

「借用証は、明日《あした》にでも郵便で、圭子夫人にお送りします」

「本当ですか」

さすがに親父はびっくりした表情になった。

「ええ。画商が、絵描きに投資した金を、絵以外で回収しようなどというのは、道にもとることですから」

きっぱりと幸本はいった。

「しかし、急に大金が必要になったと、うかがいましたが……」

「そうなのです。しかし、その点についても手配がつきましたので」

「そうですか」

親父は拍子抜けしたようにいった。僕も同じ思いだ。だが、まあ、とにかくよかった。

「ただひとつ——」

幸本がぐっと膝《ひざ》をのりだした。オイデナスッタゾ……僕は心の中で呟《つぶや》いた。

「お願いしたいことがあります。冴木さんに」

「——なんでしょうか」

「こういういい方は心苦しいのですが、いわば、そのかわりに、と申しあげてよろしいですか？」

幸本の表情は真剣だった。

「つまり、一億の借金をチャラにするかわりに、ということですね」

「ええ。決して法にもとることではありませんが、私にとってはたいへん重要なことですし、秘密を要することなので」

親父は一瞬の間をおいて答えた。

「わかりました。できることならお引きうけしましょう」

幸本は息を吐いた。

「お願いしたいのは、あるものを人から受けとりにいっていただく、という用件です。代金に相当する小切手を冴木さんにはお預けします。それとひきかえに、受けとってきていただきたい」

「取り引きですな」

「そうです。そのもの自体は決して法に触れる品ではありません」

親父は頷《うなず》いた。

「承知しました。いつ、どこにうかがえばよいのです？」

「取り引き相手は、赤坂のホテルにいます。冴木さんが行って下さるのなら、こちらから相手に連絡を入れておきます。今日でも、明日でも、できるだけ早い方がありがたいのですが……」

親父はちらりと腕時計をのぞいた。午後四時を三十分ほど過ぎている。

「結構です。今から参りましょう」

「助かります。ちょっとお待ち下さい」

幸本はいって立ちあがった。足早に「事務室」と記されたドアの向こうに消える。

僕は親父を見た。親父は無表情で僕を見返した。

一億の借金の返済が、メッセンジャーボーイの真似ごとだけ、というのは、あまりに簡単すぎる。絶対に、何かあるとみたね。

親父も思いは同じだろう。が、ここはとにかく幸本の話を呑《の》むしかないと考えている様子。

やがて幸本が扉を押して現われた。手に封筒を持っている。

「先方と話がつきました。待っているそうです。赤坂のKホテルの八〇一号室です。品物を受けとったらここへお持ち下さい。すべて、そのままの状態で」

最後の言葉に、幸本は力をこめた。

「わかりました」

「冴木さんが戻られるまで、私はここにいます。あ、そうだ。できれば、Kホテルを出るときにお電話をいただけますか？　場合によっては、ここではなく、別の場所で受けとることになるかもしれませんから」

「電話で決めるということですね、受けとり場所を」

「そうです」

幸本は頷いた。親父は幸本を見つめ、いった。

「その品が何であるか、お聞かせ願わなくてよろしいですか？」

「受けとりになられればわかります。私の望みは、それをそのままの状態でお持ち願うことです」

「そうですか」

親父はいって、幸本がさしだした封筒を受けとった。僕は立ちあがった。

「電話を、くれぐれもお忘れなく」

扉を押した親父の背に、幸本がいった。

並木通りに出ると、僕と親父は歩き始めた。夕闇が迫る時刻になって、違法駐車の数はぽつぽつ減り始めていた。ウイークデイならこれからが本番で、きれいなお姉さん、おばさんたちが行きかう筈《はず》の街は、静かだった。

「どう思う?」

地下鉄の駅に向かって歩きながら、僕は訊《たず》ねた。

「そうだな……。お前、煙草持ってるか?」

親父はいい、立ちどまった。

僕はマイルドセブンをさしだした。それを一本抜きとり、くわえた親父は、

「火」

と、短くいう。僕は溜息《ためいき》をついて百円ライターをさしだした。

ライターの炎を掌《てのひら》でおおいながら、親父は今歩いてきた道を振り返った。

煙を吐きだし、親父は再び大またで歩きだした。仕方なく、僕は従った。

地下鉄の入口までくると、階段の手前で親父はいった。

「ひとつだけいえることがある。あの画廊は監視されている」

3

「監視って、誰にさ」

「車二台に分かれた連中だ。斜め向かい側に止まっていた紺のベンツと、白のスカイラインバンだ。バンの中には、カメラを持った奴もいた」

「浮気の調査でもされているのかな。ホテルにいるのは、お手当てを待ちぼうけている彼女だったりして」

　地下鉄丸ノ内線に乗りこんで、僕はいった。親父の〝足〟、ステーションワゴンは、明日まで車検でお預けだ。

「浮気調査に車二台もつぎこまんだろう。それに幸本も監視されていることに気づいているからこそ、俺たちを使ったんだ」

　親父は吊《つ》り革にぶらさがり、いった。

「こっちに尾行はつかなかったの？」

「つかなかった。子供連れだから疑われなかったのだろう」

「何者と見た？」

「アマチュアじゃない」

「何それ。ひょっとして行商人てこと？」

「可能性はあるな」

「ヤバい予感がしてきたな。品物ってまさか、爆弾か何かじゃないだろうね」

「我慢するんだな。一億円のためなら、原爆くらいしょわされるかもしれんぞ」

親父は涼しい顔でいった。僕は肩をすくめた。

「運ぶのは、お父ちゃんだからね。僕はつきそい」

赤坂見附《あかさかみつけ》で地下鉄を降りた僕らは徒歩でKホテルに向かった。

Kホテルは、赤坂にあるホテルとしては中クラスで、ちょっと宿泊費をケチッた外国人観光客というのが多い。

ロビーに入ると、ちょうど夕食どきにぶつかったせいか、白・黒・黄、さまざまな人種でごったがえしている。ソファには人待ち顔のアラブ人やら、一見してそれとわかる派手なメイクとファッションのお姉さまなんかがずらりとすわっていた。

「なんか散らかってるね」

僕は親父とともに、ロビー奥のエレベーターに向かって歩きながらいった。

「五十パーセントは観光客、三十パーセントはビジネスマン、二十パーセントは犯罪者だな」

親父は八階のボタンを押し、エレベーターの壁によりかかった。

「行商人はいないの？」

エレベーターの扉が閉まり始めると僕は訊《き》いた。

「行商人は一流か三流のホテルに泊まる。何かあれば、まっ先に調べられるのは、こういう二流のホテルだからな」

親父は答えた。

八階でエレベーターを降りた。八〇一は、エレベーターホールから離れた、廊下のつきあたりにあった。

すりきれた赤いカーペットの上を歩いていくと、色々な人間の体臭と消毒薬の匂いが入り混じって鼻をつく。

テレビの音がどこかの部屋から廊下にまで響いてくる。あまり防音設備に金をかけた造りではないようだ。

八〇一の扉の前まで来ると、親父は小さくノックした。

すぐには返事がなかった。で、もう一度、ノック。

「——誰だ」

男の声が聞こえた。何だかえらくしんどそうな、病人のような声だった。

「幸本さんの使いです」

親父はいった。

ガチャリと音がして、チェーンロックをかけたままドアが開いた。

黒革のブルゾンにジーンズをはいた、長髪の男が顔をのぞかせた。髪は肩の少し下まであって、痩《や》せている上にひどく顔色が悪い。おまけに、えらく汗をかいていた。

年は三十少し前くらいだろう。気分が悪そうで、片手を胃のあたりに当てがっている。

髪のところどころを金髪に染めたあとがあり、売れないロックミュージシャンが麻薬密売人に転落した、という趣だ。あるいは本当に麻薬中毒なのかもしれない。

男は震える手を、ドアのすきまからさしだした。

「金は持ってきたろうな」

「ここにある」

相手が暗黒街に関係ありと見たか、親父の口調がシビアになった。

「よこせ」

「品物と交換の筈だ」

男は唇をなめ、親父を見、そして背後にいる僕に気づいた。目が丸くなった。

「なんだ、お前ら――」

「ハーイ」

僕は微笑んでみせた。

親父が封筒をとりだして見せた。

「品物はどこだ？」

「地下の駐車場に止めた車の中だ。空港で借りたレンタカーで、白のカローラ」

男の手がブルゾンからキイをとりだした。ひどく震えている。ドアごしに親父に渡そうとして、男の手からすべり落ちた。

キイは床ではねて、男の足もとに落ちた。

「くそ……。あの婆《ばば》あ――」

男は呻《うめ》いた。不意にその目が裏返った。ドアに向かって倒れかかってくる。

「おい――」

男の体重を受けて、ドアが閉まりそうになったのを、親父が押し返した。ドスン、という音をたてて、男はドアの向こうの床に崩れた。キイはその下敷きになっている。

「おい、どうした？　しっかりしろ」

親父が呼びかけても返事をしない。親父はドアが閉まらないよう、ノブをつかんだまま僕を見た。

「ご病気みたいね、どうやら」

「ご病気じゃないかもしれん」

親父はいって、ドアを押した。男がよりかかるようにして倒れているのと、チェーンロックのせいで、男の体の下からキイがとれるほどのすきまは開かない。

「やれやれ」

親父はいって顎《あご》の先をかいた。

「お前、ちょっと押さえてろ」

ドアが閉まらないよう、僕と交代した。ホテルのドアは普通オートロックなので、いったん閉まったら、キイを使わない限り、外からは開けられない。

「そうだ」

親父はジャケットの内ポケットから、康子の匕首《ドス》をとりだした。ココリの〝封印〟をプツッと切って、鞘《さや》からひき抜く。匕首の尖《とが》った刃の先を、チェーンの輪のひとつにさしこんだ。

ドアを細めに開けながら、刃先でチェーンをすべらせる。

僕はその間、万一、他の部屋から人が出てきても、親父のやっていることが見えないよう、体でガードする役目。

かちっという音がして、

「よし」

親父がいった。チェーンロックが外れたのだ。親父は素早く匕首をしまい、ドアを押した。びくともしない。男は完全にノビているようだ。

「せーの」

二人で力を合わせて、ドアを押した。男の体がごろん、と転がるのがわかり、ようやく開いたドアから、僕と親父は中に入った。

男は大の字になって横たわっていた。みひらいた白目で天井を見あげている。

「どうなってるん?」

親父が膝《ひざ》をついて、男の首に指先をあてたので、僕は訊《たず》ねた。

「アウトだ」

「死んでる?」

頷《うなず》いた。親父はまず、男の体の下からキイをとりだした。

僕は部屋の中を見回した。シングルベッドのかたわらに、手さげのボストンバッグがおかれている。私物といえるのは、それだけだ。

「あまり、あちこちに触るなよ」

いっておいて、親父は、男のブルゾンに手をさしこんだ。革の財布とパスポートをつまみだす。

パスポートは日本のものだった。それをパラパラとめくって、親父は出入国管理のスタンプのページを調べた。

つづいて財布を開く。中には四万円ほどの現金と、大きな外国紙幣がはさまれていた。

「どこのお金？」

「フランスのフランだ。どうやらこいつはずっとフランスにいて、きのう日本に帰ってきたらしい」

「祖国の土を踏んで死んだわけね」

親父は男の瞼《まぶた》をひきあげた。それから手早くブルゾンと下のシャツの袖《そで》をめくりあげる。

両腕を肘《ひじ》の少し上までまくり、静脈のあたりを調べた。

「ヤク中じゃないようだ」

「じゃあ病気？」

親父は答えず、袖をおろした。元通りボタンを止めようとして、その手が止まった。

男の左手首の内側に小さな傷があった。長さはおよそ一センチほどで、何かにひっかかれたような傷跡だ。かすかに血がにじみ、周辺が青黒く、うっ血している。

不審そうに、しばらく親父はその傷を見つめていた。やがて、袖を戻し、再びパスポートをとりあげた。パラパラとページをめくる。僕は親父の肩ごしにパスポートを見た。

男の名は、神谷《かみや》晴夫《はるお》、年齢は二十七歳だった。勤め先等の書きこみはなく、連絡先は、新宿のアパートになっている。

「覚えられるか？」

親父がいったので、僕は頷いた。

「なんで死んだのかな」

「俺の勘じゃ、病気じゃないな」

「殺されたの？　一服盛られたとか……」

「――とにかくここはひきあげよう」

「警察は？」

「知らせるわけにはいかんだろう。幸本は秘密にしたいといったんだ」

「まさか僕らを犯人にしたてる気じゃ――」

親父は首を振った。

「殺されたにしても、銃や刃物じゃないんだ。犯人にしたてるつもりなら別の殺し方を選ぶさ」

親父はジャケットからとりだしたハンカチで、財布やパスポート、ブルゾンなどの指紋をぬぐった。

「頼まれた荷物だけは持って帰る。約束だからな」

「小切手はどうする」

一瞬ためらい、親父はいった。

「おいていけば、幸本がかかわっている証拠になる。それに、死人には金が使えない。幸本に返す」

僕は肩をすくめた。

親父はボストンバッグに歩みよった。指紋を残さないようにバッグのファスナーを開け、中を調べた。

「何かあるの？」

「別にたいしたものはない。着替えくらいだ」

バッグを閉じ、向き直った。

僕はライティングテーブルに歩みよった。電話機のよこにメモがあり、番号が走り書きされている。

「父ちゃん」

親父は歩みよって、番号を見た。

「幸本画廊の電話番号だ」

「どうする？」

「仕方ない」

下の二、三枚も含めて、親父は破りとった。

「それって証拠インメッって奴じゃない」

「かもな。一億円は高くつくってわけだ。行こう」

親父はいって、僕をうながした。

ハンカチで包んだノブを回し、廊下をうかがった。人はいない。素早く僕らは廊下に出た。

エレベーターに乗り、一気に地下駐車場まで下降する。

駐車場にも幸い、人けはなかった。僕と親父は手分けして、白のカローラ、「わ」ナンバーを捜した。

カローラはすぐに見つかった。駐車場の端の方に止められていて、後部席に毛布でおおわれた荷物がおかれている。

親父はキイをドアにさしこんだ。ロックが解け、僕と親父はカローラに乗りこんだ。

荷物の大きさは一メートルくらいで、楕円《だえん》形をしている。僕がかけられた毛布に手をのばすと、

「そいつはあとだ。人が来ないうちにここを出よう」

親父がいって、エンジンを始動させた。ダッシュボードにのった駐車券を手にとる。

駐車場出口にいた警備員は、駐車券を受けとると、行っていいというように手を振った。宿泊客は駐車料金が無料になるらしい。

カローラが外堀通りを走りだし、ようやく僕は後部席の荷物を振り返った。

あたりはすっかり暗くなっている。

毛布をめくった。

「どうだ、中味は何だ？」

親父は運転しながら訊ねてきた。僕はしばらく返事ができなかった。

「どうしたんだ」

信号で止まり、親父はうしろを振り向いた。その目がまん丸くなった。

「おい、どうなってるんだ――」

「僕に訊《き》かないでよ」

毛布の下は籐《とう》であんだ籠《かご》だった。籠にはタオルケットが敷かれ、その上には赤ん坊がいた。目を閉じ、眠っていることは規則正しい胸の上下でわかる。

「これが荷物なのか」

「どうやらそうみたい」

赤ん坊の胸の上には、半分ほど中味が減った哺乳《ほにゅう》ビンがのっていた。

父親はぐるりと目玉を回した。

「何てこった」

「早く幸本に渡した方がいいよ」

「ナマモノだとはいわなかったぞ」

うしろでクラクションが鳴らされた。とうに信号は青に変わっていたのだ。

親父は唸《うな》り声をあげ、カローラを発進させた。

「電話した方がいいんじゃない」

「そうだったな」

日比谷《ひびや》通りとぶつかったところで、親父はハザードをつけ、車を歩道に寄せた。電話ボックスがガードレールの向こうにあった。

「やれやれ」

親父が車を降り、ガードレールをまたぎこえると、僕は再び赤ん坊に向き直った。

ピンク色の頬をした赤ん坊は、すやすやと気持よさそうに眠っている。名前とか手がかりになるものがないか、着ている産着や哺乳ビンを見たが何もない。

第一、僕の目では、この赤ん坊が男か女かすらわからない。生後何ヵ月かなんてこともだ。生まれたてじゃないことだけは、この子が、よく見る猿のような皺《しわ》だらけの顔ではなく、人間の顔をしていることで何とかわかった。

赤ん坊を、こんな近くでまじまじと見るのは初めてだった。

今まで、公園や町中で赤ん坊を見ても、たいていギャーギャーうるさいだけの、どうしようもない生物だと思ってきた。だが、こうして眠っている姿を見ていると、あまりに弱く、無防備なその表情には、妙に胸にくるものがある。

高校生の身分で父性愛に目覚めてしまうリュウ君。

ヨシヨシ、何モ心配セズニ、オ眠リ、なんて。

親父が電話ボックスの扉を押し開けて出てきた。首を振っている。

「誰も出ない」

「どうする？」

「とにかく行ってみよう」

親父は再びカローラを発進させた。並木通りに車首を向ける。

「そういや、見張られてるっていったっけ」

「幸本も殺《や》られちまっているとしたら、コトだぞ」

親父はいいながら、そろそろと並木通りを流した。

幸本画廊の前をゆっくりと通りすぎる。画廊の内側には、灯が点《とも》っていた。親父がいった、ベンツとスカイラインのバンは、いなくなっている。

「監視していた奴はいなくなったみたいね」

「嫌な予感がしてきた」

そろそろとカローラを路上駐車のすきまに止め、親父はうしろを振り返った。

「様子を見てくる」

僕はいって、助手席を降りたった。

幸本画廊の周辺に止まった車は、今は一台もない。僕は画廊とは反対側の道をゆっくり歩き始めた。画廊の向かいを歩きすぎ、十メートルほど行ってから、通りを渡った。あたりのビルはどれもまっ暗だった。常夜灯の看板をのぞけば、内部に明かりがついているのは幸本画廊だけだ。

僕はショウウインドウの前で立ち止まった。スポットライトに照らされた抽象画に見入る。それから幸本画廊のドアに手をかけた。

鍵《かぎ》はかかっていない。

「今晩は」

いいながら扉を押した。展示室は無人だった。もう一度、僕はいった。

「今晩は」

「事務室」のドアが開いた。出てきたのは、僕より背が高く銀髪をぎゅっとひっつめた、おっかない顔の白人のおばさんだった。男もののような、グレイのいかついスーツを着けている。

「…………」

おばさんは僕の顔をみて、何ごとかをいった。英語ではなかった。

「あの、僕、高校の美術部にいる者なんですけど、表の絵を見て感動したんで、もう少し見せてもらえないか——」

「……!」

おばさんは、すごい権幕で、何か怒鳴った。右手を前にだし、つきとばすように僕を出口に追いやった。左手は腰のうしろに隠されている。

「終わりなんですか？　おしまい？　駄目？　ノー？」

「ゴー・アウト！」

ついにおばさんは英語でいった。ひどい濁音訛《なま》りだった。

僕がドアの向こうまで出ると、ピシャリと閉じ、中から鍵をかけた。くるりと背中を見せる。そのとき、僕は、おばさんが左手につかみ、隠していたものの正体を知った。注射器だった。

恐怖の子守り唄《うた》

1

画廊に注射器――どう考えても奇妙なとりあわせだ。

銀髪のおばさんが足早に、幸本画廊の「事務室」のドアの向こうに消えるのを、僕は見送った。

どうやらタダゴトではない様子。

幸本が突然、病気になり、あのおばさんは医者か看護婦でその治療にあたっている、なんてのは、まるで考えられない。外国人がドクターであって別に不思議はないが、日本語が話せないのでは困るではないか。

僕は幸本画廊の入口から後退《あとずさ》りした。

並木通りを、親父が止めたカローラの方に引き返す。

カローラの横まで来ると、あたりを見回し、助手席に乗りこんだ。

角度をつけたルームミラーで幸本画廊の方を見つめていた親父が訊《たず》ねた。

「どうだ?」

「どうも妙な按配《あんばい》。白人の変なおばさんが出てきて、すごい権幕で追いだされちゃった。おまけにそのおばさん、うしろ手に注射器を持ってて……」

僕は赤ん坊の様子を振り返りながらいった。赤ん坊は、すやすやとよく寝ている。

「注射器? ぶっとい奴か」

「いや。細長い奴」

「普通の皮下注射器みたいな?」

「より、少し長目だったと思う」

親父も奇妙な表情を浮かべた。

「幸本は?」

「見なかった。奥にいたのかもしれないけれど……」

「参ったな」

親父が珍しくいった。

「どうする? カッコ変えて、ちわー、赤ん坊宅配便でーすって、いってみる?」

「そいつはあまり賢くないな」

「でも、このままってのも、ちょっとマズいんじゃない? 父ちゃんが子守りのワザもあるなら別だけど」

僕は再び赤ん坊を見やっていった。ちょうどそのとき、赤ん坊が小さく寝がえりをうった。頭を左右に動かし、ふああっと溜息《ためいき》をつくような、アクビをする。こんなチビスケでも一人前にアクビをするのには驚いた。

思わず、僕も親父も息を呑《の》んだね。

「起きるかな？」

親父が低い声でいった。マギレもなく、その声には恐怖の響きがあった。

「……大丈夫みたい」

僕も小さな声でいって、親父を見た。

「赤ん坊てのは、起きてるときは、たいてい泣いてるものだぞ」

「こんな時間、こんな場所で、泣いてる赤ん坊、車に乗っけてたら、まちがいなくお巡りさんにつかまっちゃうよ」

マズいよな。誘拐犯の疑いをかけられたら、申し開きがたたない。

「どうするよ、リュウ」

親父は赤ん坊をにらみながらいった。

「ここにずっといるのは、避けたいな、僕」

「連れて帰るのか？」

「交番に駆けこむ？　それとも、『幸せにしてやって下さい』って手紙つけて、教会の前においてくる？」

「馬鹿いうな」

親父はいって、イグニションキイに手をのばした。カローラのエンジンが息を吹き返した。

「とりあえず、赤ん坊を何とかしよう。幸本と話をつけるのはそれからだ」

「いいけどね。幸本がつかまるなら」

僕はいった。ヤバい予感がしていたのだ。

あの注射器の中味が、風邪薬でも、ビタミン剤でもなく、まして気持よくなる悪いオクスリなんて代物でもないとして、その針先の行方が、幸本の腕だとすると、二度と幸本とは会えないかもしれない。

Kホテルで、神谷という あの長髪の男が、イマワのきわにいった言葉もひっかかっていた。

『くそ……あの婆《ばば》あ——』、そう口にして、神谷は死んだのだ。

神谷が病死ではなく、イップク盛られたのが原因で死んだとすると——注射器と毒薬というのは、わりに納得できる組み合わせではないか。

カローラがサンタテレサアパートまであと十分ほどの距離に来たときだ。

ふんぎゃあ、ふんぎゃあという、コマクが破れそうな泣き声が、後部席からまき起こった。

「おおっ」

親父がルームミラーを見、僕は、

「来たっ」

と叫んだ。

赤ん坊が――なぜ、赤ん坊と呼ばれるか、僕はつくづくわかったね。泣いているその顔は、見事なほど、まっかっかなのだ――、顔をくしゃくしゃにして泣き叫んでいた。

その音量たるや、せまい車の中で聞くには、いささかコタえるほどの迫力がある。

「リュウ、何とかしろ！」

親父はハンドルを握りしめていった。

「何とかしろったって――」

「何でもいい、なだめてみろ」

僕はやむなく助手席の背をのりだして、赤ん坊の顔の上に、手をかざした。

「赤ちゃーん」

掌をひらひら振ってみる。

「ヤッホー」

効果なし。

「ベロベロバーとかやるだろう、ホラ」

無責任なことを親父はいう。

「あのね……」

「カッコつけてる場合か、早くやれ」

「ベロベロバー」

効果なし。赤ん坊は泣きつづけている。いや、かえって逆効果だったのか、泣き方が切迫した激しさに変わった。

「ちょっと、ヤバいんじゃないかな。病気だとか……」

「痛がってるのか？」

「わかんないよ、泣いてるだけなんだから」

「ミルクやれ、ミルク」

「そうか……」

僕はあわてて、赤ん坊の胸もとにある哺乳《ほにゅう》ビンをとり、キャップを外して、吸い口を赤ん坊の口もとにもっていった。

赤ん坊はくわえなかった。いやいやをするように首を振り、小さな両手で拳《こぶし》を握って泣いている。

「ほら、ベビー、ミルクだよ、ミルク」

いってみたが効果がない。

ついに親父は、車を路肩に寄せた。

「どうした？　駄目か」

サイドブレーキを引き、振り返った。

「駄目みたい。くわえないもの」

親父はあきれたように首を振った。

「そんな風にしても、くわえるわけないだろう。貸してみろ」

僕の手から哺乳ビンをとって、吸い口を赤ん坊の口に押しこんだ。どっちかというと、無理にぐりぐりねじこんだように、僕には見えたね。

ところがだ。赤ん坊はぴたりと泣きやんだ。どころか、両手で哺乳ビンを抱え、ングングと、中味のミルクを飲み始めたのだ。

「やったあ」

思わず尊敬のマナザシで父を見るリュウ君。

赤ん坊が哺乳ビンからミルクを飲む姿は、まさにムサボルという感じで、必死に飲みこんでいる。奇妙な話だが、その懸命な様子を見ていると、人間もまた動物なのだな、と深く感じる。その動物的な姿が、ミニクイかというと、そうではない。むしろ感動的ですらあるのだ。

ひとしきりミルクを飲むと、赤ん坊は吸い口を離した。満足そうな顔になる。

ところが――

突然、ゲボッという音をたてて、今まで飲んだミルクを戻してしまったのだ。

「うわっ」

戻したミルクの大半は産着にかかった。にもかかわらず、思わず、僕ら親子はのけぞったね。

「やっぱり病気だよ！　マズいよ、このまま死なれちゃったらどうしよう」

再び赤ん坊は、びやあーと泣き始めた。

親父も深刻な表情になっている。

「とりあえず、『麻呂宇』に行こう。圭子ママならわかるかもしれん」

「だってママは子供産んだことないんだぜ」

「俺たちよりはマシだろう。何たって女だ。母性本能ってのがある」

親父は無茶なことをいって、カローラをスタートさせた。

こっちは気が気ではない。赤ん坊は泣きまくっている。懸命に百面相を演じて見せるリュウ君だが、さすがの百万ドルの微笑も、世代の壁にはばまれて、通用しないのだ。

泣き声はどんどんエスカレートし、まさに「火がついたような」泣き叫びに変わった。

もはや、親父も必死。スピード違反を覚悟のぶっ飛ばし、黄信号から赤信号に変わりかけている交差点も、パッシングとクラクションで無理やり、つき抜ける。

曲がり角では、タイヤが悲鳴をあげ、籠《かご》からとびだしそうになる赤ん坊を、僕はあやうく、押しとどめたほどだ。

カローラは、大きなブレーキ音を響かせて、「麻呂宇」の店先で急停止した。

「リュウ！　急いで持ってくんだ！」

親父が叫ぶ。僕は助手席をとびだすと、赤ん坊を籠ごと抱えあげた。

赤ん坊の重さは、籠を含めても、せいぜい六、七キロで、これでも人間かと思うほど軽い。

「ママーっ」

僕は叫びながら駆けだした。はっきりいって、おおいに近所の誤解を招く光景なのだが、それを気にしている余裕はない。

「麻呂宇」の扉をくぐると、ブレーキ音と叫びに、何事かという表情の圭子ママと星野さんが、カウンターの内側からこちらを見つめていた。

カウンターの端には、僕らの帰りを待っていたのか、康子の姿もあった。どうやら、早々に二次会を切りあげ、ここに来ていた様子。

「リュウちゃん！」

「助けて、メーデー、ヘルプミー」

僕は息せききって、カウンターに駆けよると、赤ん坊をおろした。

ママが仰天したような表情で籠の中の赤ん坊を見つめた。

「ちょっと、これ……ちょっと……」

あとの言葉がでてこない。

「大変なんだよ、ミルク飲ましたら、ゲボッと吐いちゃって。病気じゃないかって、僕も親父もアセっちゃったんだ」

「だって、わたし……」

ママもアセった表情を浮かべている。

「リュウ」

康子が僕のかたわらに立った。おっかない顔をしてる。

「誰の子だよ」

ママも我にかえった。

「そうよ、誰の子なの、まさか――」

「ちがうよ、ちがう。親父の子じゃないよ」

あわてて僕はいった。とたんに康子の目が三角になる。

「まさか、あんた……」

「頼むよ！　どうして高校生がお父ちゃんになれるの。それより、この子、なんとかして。泣いてるし、吐いてるし――」

ママはごくりと喉《のど》を動かして、赤ん坊を見おろした。

「駄目よ、わたし子供産んだことないし」

「ミルク戻しちゃったんだ、いきなり。病気かな」

「だったらお医者さん呼ばなきゃ」

「一一九番、しますか」

星野さんが電話に手をのばした。親父も入ってきて、心配そうにカウンターの前に立った。赤ん坊は泣きつづけている。

不意に康子がいった。

「背中、叩《たた》いてやった？」

「え？」

僕らはいっせいに康子を見た。

「ミルク飲ませてやったあと、背中、叩いてやった？」

「なんで？　どうして赤ん坊、叩くの？」

康子は無言で、赤ん坊の首の下に左手をさし入れた。抱きあげると、右手の指先で、トントンと、赤ん坊の背中を叩いた。

赤ん坊が、大人も顔負けの大きなゲップをした。

とたんに泣き声がむずかるような、小さなものに変わった。

啞然《あぜん》として、皆が康子を見つめた。

「ミルク飲ましてやったあとは、こうしてゲップを出してやらないと、苦しがるんだよ。戻したのも、そのせいさ」

康子は平然といった。そして、残りの少ない哺乳ビンをとりあげると、赤ん坊にくわえさせた。赤ん坊は再び、ミルクを飲み始めた。

「康子ちゃん、すごいわ」

ママが感心したようにいった。

「子供育てたことあるのか」

僕は思わずいった。

「馬鹿」

キッーいひとにらみを浴びせて、康子がいった。

「中学生のとき、バイトでベビーシッターやったことあるんだ。その頃、覚えたんだ」

「参ったな」

僕はカウンターの椅子をひきよせ、すわりこんだ。親父も隣に腰をおろした。

「アセったぞ」

だが、赤ん坊はすぐに哺乳ビンを離し、泣き始めた。

康子がそっとゆするようにして、あやした。その手つきは堂に入ったものだ。しかし一瞬泣きやむのだが、あやすのが止まると、すぐにまた泣き始める。

ついに康子は首を振った。

「あたしじゃ駄目だ」

「どういうこと？」

「戻したりして、神経質になってるんだよ。こういうときは、親じゃなきゃ」

康子は赤ん坊を籠に戻そうとした。

「待てよ」

親父がいって、赤ん坊を受けとった。僕の目から見ても怪しげな手つきだった。

ところが、赤ん坊は泣きやんだ。そして、親父がゆすると、キャッキャと笑い声をあげたのだ。

またしても、皆が啞然とした。圭子ママのスルドい視線が親父につき刺さった。

「涼介さん――」

はっとしたように親父は、あたりを見回した。

「ママ、ちがう。この子は……」

「康子ちゃんは今、親じゃなきゃって、いったわよね」

圭子ママが珍しく厳しい口調になった。

「いや、そりゃそうかもしれないが、ちがうんだ。何というか、これはお荷物でだな」

シドロモドロの親父。これには安心したせいもあって、僕は笑ったね。

「リュウ、笑ってないでちゃんと説明しろ」

「説明ってどういうこと？　わたしが涼介さんに頼んだことが、どうして、赤ちゃんになるの？　涼介さんがもし、子供を産ませた人がいて、サンタテレサアパートを出てその人と暮らしたいのなら、わたしはちっともかまわなくてよ」

ママの目は三角になり、心なしか潤んですらいる気配。

「ちがうんだ、ママ。幸本氏に会いにいった結果がこれなんだ」

親父は泡をくったようにいった。

「どういうこと？」

「僕が話す」

咳《せき》ばらいをして僕はいった。星野さんがすかさずコーヒーカップを並べ、サイフォンからコーヒーを注いだ。

「どうぞ。お二人とも、ひどく喉がかわいておいでのようですから」

「ありがとう」

僕はコーヒーカップをひきよせ、話をスタートさせた。幸本に会いにいき、そこで一億の借金をチャラにしてもらうのとひきかえに、Kホテルに小切手を届けるよう頼まれたこと。Kホテルにいた神谷という男が目の前で死んでしまい、荷物があると聞かされた車の中にはこの赤ん坊がいて、幸本画廊に戻ってみると、注射器を持ったおばさんに門前払いをくらったこと……。

話の間に赤ん坊は寝てしまい、親父はそっと籠《かご》に戻した。

「じゃあ荷物というのは、この子だったの」

ママがあきれたようにいった。

「多分ね」

「車の中は調べたのかい」

康子がいった。

「ひょっとしたら、赤ん坊は、その神谷っていう奴の子で、トランクに別の品が入ってるかもしれないよ」

「いくら何でも自分の子を、無人の車の中に放りこんでおかないよ」

と僕は答えたが、確かにカローラの車内をこまかく調べたわけではない。聞いていた親父が無言で立ちあがり、表に出ていった。

「そうね。人の子だって、車の中に閉じこめておくなんてあんまりよ」

さっきまで赤ん坊を悪魔の子のようににらみつけていた圭子ママまでがそういった。

要するに、自分の好きな男が、他の女に産ませた子供というのは、女性にとってはユルシガタイ存在のようだ。このあたり、人生経験未熟のリュウ君には、理解が難しい。

親父が「麻呂宇」の店内に戻ってきて、首を振った。

「トランクもボンネットも調べたが、荷物は他に何もない」

「じゃ、やっぱりこの子」

ママが眠っている赤ん坊に目を落とした。

「可愛いわ。まるで天使みたい」

「何で子供を金で取り引きするの？　そいつは子供を売ったのかな」

康子が親父を見た。僕はいった。

「そんな、それじゃ人でなしだ。むしろ誘拐と見た方がいいんじゃない？」

「じゃあ、この子は幸本さんの子かしら」

ママが赤ん坊から目を離さずにいった。突然、母性愛にめざめた様子。

「変ね。全然似てないわ。すごく可愛いもの」

幸本氏が聞いたら気を悪くしそうなことをいう。

「自分の子供を誘拐されて、その身代金を払うのであれば、初対面の人間に頼むわけがない。それにあんなに落ちついてなどいられない筈《はず》だ」

親父がいった。僕は、はっとした。

「ねえ、幸本画廊を監視していたのって、まさか桜田門《さくらだもん》じゃないだろうね。ことが誘拐だからってんで隠密《おんみつ》捜査とか」

「いや、警察がかかわっているなら、なおさら身代金の受け渡しを、私立探偵なんかに頼む筈がない。それに、もしそうだとしたら、俺たちの周囲は今ごろ刑事だらけになっていなきゃ変だ」

「そうだね。第一、身代金を小切手でもらう誘拐犯なんて聞いたことないよ」

「幾らなのかしら」

圭子ママがいった。

親父が黙って封筒をとりだした。封がされている。

「破いちゃマズいんじゃない」

親父はにやりと笑って、

「星野さん」

と、さしだした。星野さんは心得たように受けとり、しゅんしゅんと中で湯がたぎっているポットの注ぎ口に封筒をかざした。

ノリシロがはがれるまで湯気にかざすと、親父に返してよこす。

親父は封を開き、中の小切手をとりだした。

「五百万だ」

言葉通り、小切手には、五のあとにゼロが六つ並んでいた。

2

「身代金にしちゃ安すぎない？」

親父は頷《うなず》いた。

「でも身代金じゃないとすると、金で赤ん坊を取り引きする理由がわからないな」

「幸本に訊《き》く他ないな」

親父はいってカウンターの電話機に手をのばした。幸本画廊の番号をプッシュする。僕が幸本画廊を訪ねてから一時間以上が過ぎていた。〝お注射〟の時間も終わっている頃だ。

「どう？」

受話器を耳にあてていた親父は首を振った。

「誰も出ん」

「まさか、一億チャラにして、赤ん坊押しつけようってのじゃないだろうね」

康子がいった。

「その場合、育てるのはママかな」

僕がいうと、ママは目をみはった。

「ちょっと、そんな……無理よ。経験がないのだから。——でも、涼介さんが手伝ってくれるなら……」

親父はまっ青になった。

「ママ、ママ、そんなことあるわけないよ。幸本はきっと別の理由で電話に出られないんだ。それに、俺はもう、この極道息子ひとりで、子育てを終わりにしたいんだ」

「誰が極道だって？」

極道に極道呼ばわりされるスジ合いはないっての、まったく。

「でも電話に出られない理由というのは、何でございましょうね」

星野さんが口を開いた。

「それはつまり——」

「ぐずぐずしているとマズいんじゃない？　やっぱり……」

口ごもった親父に僕はいった。もし幸本が殺されようものなら、それこそ赤ん坊のひきとり手がなくなってしまう。もし幸本の子でないとしたら、誰の子なのか、幸本にしかわからないのだ。

親父は腰を浮かした。

「康子、すまんが帰るまでこの赤ん坊の面倒をみててくれ」

康子がトンガった声をだした。スケ番引退したその日に、子守りを押しつけられるとは思ってもいなかったにちがいない。

「お前、普通の女の子に戻るっていったろう」

「そりゃそうだけど――」

「涼介さん、わたしがやるわ」

圭子ママがケナゲにいった。

「じゃ二人で協力してやってくれ。康子は慣れてそうだから、ママ、いろいろ聞いて……。リュウ行くぞ」

僕と親父はカローラに乗りこんだ。

「やっぱり、あのとき、チワーっていくべきだったかな」

親父が発車させると、僕はいった。

親父は無言だった。混んでいる六本木《ろっぽんぎ》を避け、麻布《あざぶ》から新橋《しんばし》経由で銀座に向かうルートを辿《たど》る。

やがて銀座の街並みが見えてくると、親父はいった。

「お前が見た注射器は、多分、毒薬じゃない。殺すつもりの薬を射《う》つなら、そんなに長っ細い注射器はいらん」

「じゃあ何？」

「ペントタールだ」

「ペントタール？」

「チオペンタールナトリウムというのが、正しい名だ。速効性の麻酔薬で、眠りこませないように少しずつ注射して半意識状態におくことで、自白剤として使える」

行商人《スパイ》時代に得た知識なのか、親父はいった。

「自白剤……」

「その白人の婆さんは、幸本から何かを訊きだそうとしていたのじゃないかと、俺はにらんでいる」

「何かって、ひょっとしてあの赤ん坊の行方？」

「かもしれん」

「監視していたのも、婆さんの仲間？」

「あるいはな」

親父はカローラを並木通りに乗り入れた。

幸本画廊の周辺はひっそりとしていた。

幸本画廊の明かりも、消えている。

「帰ったみたいだね」

「シャッターをおろさずにか？」

そういわれると、明かりは消えているものの、ショウウインドウやドアをカバーするシャッターはおろされていない。八千万の値がついた絵を、ガラス一枚だけで公道にむきだしというのは、いくら何でも変だ。警報装置があるかもしれないとしても。

親父と僕は、あたりに本当に人がいないことを確認して車を降りた。

幸本画廊のドアに歩みよる。

親父がノブを回した。

「鍵《かぎ》はかかっていない」

「ヤバーい」

僕がいうと、親父は頷いた。二人とも同じことを考えていた。

親父が先、僕があとで、幸本画廊の中に入りこんだ。内部はまっ暗だった。

親父が動き回る気配があって、やがてカチリ、という音とともに明かりが点《とも》った。

応接セットのおかれた展示室を僕は見回した。昼間と比べて、目立った変化はない。

「奥の部屋を見てみよう」

親父はいって「事務室」のドアに歩みよった。僕は腹の底にぐっと力を入れた。

もし一日のうちにふたつも死体とお目にかかることがあるとすると、平均的高校生としては、いささか荷が重い。

親父はドアを開いた。僕は親父の肩ごしに中をのぞきこんだ。

そこは三畳ほどの細長い小部屋だった。スティールデスクがひとつに、ひとりがけのソファがひとつおかれている。デスクの上にはファクシミリ電話がのっていた。

人の姿はない。

「やれやれ」

僕はいった。てっきり幸本の死体が転がっていると想像していたのだ。

デスクの上はさっぱりと片づいている。

「やっぱり帰ったのかな」

「鍵もかけずにか。連れだされたと見るのが正しいだろうな」

「誰に？」

「それがわかれば苦労はない」

親父はいって、向き直った。

「長居は無用だ、ずらかろう」

僕は頷いて、踵《きびす》を返した。そのときだった。展示室の入口のドアが開く音が聞こえた。

僕が先に事務室を出て、入ってきた人物と向かいあう形になった。

「遅かったみたい」

入ってきたのは、灰色の髪をした五十歳くらいの白人だった。この季節にはちょっと暑そうな、毛皮の襟がついたコートを着ている。

青い眼に、こわいほどの鉤鼻《かぎばな》の持ち主だ。

「ハロー」

白人は絹の手袋を外しながら、僕にいった。なにげない口調だった。

「アー・ユー・ミスタ・コウモト？」

僕は首を振った。ズーズー弁のような奇妙な訛《なま》りがある。

「ホエア・イズ・ミスタ・コウモト？」

僕は再び首を振った。落第したとはいえ、これくらいの英語はわかる。ただ、返事のしようがないだけだ。

親父が僕のかたわらに立った。男は決して緊張した様子でなく、僕と親父を見比べた。

「あなたは誰だ？」

親父が英語でいった。男はにやっと笑った。

「私は旅行者だ。表の絵が気にいったので、中に入ってきた」

「コウモトとは友人か？」

「そういう君は？」

白人は訊《たず》ね返した。手袋を外した右手がコートのポケットにさしこまれた。

親父は肩をすくめた。

「共通の友人がいて、彼を訪ねてきた。留守のようだ」

いけしゃあしゃあという、このあたり、自分の親父ながら感心する。

男は微笑んだ。

「ひょっとしたら、私にも共通の友人かもしれない。名前を訊《き》こう」

「それが、残念ながら名前は知らないんだ」

男はかすかに眉《まゆ》をひそめた。

「奇妙な話だな」

「そうでもない。なにせ、男か女かもわからないくらいだ」

確かにいえている。

「まあ、いいだろう。君たちは帰るのか？」

「いても仕方がないからな。明日《あした》にでもまた来てみる」

男は頷《うなず》いた。

「コウモトに会ったら伝えることはあるかね？」

親父は少しの間、考え、いった。

「ラボナールによろしくといってくれ」

男の目が一瞬、鋭さを帯びた。

「ラボナール、だな」

「そうだ」

「わかった、伝えよう」

親父は僕を振り返った。

「行くぞ」

僕と親父は、男のかたわらを通りすぎた。男は右手をコートのポケットにさしこんだまま、僕らを見送った。

幸本画廊の外に出ると、僕は息を吐いた。振り向かなくとも、男がこちらを見つめているのがわかった。

カローラに乗りこんだ。

「おっかなそうなおっさんだったね」

「ああ。ポケットの中で狙ってやがった」

親父もルームミラーを見つめ、息を吸いこんだ。

「やっぱり。持ってた？」

「持っていた」

ポケットの中には拳銃《けんじゅう》があったのだ。

親父は車を出した。

「ねえ、ラボナールって誰？」

走りだすと、僕は訊ねた。

「商品名だ。ペントタールを買うときの」

「………」

「奴にはすぐわかった」

「何者かな？」

「決まっている。行商人《スパイ》さ」

親父はいった。

広尾サンタテレサアパートに帰りつくと、「麻呂宇」の看板は灯が消えていた。普段の閉店時間より、だいぶ早く店じまいをしたことになる。店内も明かりが消えていて、人影がない。

「どうなってるのかな」

「わからん。それよりリュウ、お前、このカローラの指紋をきれいにして、どこかに乗り捨ててこい。そうだな、六本木あたりがいいだろう」

親父は人遣いの荒いことをいった。

「僕が？」

「そうだ。こいつは死人が借りたレンタカーだからな。いつまでも乗り回しているわけにはいかん」

「そういうヤバい役目を、無免許のセガレに押しつけるわけ」

「あれ、お前まだ免許、持ってなかったっけ」

これだから、親としての自覚がないというのだ。

「僕が持ってるのは、バイクの中型免許だけだよ」

親父は舌打ちした。

「使えない奴だ。仕方がない、じゃあ俺が行ってくるか。子守りのやり方をちゃんと習っておけよ」

「へいへい。僕のベッドは小さいから、赤ちゃん寝かすのは親父の部屋ね」

そういうと、親父はぎょっとしたような顔になった。

「添い寝しなきゃいかんのか」

「まさかひとりでほっておくわけにはいかないでしょう」

「冗談いうな、おい。康子に泊まってもらえ」

「何てことというの。相手は未成年の女の子だよ」

「じゃあ麻里ちゃんにでも来てもらうか」

親父は顎《あご》の先をかいた。

「あのね、ただでさえややこしい状況なのに、この上麻里さん来たら、どうなると思ってるの」

「とにかく、俺の部屋は勘弁しろ」

「帰ってきたら相談しよう」

僕はいって親父に背中を見せた。

アパートの階段を二階まで登った。「麻呂宇」に人がいないというのは、圭子ママや康子が、「サイキ・インヴェスティゲイション」のオフィスにいることを意味している。

「ただいま」

いって部屋のドアを開けた僕は、あっけにとられた。

「お帰りなさい」

圭子ママと康子が、事務所兼用のリビングにいた。そして、そのリビングは、まるで一変していた。

親父愛用のロールトップデスクが部屋の隅においやられ、中央にでんとあるのは、ベビーベッドだ。そして、天井からは、花びらや金魚やらパンダのぶらさがったメリーゴーランドが吊《つ》るされている。

それだけではない。ロールトップデスクの上に山と積まれているのは紙おむつの巨大なパックで、かたわらには粉ミルクの缶もある。

康子と圭子ママは、ベビーベッドにかがみこんで、中の赤ん坊をあやしているまっ最中だった。

「どうなっちゃってるの」

「近所の知りあいに頼んで、お古のベッドとこれを運んでもらったのよ。かえって喜んでいたわ。使い道もなくなったのだけれど、捨てる気にもなれなくて困ってたって」

ママが明るい顔でいった。

僕はぺたんとソファに腰をおろした。

「はーい、ベビーちゃん……」

康子がガラガラ（確か、そういう名だよね）を、赤ん坊の鼻先で振っている。

煙草をとりだしてくわえると、ママがいった。

「ごめんなさい、リュウちゃん。赤ちゃんに悪いから表で吸ってくれる」

「はい……」

僕は素直にいって、ベランダに立った。

神様、マタヒトツ僕ハ世ノ中ガワカラナクナリマシタ。ドーシテ、女ノ人ハ、赤チャント向カイアウト、性格ガ変ワルノデショーカ。

「やれやれ」

康子が僕のかたわらに来て、煙草をくわえた。

「あれ、スケ番引退して煙草やめたのじゃないの？」

「もう高校生じゃないんだよ、あたしは」

じろりとひとにらみ。

「そんなことより、幸本っておっさんには会えたのかい」

「駄目」

「じゃあ、あの子の面倒をしばらくみることになるね」

「親父、怯《おび》えてるよ。麻里さん呼ぼうかって」

いきなり康子が僕の片耳をつかんだ。

「あたしじゃ信用できないってのかよ、おい」

「痛い、痛い！　その言葉遣いが、教育上、よろしくないのじゃないかって心配してるんだよ」

「馬鹿野郎。あんたら親子に意見される筋合いはないよ。まったく親子そろって不良なんだから」

煙を吐きだして、康子はベランダの手すりにもたれかかった。

「頼りになるんだか、ならないのだか、ちっともわかりゃしないよ」

じっと僕を見る。

「こと赤ん坊に関しちゃ、期待しないで」

「わかってるよ。短大入るまで、どうせ暇だから、圭子ママと一緒に面倒みてやるよ」

「添い寝も含めて？」

康子の顔が赤くなった。

「何いってんだよ」

「だってあれだろ。ほっておきゃいいってものじゃないんだろ」

「あ、あたり前じゃないか」

「じゃあ、お母さんみたいに添い寝してやんなきゃ。圭子ママはお店があるから無理だし……」

康子は考えこんだ。

「で、ときどきおっぱいくわえさせたりして」

「タコ！」

パンチが飛んできた。

3

　しばらくして帰ってきた親父も、愕然《がくぜん》としたように立ちすくんだ。

「どうなってるんだ、リュウ、これは⁉」

「どうなってるもこうなってるも、ご覧の通り」

「いつからサイキ・インヴェスティゲイションは、ロンパールームになったんだ」

「今夜からよ。ねえ、赤ちゃん」

　赤ん坊を抱っこした圭子ママが嬉《うれ》しげに、親父の周りをくるくる歩きまわった。

「…………」

　親父は無言で冷蔵庫に歩みよると缶ビールをとりだし、一気にあおった。

「とりあえず今夜は、あたし帰るからさ。おむつのとりかえ方だけ覚えておいてよ」

　康子がいい、

「おむつ――」

　親父は絶句した。

「オシッコ、かい……」

　僕がいうと、康子はぴしゃりと返した。

「人間なんだから、オシッコもウンチもするよ」

「トイレはまだ無理か……」

親父はつぶやいた。

「あたり前じゃない。これくらいの時期は、ママにとりかえてやんないと、すぐにおむつカブレするんだから」

「これくらいって、いったい、この子は幾つなんだ？」

「半年はまだいってないね」

親父が無言で立ちあがり、キッチンからグラスとバーボンのボトルを持ってきた。どうやらビールでは、気つけにはならないと判断した様子。

「で、男の子よ。名前は何ていうのかしら」

「女の子よ。男の子なの、女の子なの？」

ママがあやしながらいった。赤ん坊はすっかり落ちついた様子で、ふにゃふにゃ笑っている。

「女の子……」

親父が亡霊のように呻《うめ》いた。

「さ、じゃあ、おむつ講習会よ」

ママが赤ん坊をソファの上におろした。その前にひざまずく。

「そんなに難しくないわ。こうやって産着の下のボタンを外して……」

産着も新しいものに変わっている。スナップボタンをプツプツとママは外した。

「新しい紙おむつを先にお尻《しり》の下に入れとくの。そして――」

「リュウ、お前、勉強しておいてくれ。俺は駄目だ。先に寝かしてもらうぞ」

「きたないよ、そんなの」

親父は答えず、ストレートをあおった。

「ママ、リュウにしっかり教えといてくれ。ミルクの作り方も」

よろめくように「インランの間」と呼ばれる、自分のベッドルームのドアに歩みよった。するといきなり、赤ん坊が泣き始めた。

「どうしたんだ」

ぎょっとしたように親父が振り返った。

「わからない。今までご機嫌だったのに」

ママも驚いた顔をしている。赤ん坊は身をよじって泣いていた。

思わず親父はのぞきこんだ。

「どうした？　どこか痛いのか」

赤ん坊と親父の目があった。とたん、赤ん坊はキャッキャと笑いだした。

僕はママと顔を見あわせた。

「本当に涼介さんの子じゃないの？」

半信半疑でママがいう。親父は無言で、赤ん坊を抱えあげた。

高い、高いを、親父はした。赤ん坊は大喜びだ。赤ん坊の笑い声がこんなに可愛いとは思わなかった。

まさに、泣けば悪魔、笑えば天使、だ。

さんざん赤ん坊を笑わせ、ようやく下におろすと、親父はあきらめたようにいった。

「オーケー、わかった。どうやらこの子の無垢《むく》の心には、俺の美しい魂が見えるらしい」

「けっ」と康子。

「おむつでも何でも教えてくれ」

「よかった。じゃあ、次ね。実際にやってみて……。マジックテープを外して――」

ママがおむつ交換の一部始終を実演してみせた。

「ミルクは、中のスプーン一杯が哺乳《ほにゅう》ビンのこの目盛りまで。熱湯で溶かしたら、今度は水道の水にビンをさらして、温度を下げるの。いきなり熱いのをあげたら、赤ちゃんがヤケドするから……」

「どれくらい冷やすの？」

ママがミルクの入った哺乳ビンを、流しっぱなしの蛇口の下で振っているとき、僕は訊《たず》ねた。

「飲んでみて、大丈夫だなと思うまでよ」

哺乳ビンをさしだす。おそるおそる、僕は吸い口を口に含んだ。見ていた康子が、ギャハハと笑いだした。

甘い。こんなに甘いものだとは知らなかった。おまけに生温かいので、はっきりいっておいしいとはいえない。

僕は哺乳ビンをおろすと、親父につきつけた。

「親父も勉強しておいた方がいいよ」

親父は吸い口をくわえた。今度は圭子ママが笑いだした。何ともいえない表情でミルクをちゅうちゅう吸った親父の顔は、確かに爆笑ものだったね。

親父は吸い口を口からとりだすと、溜息《ためいき》をついた。

「……まあ、これで、探偵で食えなくなっても、ベビーシッターはできるだろう」

「で、朝まで寝てるものなの、赤ん坊って」

僕は康子に訊ねた。康子は冷たく首を振った。

「とんでもない。おむつが濡《ぬ》れたら、すぐに泣きだすよ。よほど鈍感な子じゃない限りね。そしたら、おむつをとりかえて――もちろん、ウンチの場合はお尻を拭《ふ》いてやってだよ――ミルクを飲ますんだ。そうすりゃ、たいてい眠るよ」

「もし寝なかったら？」

「子守り唄《うた》」

僕と親父は顔を見あわせた。

「お前知ってるか？」

「父ちゃん、僕が子供のとき、うたってくれた？」

親父は即座に首を振った。

「じゃあ知ってるわけないでしょ」

「仕方ない、作ってうたおう」

親父は唸《うな》るようにいった。


その晩、赤ん坊は、四回、目を覚ました。車の音や酔っぱらいの喚《わめ》き声では目を覚まさない、都会人リュウ君も、なぜか、赤ん坊の泣き声には眠りを破られる。モーローとして部屋をよろめき出ると、初めの二度は、親父がおむつ交換の任にあたっていた。あとの二度は、僕の仕事だった。そして、うち一度は、白っぽい、あまりくさくないウンチつきだった。

翌朝九時過ぎ、康子がやって来て、僕らにようやく安らぎのときが訪れた。康子は、赤ん坊を「麻呂宇」に連れて降りたのだ。

十一時近く、僕が起きだすと、親父も起きてきたところだった。

「お前、学校はどうしたんだ?」

「春休み。もっとも、そうじゃなくたって休んでるだろうけど」

寝惚《ねぼ》けマナコの親父に、僕はいった。

「このまま、あの子にいすわられてみろ。俺たち二人とも睡眠不足で早死にするぞ」

親父は歯ブラシを口につっこんだ。

「そうかな。世の中の母親って、皆、あれをやってるのじゃないの？」

「だから、女性てのは、それをやっても平気な体力があるんだ。神様がそうこしらえたんだ」

神など信じてもいないくせに、親父はいった。

「とにかく早いとこ、幸本を捜すか、赤ん坊のひきとり手を見つけなきゃ」

親父は頷《うなず》いた。

「まずコーヒーを飲んでからだ……」

「麻呂宇」に降りていくと、一角に女子大生の人だかりができている。常連のS女学院のグループだ。いつもはお洒落《しゃれ》とオトコの話に余念のないのが、今日ばかりは、

「カワイーッ」

「キャ、笑った」

「ほらこっち見てるよ、こっち……」

赤ん坊を囲んで、にぎやかなこと、この上ない。圭子ママと康子も、その中心にいる。

僕と親父がカウンターに腰をおろすと、星野さんが苦笑を浮かべて迎えた。

「おはようございます。夕べは、いろいろたいへんだったそうですね」

親父は頷いて、集団を横目で見た。

「『麻呂宇』にドラキュラ伯爵以外の売り物がひとつ生まれたようだな」

「これで赤ん坊の着るものには不自由しないよ」

僕はいって、星野さんが用意してくれたモーニングセットをひきよせた。

「どうしてだ？」

親父は茹《ゆ》で卵のカラをむきながら訊ねた。

「女の子てのは、ただ可愛いっていうだけの理由で、なぜか子供用のトレーナーだとかスニーカーを買いたがるんだ。賭《か》けてもいいよ、子供なんかいなくても。それがこうして、プレゼントする対象ができてごらんよ。明日《あした》『麻呂宇』は、スヌーピーやらミッキー・マウスの柄のベビー服で埋まるね」

「ありがたいことじゃないか。正当なひきとり手に渡すとき、俺たちが赤ん坊を虐待していなかったという証拠になる」

「どこから手をつける？」

「手分けをしよう。お前は、死んだ神谷の周辺をあたれ」

「父ちゃんは？」

「きのうの白人と幸本について調べてみる」

「行商人《スパイ》時代のつてを通じて？」

親父は頷いた。

「連絡はここでとりあおう」

康子が背後に立ったことに、僕は気づかなかった。

「リュウ……」

僕は振り返った。

「でかけるなら、紙おむつの新しいパック、もうひとつ買っといて」

紙おむつで武装したアルバイト探偵《アイ》——一瞬、僕と親父の間に男だけにしかわからない悲哀が漂ったね。

「何？」

「麻呂宇」を出た僕は、バイクで新宿にかっとんだ。Kホテルで死んだ男、神谷晴夫の、パスポートに記載されていたアパートを探るためだ。

神谷の死体は、何もなければ、今日の朝まで発見されずにいた筈《はず》だ。ルームメイクのメイドが見つけ、一一〇番したとして、今頃、現場検証のまっ最中だろう。

つまり、警察の訊《き》きこみよりひと足早く、僕は動いているわけ。

アパートは、早稲田《わせだ》大学に近い、学生街の一角にあった。四階建て、エレベーターなしの、湿っぽい灰色の建物だ。

一階の踊り場に立つと、じゃらじゃらと麻雀牌《マージャンパイ》をかき混ぜる音が、上の方から降ってきた。

入口にある集合郵便受けに、神谷の名があった。ただし「安田・神谷」と、ひと部屋にふたつの名前を書いた紙が貼ってある。神谷にはルームメイトがいたようだ。

部屋番号は「二〇二」。僕は、階段を登った。

二〇二号室のドアの前に立った。ローマ字ステッカーで「YASUDA・KAMIY

A」と、ドアにも表示がされている。

バイク用の革手袋を外さず、僕はインターホンのボタンを押した。返事はない。

時刻はもう昼を過ぎている。

あたりを見回した。麻雀は、すぐ隣の部屋でおこなわれているようだ。ジャラジャラとやかましいが、並んだスティールドアを開けて出てくる人間の姿はなかった。

ドアノブを回した。鍵《かぎ》はかかっていなかった。またしても嫌な予感がしたね。

ドアのすきまをのぞきこんだ。中は暗く、冷んやりとして湿った匂いのする空気が流れだした。

中に入った。うしろ手でドアを閉める。

「神谷さーん」

ご近所には聞こえないていどの声で呼びかけてみる。

コンクリートの三和土《たたき》に女物のサンダルとスニーカーが並んでいた。三和土の向こうは板の間の台所で、ガラス戸で奥とは区切られている。

ガラス戸が半分開いており、畳の上にカーペットを敷いた室内が見えた。

嵐のあと、だ。本棚やサイドボードが横倒しになり、中味が床にぶちまけられている。

僕はスニーカーを脱いで、上がりこんだ。正面の部屋は六畳間で、その横に四畳半がある。典型的な二DKだった。四畳半の方はセミダブルのベッドと化粧台、洋服ダンスがおかれていたが、これも滅茶苦茶にかき回されている。

ベッドのマットレスは切り裂いたあとがあり、詰め物がはみだしていた。

女物の洋服が床に散乱している。どうやら、安田というのは女性で、神谷はここで一緒に暮らしていたようだ。

何者かが、この部屋を徹底的に家捜ししたのだ。

だが捜しているのは、少なくとも赤ん坊じゃない。赤ん坊を本棚の隅やマットレスの中に隠せる筈がない。

問題はここの住人だった。

いないところを見ると、連れ去られたのか、留守なのか。

そのとき、ドアに鍵がさしこまれる、カシャッという音が聞こえた。

ヤバい。僕は窓を見た。だが、レースのカーテンがかかった窓の向こうは、手すりもない。ガチャガチャと鍵を回す音がする。ドアが開き、光がさしこんだ。

「変ね……」

つぶやく声がした。

硬直するリュウ君。このままでは空き巣と疑われる。

「いやだっ。何これっ」

叫びがあがった。僕はヘルメットをバイクにおいてきたことを後悔した。ヘルメットさえかぶっていれば、すれちがいざまに飛びだせば、顔を見られずにすむ。

どうやら住人は部屋を荒らされたのを知らず、今、帰ってきたようだ。

とびだすなら今しかない。部屋の荒れように呆然《ぼうぜん》としているすきに逃げだすのだ。

僕はベッドルームから走りでた。上がり框《かまち》にぺたんとすわりこんでいる女の姿が見えた。はっとしたように顔を上げ、こちらを見る。

濃紺のボディコン風のミニドレスを着け、髪を長くのばしている。濃いめのアイシャドウに口紅、そして――。

僕は思わず、たたらを踏んだ。口紅をひいた唇の周りに、うっすらと青いヒゲがのびているのを認めたからだ。

女――いや、女装した男の目が広がった。

「きゃっ、何よ、あんた！」

だが、これ以上ぐずぐずはしていられない。女男の口が、今にも叫びだしそうに広がったからだ。

僕はジャンプして、女男の体をとびこえた。

三和土に着地し、スニーカーをすくいあげると、ドアを押し開く。

「誰かっ――」

背後で声があがった。

廊下にとびだそうとして、僕はつんのめった。誰かが、反対側からドアを大きく開いたのだ。

もし、お巡りさんなら、アウト、だ。

ドアの向こうにいたのは、シルバーグレイと玉虫色に光るスーツを着けた、二人の男だった。片方はえらくごつい体つきをしている。

勢いあまった僕は、玉虫色の胸につっこんだ。そのまま振りきろうとしたのだが、遅かった。玉虫色よりもひと回り大きい、プロレスラーのような体格をしたシルバーグレイが、僕の襟首に手をかけ、引きずり戻したのだ。

それも小荷物を扱うように、軽々とだ。僕の足は宙を蹴《け》り、ドサッと上がり框に放りだされた。

「きゃっ」

僕の下敷きになった女男が悲鳴をあげた。シルバーグレイがずいっと部屋の中に入りこんだ。玉虫色が素早く、うしろ手でドアを閉じる。

「大声を出すな」

玉虫色がいった。ひどいしゃがれ声だった。シルバーグレイがかがみこみ、右手で僕、左手で女男の襟をつかんで持ちあげた。とてつもない馬鹿力だ。身長が百九十センチくらいあって、体重も軽く百キロをこしていそうだ。腕のつけ根は、僕の太腿《ふともも》くらいあり、髪を短く刈った四角い顔に、サングラスをかけている。

「声を出すと、喉《のど》をひねり潰《つぶ》すぞ」

玉虫色がしゃがれ声で囁《ささや》いた。並んで吊《つ》るされた僕と女男は、交互に頷《うなず》いた。

「よろしい」

玉虫色は背すじをのばして、僕らを見た。こっちの方は、わりに年をくっていて、四十過ぎに見える。陽に焼けた顔だが、目が細く、頬に白っぽい傷跡があるせいで、蛇のような薄気味悪い雰囲気だ。

やの印の団体職員だとすれば、二人あわせて十箇以上の前科を背負《しょ》っていそうだった。そのうち半分は、傷害やら殺人未遂、ひょっとすると殺人までいっちゃっているのもあるかもしれない。

シルバーグレイが靴のままあがりこみ、僕らを六畳間まで吊るしていった。散乱した家具の上に、僕と女男を放りだす。女男は恐怖にひきつった顔で滅茶苦茶になった室内を見回した。

「さてと……」

玉虫色は、僕ら二人の前にかがみこんだ。背後でシルバーグレイが腕を組んで仁王立ちしている。

「安田さん、てのはあんただな」

笑みを浮かべて女男を見た。

「な、何よ、あんたたち……」

女男は、スーツの二人と僕を見比べ、いった。相当に混乱している様子。

「安田さつき、そうだな」

「そ、そうよ。何なの、いったい、どういうこと」

　玉虫色は答えず、僕を見た。

「で、こいつは、あんたの新しいボーイフレンドと……」

「何いってんのよ、あんた……。知らないわよ、あたし――」

　玉虫色が再び顔を見たので、女男――安田さつきは口をつぐんだ。玉虫色は無言で、さつきの顔を見つめていた。

　ゴクリ、とさつきが喉を鳴らした。小刻みに体が震えている。

「ボーイフレンドじゃないのか？」

　優しい口調で玉虫色はいった。

「知らない人よ。帰ってきたらここにいたのよ」

「ほう……」

　玉虫色は僕に目を移した。

「だ、そうだが、あんたの名前は？」

「警視庁捜査一課勤務、冴木隆」

　玉虫色のスーツを来た男の目がぐわっと広がった。さつきがあっけにとられたように僕を見た。

　玉虫色の手が、僕のスタジアムジャンパーにさしこまれた。免許証入れをとりあげる。

「刑事にしちゃ、ずいぶん若いよな」

　免許証入れを開きながら、玉虫色はいった。僕は肩をすくめた。

「春休みの間のアルバイトで……」

細くて固い指がいきなり、僕の喉を突いた。激痛に僕は倒れた。喉仏を潰されたかと思うほどの痛みだった。息がつかえ、目から涙がこぼれた。

「てめえはしばらく喋《しゃべ》るな」

玉虫色は床でのたうちまわる僕にいった。つづいて恐怖にすくんでいるさつきの方を向いた。

「神谷晴夫から預かったものを出せ」

「晴夫……何いってるの？　晴夫はパリよ」

「てめえもこうなりてえのか。もっとも喉仏が潰れりゃ、おかまと見分けがつかなくて、商売やりやすいだろうが……」

「勘弁して、あたし知らないわ」

目をみひらいて、さつきはのけぞった。

「この小僧は何だ？」

「本当に知らないのよ、誰なのか……。本当よ」

玉虫色はそっぽを向いた。声も出ぬまま、涙が溢《あふ》れてきた目で、僕はそれを見つめていた。

「大声出せるところへ連れていくか」

玉虫色がいい、さつきは、ひっと息を呑《の》んだ。

ゴーモンより、注射の方がいい、そう思ったが、とても喋ることはできない。このコンビは、少々、リュウ君の手に余る。どこかへラチされて、一寸刻《いっすんきざ》み五分試《ごぶだめ》しという、望まないパターンが頭に浮かんだ。

玉虫色の手が素早く閃《ひらめ》いた。さつきが、げっと声をあげてのたうち回った。僕と同じように喉を突かれたのだ。

「連れていけ」

玉虫色が立ちあがり、シルバーグレイに命じた。

シルバーグレイが軽々と、僕とさつきをかかえこんだ。玉虫色が先に立ち、のっしのっしと玄関に近づく。

玉虫色がドアを開いた。あたりに目を配ることもなく、シルバーグレイに頷いた。シルバーグレイは、両脇に僕とさつきをかかえこんだまま、玄関を出た。そのまま廊下を歩き、階段をおりる。

まるで人目を気にしている様子はない。

僕が止めたバイクの横に、アメ車の巨大なワゴンが止まっていた。キャンピングカーにも使えそうなタイプで、窓ガラスはまっ黒なシールを貼られていた。

玉虫色がスライドドアを開くと、シルバーグレイはまるで荷物のように、さつきを投げこんだ。つづいて、僕を投げ入れようとする。さつきは体のどこかを打ちつけたらしく、呻《うめ》いて動かなくなった。

その時、角を曲がってこちらにやってくるパトカーが、僕の目に入った。パトカーは、白のセダンを従えている。

「待て」

玉虫色がいい、シルバーグレイは僕を路上に落とした。

パトカーとセダンは、このアパートを捜していたようだ。ワゴンのかたわらで停止した。

運転席の警官が目を丸くして、こちらを見ている。

神谷晴夫の死体が発見され、ようやく刑事が訊《き》きこみにやってきたのだ。

「おい、何をしてるんだ」

助手席にすわっていた警官がサイドウインドウをおろしていった。

やれやれ、助かった——僕は思った。

4

セダンの方には三人の私服刑事が乗っていた。パトカーの二人とあわせて、全員が、地面にのびている僕と、車の中のさつき、そしてかたわらに立つ、玉虫色とシルバーグレイのコンビを見ている。

——こいつら悪者なんです、そう叫んでやりたいが、燃えるように熱い喉からは、ぜいぜいひゅうひゅうという音しか、こみあげてこない。

「何してるって訊いてるんだよ」

誰も答えないので、制服の警官は声を荒らげた。

玉虫色が低い声でいった。

「やれ」

シルバーグレイが無表情に進み出た。助手席の警官がドアを開け、降りかけたところだった。

シルバーグレイの手がパトカーの扉を、どんと突いた。ドアにはさまれた警官が悲鳴をあげる。

「あっ」

「おい！　何をするっ」

シルバーグレイはドアをつかみ、まるで紙の扉のように何度も警官に叩《たた》きつけた。ばらばらっと、刑事たちが車をとびおりた。

とりおさえようと、シルバーグレイに組みつく。シルバーグレイが腕を一閃《いっせん》させると、刑事のひとりが人形のように吹っとんだ。

「貴様あ」

別の刑事が腰から折り畳み式の警棒をひっこぬき、シルバーグレイの肩に叩きつけた。

再度殴ろうと腕を振りあげたところを、シルバーグレイの右手が捉《とら》えた。肘《ひじ》のあたりをつかんで、軽々と刑事の体を持ちあげる。

まるでキングコングだ。

僕は這《は》って逃げようとした。

「おっと」

玉虫色が立ち塞《ふさ》がった。右手の人指し指と中指をV型につきだしている。

ぎゃっという悲鳴が背後から聞こえた。警棒を奪いとられ、あべこべに殴りつけられた制服警官が倒れるのが、視界の隅に入った。

僕はぱっと体を起こし、玉虫色の下腹部に体あたりした。したつもりだったが、ひらりとかわされ、わき腹に指をさしこまれた。まるで細い鉄の棒をつき刺されたようだった。思わずうずくまった。

「死にたくなかったら、乗れ」

再び涙で目の前が曇った。どうやら、この二人には、とても太刀打ちできそうにない。

背後が静かになった。わき腹をかかえこんだまま振り向くと、五人の警官全員が、路上に散らばっていた。

中央に立つシルバーグレイは、息を荒くした様子もなかった。

「行くぞ」

玉虫色がいい、まっ昼間の立ち回りに、立ち止まっていた野次馬たちは、ひっと叫んで道を譲った。シルバーグレイが、のっしのっしと戻ってきて、僕を持ちあげ、ワゴンの後部席に押しこんだ。

スライドドアがガシャリと閉まる。

いったい何者なんだ――頭の中を考えが渦まいていた。いくら荒っぽいことが専門のやくざでも、警官を敵にまわして、ああは暴れない。

二人はまるきり、国家権力を恐れてはいなかった。下手をすると、警官の何人かは死んでいるかもしれない。

ワゴンが走りだし、急なスタートに、僕は床に投げだされた。

ワゴンの後部席は、横すわりのベンチシートと、小さなキッチン、シャワールームなどがついている。頭上には収納式のベッドもあって、完全に暮らせるような仕組だ。

わき腹をかばいながら立った僕は、揺れに負けないよう踏んばりながら、流し台の下に倒れているさつきを抱き起こした。ミニのスカートがめくれ、ストッキングに包まれたピンクのパンティが露《あら》わになっている。

起こしたときに触れた胸には、本物のふくらみがあって、僕はどきっとした。

さつきは額を流し台の角で打ったらしい。青く腫《は》れ始めている。僕はさつきをベンチに寝かした。

流し台には、水道の蛇口もついていた。ひねると、チョロチョロと水がでてくる。僕はジーンズからバンダナをひっぱりだして、その水に濡《ぬ》らした。

さつきの額にあてがう。

間近で見るさつきは、細面で、華奢《きゃしゃ》な体つきをしており、のびたヒゲさえなければ、とても男とはわからない。

長い髪もさらさらで、きちんと手入れをしているようだ。もしヒゲを剃《そ》り、黙っていれば、十人中九人は、男だとは見破れないだろう。

さつきが呻き声をあげた。目を開いて、瞬《まばた》きをする。

「大丈夫？」

僕はいってみた。幸いに、喉を本当に潰《つぶ》されたわけではなく、若干しゃがれ気味だが、もとに近い声がでた。

「え……どうしたの？　何があったの……」

さつきも、しゃがれ声をだした。

「僕たち、誘拐されたんです」

僕はのびあがって、前部席との仕切りを見やった。あとから付けたのか、ベニヤ板とカーテンで、運転席と後部は仕切られている。

スライドドアに近よって驚いた。内側から開く、ドアノブがないのだ。どうやら、このキャンピングカーは、怪物コンビの商売道具らしい。

さつきがはっと体を起こした。

「あなた、泥棒！」

僕は急いで手を振った。

「部屋を荒らしたのは僕じゃない。勝手にあがりこんだことはあやまりますけど、やったのは僕じゃありません」

「何なの……どういうこと？」

さつきは、大きく目をみひらいて僕を見つめた。

「あなたがいっしょに住んでいた神谷さんに関することです。あの二人は、神谷さんがフランスから持ってきた何かを捜しているらしい」

「晴夫が？　日本に帰ってるの？」

さつきはいった。どうやら、神谷からは何の連絡もなかったようだ。神谷が死んだとはいいづらく、僕は黙って頷《うなず》いた。

「どうして……。まだ半年くらいは、パリにいるって聞いてたのに」

「神谷さん、パリで何をしていたんです？」

「最初は、留学するつもりだったけれど、結局うまくいかなくて、旅行会社の現地ガイドとか、日雇いの通訳とか、ぶらぶらしていたみたい。パリに行くお金はあたしが出してあげたのよ……」

さつきはいった。

「あの、神谷さんは恋人、だったんですか？」

「あたしにはね。でも考えてみると、晴夫はあたしを利用してただけかもね。仏文科くずれで、ちょっとインテリっぽいので、あたしころっと参っちゃったけど、手紙ひとつくれたわけじゃないし、結局、ろくでなしだったみたい」

「要するに、ヒモ？」

さつきは僕をにらんだ。

「はっきりいうわね、坊やのくせに」

「すいません」

「あなた幾つ？」

「都立K高の落チコボレです」

「それがあたしの部屋で何をやっていたの？」

「それは――」

僕がいいかけたとき、ワゴンが大きくバウンドした。同時に、車内がひどく暗くなった。どこか建物の中に入ったようだ。

さつきは不安そうにシールを貼られた窓ガラスを見つめた。

「あたし、どうなっちゃうの……」

僕は急いで訊《たず》ねた。

「神谷さんはパリにどれくらいいたんです？」

「一年、いや一年半くらいかしら」

ワゴンは地下駐車場の入路のような坂を下っていた。

「神谷さんに子供、いました？」

「は?」

さつきはあっけにとられたように僕の顔を見つめた。

「晴夫に子供が? いるわけないじゃない。どういうこと?」

「いえ、いいんです。忘れて下さい」

赤ん坊はまだ六ヵ月前だろうと、康子はいっていた。パリにいってから作ったとすればさつきが知らなくても不思議はない。もちろん、神谷の子供だとすれば、の話だが。

ワゴンが急停止し、僕はバランスを失って床に尻《しり》もちをついた。

さつきは口をつぐんで僕を見つめていた。まるっきり、わけがわからないといった表情だ。

スライドドアが外側から開かれた。

「降りろ」

玉虫色が立っていた。

僕はさつきに頷いてやって、ワゴンを降りた。さつきは怯《おび》えたように、動こうとしない。

「降りるんだ」

玉虫色がもう一度いった。さつきは、いやいやをした。玉虫色は無言で車内に入り、さつきの髪をつかんだ。さつきは悲鳴をあげ、いった。

「わかった。降りる、降りるわよ」

コンクリートを敷いた地下駐車場だった。マンションか何かの建物のようで、このキャンピングワゴンの他にも数台の車が止まっている。中に、馬鹿長いアメ車のリムジンもあった。

「歩け」

玉虫色がいって、駐車場の隅にあるスティールドアの方角を指した。その手前横にエレベーターもあるのだが、使わせない気らしい。

僕とさつきはドアに歩いていった。ドアの向こうは非常階段だった。

それを四階分、登らされた。途中、誰とも会わない。

駐車場を地下一階として、三階まで登ると、玉虫色がフロアとの境のドアを引いた。

「こっちだ」

そこは、いっさい窓のない廊下だった。学校のような雰囲気だが、もちろんそうでないことは、並んだ各部屋の扉に何の表示もないことでわかる。

部屋のひとつひとつが、まるで教室のように大きかった。そして、廊下に面した側には、窓はひとつもない。

廊下を歩く間も、僕らは誰とも会わなかった。

不思議な雰囲気の建物だった。使われている建物であることは、カーペットを敷いた清潔な廊下や蛍光灯の照明などが証明している。にもかかわらず、内部は静かで、人の気配がまるでしなかった。

つきあたりまで僕らは進んだ。玉虫色は、やはり何の表示もない、スティールのドアを開いた。

そこは、さまざまな録音機材が並んだスタジオだった。オープンリールのテープデッキやハイファイセット、ミキシングマシンなどが壁一面に並び、奥に、ガラスで仕切られた小部屋がある。

小部屋は六畳ぐらいの大きさで、椅子がふたつ、マイクスタンドの前に並んでいた。俗にいう〝金魚鉢〟だ。

「奥に入るんだ」

僕とさつきは、分厚い詰め物を施されたドアをくぐりぬけ、〝金魚鉢〟の中に入った。

〝金魚鉢〟には、マイクスタンドと椅子の他に、スピーカーと譜面台のようなテーブルがおかれていた。椅子や譜面台は、ボルトで、カーペットを敷いた床に固定されている。

『大声を出せるところ』と玉虫色がいった意味が、僕にもようやく理解できた。確かにここなら、どれほど喚《わめ》いても、外に洩《も》れる心配はない。

しかし、いったいここはどこなのだろうか。ラジオ局か、貸しスタジオなのか。あたりを見回しても、それを示す、備品類の表示はいっさいない。

僕とさつきは並んだ椅子にすわらされた。

「よし」

玉虫色がいって、〝金魚鉢〟のドアを外側から閉めた。シルバーグレイはいっしょに残り、僕らの背後に、腕を組んで立つ。

ガラス窓から見ているると、玉虫色は、ミキシングマシンの向こうに腰をおろした。

カチッという音がして、部屋の隅におかれたスピーカーから、玉虫色の声が流れだした。

「歌は得意か？」

僕もさつきも答えなかった。

「得意か？」

シルバーグレイが背後から両手をのばし、僕とさつきの肩をつかんだ。

「お、お店ではうたってるわ」

さつきがいった。

「カラオケは校則で禁止されているんです」

僕はいった。

「そうか。お店ってのは、どこだ？」

「し、新宿。二丁目よ」

「名前は？」

「『ゴールデン・ニュー・ハーフ』」

「どんな歌をうたうんだ？」

「いろいろ。アキナちゃんとか……」

「お前はどうだ？　小僧」

「校歌ぐらいしかうたえない」

それも一番だけだけど。

「いいだろう。うたってもらおう」

シルバーグレイがぐっと僕の肩をつかみ、立ちあがらせた。スタンドに吊《つ》るされたマイクが口のあたりにくる。

さつきが恐怖と驚きに、目を丸くして、僕を見あげた。

「伴奏がなきゃうたえない」

「うたうんだ」

僕はガラス窓ごしに玉虫色を見た。ミキシングマシンに隠れ、玉虫色は頭の一部しかのぞいていない。

「なぜ？」

「うたえ」

シルバーグレイが軽く握った拳《こぶし》で、僕の背を殴った。それでも僕は息が止まり、膝《ひざ》が砕けた。

「うたえ？」

いったい何を考えているんだ。警官五人を殴り倒して、僕とさつきを拉致《らち》したあげく、歌をうたえ、とは。僕は懸命に玉虫色の顔を見ようとした。だが、どうしても見ることはできなかった。

再び、シルバーグレイが僕を殴った。今度は、キドニー（腎臓《じんぞう》）に近いあたりで、うずくまった僕はしばらく立ちあがれなかった。

「立たせろ」

シルバーグレイが僕をひきずりあげた。

「うたえ」

僕は喘《あえ》ぎ、息を吸いこんだ。咳《せ》きこみ、涙と冷や汗が流れた。

シルバーグレイが殴った。力はだんだん強くなる。僕はガラス窓に顔をぶつけた。さつきが悲鳴をあげた。シルバーグレイが僕の襟首をつかみ、立たせた。

「み、緑はえる……城南の……」

「声が小さい」

シルバーグレイが殴った。だが今度は倒れることも許されなかった。襟をしっかりとつかまれたまま殴られたからだ。

「青けき、丘に、建つ、まなびやは――」

「下手だ」

シルバーグレイが右うしろから、僕の頰を甲で殴った。首がグキリと鳴り、唇が切れて血が飛んだ。さつきが小さく叫んだ。

「やめて」

「つづけろ」

感覚のなくなった唇で歌をつづけた。

「あ、あ、都立、都立……」

「声が小さくなったぞ」

今度は、襟をつかむ手を左から右に持ちかえ、左うしろからのバックハンドだった。

ボロ人形のように、こづき回されている。

「都立……K、高校……」

うたい終わり、僕は失神した。

恐怖の片道切符

1

目を開くと、シルバーグレイのでかい背中が見えた。まだ〝金魚鉢〟の中だ。

さつきがうたっていた。曲は中森明菜《なかもりあきな》の「難破船《なんぱせん》」だった。

今の気分にぴったりの歌だな――僕は思った。ぼろぼろのズタズタだ。まさしく、うちあげられ、ぶっ壊れた難破船の気分だった。

僕は、〝金魚鉢〟の床にボルトで固定された椅子にすわっていた。

ゆっくり首を回そうとすると、背骨から腰にかけて、ひどい痛みが走った。

どうもこのところ、かかわる事件で、やたらに痛めつけられる。日本人のカルシウム不足が、全国民的なレベルで進んでいるのだろうか。

早めにアルバイト探偵を卒業しないと、二十になる前に、体だけは引退間近のボクサー並みになってしまう。

さつきは怯《おび》えきっていた。顔が見えなくても、つかえつかえ、しゃくりあげながらうたう、その声でわかる。

「よし。上手だったぞ。そっちの小僧よりは、よほどマシだ」

うたい終わると、スピーカーを通して、玉虫色がいった。さつきは、マイクをつかんで、懇願した。

「帰して。もう帰して下さい」

「ああ、いいとも。今すぐにでも帰してやる、神谷から預かった品の場所を教えればな」

玉虫色は愛想《あいそ》のいい声でいった。

「お願い、あたし何も知りません」

さつきは泣き声をもらした。

「――仕方がない。じゃあ、もう一曲、うたってもらおうか」

さつきが立ちすくむのがわかった。

「そうだな、今度は演歌がいい。何がうたえる？」

「………」

「何がうたえると訊《き》いてるんだ！」

玉虫色が声を荒らげ、シルバーグレイがぐいとさつきの髪をつかんだ。さつきの喉《のど》から悲鳴がもれた。

「い、石川さゆりなら……」

泣き声でさつきはいった。

「よし、じゃあ、それをいけ。うたい終わったら、また質問するからな」

「……………」

「わかったな」

シルバーグレイがどんと背中を突き、さつきはまた悲鳴をあげた。

「知らないんだもの、本当に……」

「うたえ！」

さつきは鼻をすすりながら、「津軽海峡冬景色《つがるかいきようふゆげしき》」をうたい始めた。

だが一小節をうたい終わったところで、声が出なくなった。膝が砕け、しゃがみこんで泣き始めた。いやいやをするように、激しく頭を振っている。

「立たせろ」

「許して……もう、許して下さい」

シルバーグレイに抱きおこされたさつきは鼻声でいった。

「殴れ」

玉虫色がいい、バシッとシルバーグレイが平手打ちをさつきにくらわせた。さつきは呻《うめ》いて、ガラス窓に頭を打ちつけた。

「つづきをうたうんだ」

さつきの鼻から血が流れている。

「お願い、お願いです……」

シルバーグレイが再び殴ろうと、右手を引いた。

もう我慢できなかった。僕は立ちあがると、全身の力をこめて、シルバーグレイの背中に体あたりした。

シルバーグレイの頭がガラス窓に激突し、ガラスにパッとひびが入った。

「いい加減にしろ！　サディスト！」

僕はマイクめがけ怒鳴った。

シルバーグレイがむっくりと起きあがり、首を回した。額から血が流れている。

はっきりいって、とても勝てるとは思えなかった。だが、この拷問をいつまでも見ていられるほど、リュウ君の神経は太くできていない。

「この……」

初めてシルバーグレイが口を開いた。まるで猛犬の唸《うな》り声だ。

さつきは床にうずくまったまま、腫《は》れた目でこちらを見あげている。

僕はゆっくりと横に動いた。使われていないマイクスタンドが、テーブルのかたわらにおいてある。

「この人は何も知らないよ。神谷晴夫は、赤坂のKホテルにいるさ」

僕はいった。じりじりとシルバーグレイが間合いを詰めてきた。

「ほう。どうしてお前、それを知ってる？」

玉虫色がスピーカーからいった。

「だいたい、お前、何者なんだ？」

「見ての通りの勤労高校生」

玉虫色が舌打ちした。

「まだお前、わかってねえようだな。〝万力《まんりき》〟、締めろ！」

シルバーグレイの渾名《あだな》は〝万力〟というようだ。ひと声唸ると、両腕を広げ、つかみかかってきた。

僕はそれを待っていた。マイクスタンドには、頑丈な鉄の三脚がついている。そいつをつかみあげ、両手で振り回した。〝万力〟の胸に命中する。

〝万力〟は、ぐわっと吠《ほ》えて、たたらを踏んだ。三脚はかなり重く、背骨にみしみしとこたえた。

「来いよ、〝万力〟ちゃん。でかい図体《ずうたい》で弱い者いじめ専門のところを見ると、よほど女の子に恵まれなかったんだろうね」

「殺すぞ」

〝万力〟はカッとしたのか、突進してきた。僕は体を低くして、それをかいくぐり、鉄の三脚部分で〝万力〟の向《む》こう脛《ずね》を殴りつけた。

ガツッと小気味のいい音がして、〝万力〟は、うおっと叫んだ。ひょっとしたら骨ぐらい折れたかもしれない。

「せーの」

僕はかけ声をかけて、マイクスタンドを振りあげた。

うずくまって右足の向こう脛を抱えこんだ〝万力〟の首のつけ根に振りおろす。

どすんという音がして、〝万力〟のサングラスが床にとび、うつぶせに倒れこんだ。

さすがに立ちあがるだけの力は残っていないようだ。

うぐっ、うぐっと呻いている。

ガラス窓の外を見ると、血相を変えた玉虫色が立ちあがったところだった。

「さつきさん、離れて！」

僕は叫んだ。へたりこんでいたさつきが、あわてて床を這《は》った。

僕はマイクスタンドを両手でかかえ、ガラス窓に投げつけた。

ガッシャーン！　と、爽快《そうかい》な音がして、ガラス窓が砕け散る。

玉虫色が〝金魚鉢〟のドアに走り寄って、ノブを回し、引っぱり開けようとした。

「逃げよう」

僕はテーブルの上にとびあがり、さつきに声をかけた。

「待て！　こら！」

玉虫色が泡を食ったようにドアを離れ、破れたガラス窓の方に走り寄ってくる。そのすきに僕は〝金魚鉢〟の外へ抜けだした。

割れたガラスの破片は、自動車のウインドウのように細かな粒になって散っている。

「逃げられると思うか、こいつ！」

ミキシングマシンを回りこんで、玉虫色は僕の前に立ち塞《ふさ》がった。指をぴんとのばし、例の〝突き〟の構えをとった。

僕は床からマイクスタンドを拾いあげた。重みでよろけながらも、玉虫色と向かいあう。

本当のところは、〝万力〟より、こいつの方が手強《てごわ》いかもしれない――ちらりと頭の中を考えがよぎった。

玉虫色は、気合の入った叫び声をあげ、不意に背中をこちらに向けた。ねじれた体がくるりと回転し、右足の爪先《つまさき》が、僕の手もとめがけ風車のように飛んでくる。

ビシッと左腕の前膊部《ぜんはくぶ》にその回し蹴《げ》りをくらい、僕はマイクスタンドをとり落とした。左腕が痺《しび》れ、手首から先の感覚を失うほどの鋭い蹴りだった。

玉虫色は顎《あご》を引き、すぼめた唇から、不気味な音をたてて息を吐きだした。

「小僧、アバラ骨をつかみだしてやろうか」

「スペアリブは好きじゃないんだよ」

僕はいいながら、右手一本で振り回せそうな得物を捜した。

さっきがガラス窓をくぐりかけ、凍りついたように、こちらを見つめている。

「馬鹿が」

玉虫色はニタアッと笑った。いやらしい笑いだった。

「おとなしく喋《しゃべ》れば、死なずにすんだものを――」

「神谷晴夫はもう生きてない。Kホテルで死んだよ」

さつきがうっと息を呑《の》んだ。玉虫色はそれを聞いても、顔色ひとつ変えなかった。

「奴の運んできた品はどこだ？」

「いくら赤ちゃんでも品物扱いはないんじゃないの」

僕はいってみた。玉虫色は無表情だった。

「まだそんな与太をいってるようでは、本当に死にたいらしいな」

あれれ。こいつらの狙いは、どうやら赤ん坊ではないらしい。

玉虫色はしゅっと唇の間から音をたてた。同時に右手の二本の指が矢のように、僕の顔めがけつき出される。

僕はのけぞって倒れることで、危くかわした。喉《のど》を狙ってくるその手は、神谷のアパートで体験ずみだ。

僕はガラスの粒の上を転がった。玉虫色の飛ばした爪先が、額のすぐ横をかすめた。

ごろごろと転がって立ちあがる。

玉虫色がカニのように横走りして、僕の目の前に立った。

「しゃっ」

右手の指を横なぎで振ってくる。かわすと、それがフェイントで、左手の指が鳩尾《みぞおち》を狙ってきた。

僕は左手でブロックすると同時に、握りしめていた右の拳《こぶし》を、玉虫色の顔めがけ、ぱっと開いた。

バラバラッとガラスの粒が、玉虫色の顔に叩《たた》きつけられた。

一瞬ひるんだ玉虫色の下腹部を蹴りあげる。玉虫色は、ぎゃっと声を出した。

目潰《めつぶ》しに、金的蹴り――はっきりいってキタナい手だが、実力の差を埋めるのはこれしかない。

玉虫色はすごい形相で膝《ひざ》をついた。

「こ、この……」

「今のうちだ！　逃げろ！」

僕は叫んだ。さつきが弾《はじ》かれたように床にとびおりると、スタジオの出口めがけ、走りよった。

スティールドアをさつきとともにくぐり、カーペットを敷いた廊下に走り出た。

スタジオであれだけの物音をたてたにもかかわらず、廊下にはまるで人影はなかった。

いったい、この建物はどうなっているのだ。

「こっちだ」

僕はさつきにいって、登ってきた非常階段の方へ走った。〝万力〟はともかく、玉虫色はすぐに後を追ってくる筈《はず》だ。ああいう、武道に熟練した連中は、金的蹴りからの回復も早い。

階段を二段ずつ駆けおりた。手すりをつかむと、掌が痛んだ。ガラスの粒を握りしめたときに切ったようだ。

さつきとともに一階まで駆けおりると、僕は、踊り場から廊下に出るスティールドアを押した。

廊下に出れば、建物の出口を見つけられる筈だ。

スティールドアを思いきり、押し開いて、とびだした僕は、その瞬間、たたらを踏んだ。

そこは、講堂のような大ホールだった。紺色の、戦闘服のような制服をつけた連中が百人近くいて、うしろ手で、〝休め〟の姿勢をとっている。

全員があっけにとられたようにこちらを見た。皆、髪を短く切っていて、丸坊主やら五分刈りの「青年団」だ。

僕も驚いたが、そいつらも驚いたようだ。

たった今まで、整列して、訓示か何かを受けていた兵士たちのように見える。

「何だ！　貴様！」

不意に頭上から声が降ってきた。

僕はくるりと振り返った。非常階段の扉の横には、一メートルほどの高さがある舞台があり、国旗が掲げられている。

その前に、同じような制服を着けた男二人が立ち、かたわらに和服を着けた爺《じい》さんがすわっている。

怒鳴ったのは、マイクの前に立つ制服の男だった。青年団の団長だか何かで、司会進行役、といった印象だ。爺さんの方は、すわったまま、こちらをじろりとにらんだ。

僕は息を呑んだ。爺さんは、テレビで幾度も見たことのある顔だったのだ。

確か、名前は、是蔵豪三《これくらごうぞう》。戦前の修身教育を復活させ、日本も軍隊を持つべきだ、とか、親孝行して火の用心とか、時代錯誤が洋服を着て歩いているようなことを並べたてている爺さんだ。

超がつくほどの大金持で、しかもウルトラ右翼なのだ。どうしようもなくつまらない昔話ばかりを集めてアニメにしたテレビ番組があり、そのスポンサーとして、コマーシャルに登場している。

「何者だと訊《き》いておる！」

マイクをつかんだ男が怒鳴った。えらく古めかしいいい回しだ。ウロンナ奴、召シ捕レイ、なんて。

「すいません。ちょっと道に迷いまして」

僕はさっきに目配せした。

爺さんがすわったまま、ちょいちょいと指を動かした。

「はっ」

舞台の上のひとりがすりより、片膝《かたひざ》をついた。その耳に、ごにょごにょと話しかける。

そのすきに、僕とさつきはスティールドアに、にじりよった。どうやらこの建物は、右翼のドン、是蔵豪三の持ちものだったようだ。とすると、玉虫色と〝万力〟のふたりも、是蔵の手下というわけだ。

「待てい！」

声が降ってきて、僕とさつきは、びくっとした。

「怪しい奴。引きたてろ！」

やっぱり。

「逃げろ」

僕はさつきに囁《ささや》いて、スティールドアを開いた。

ところがそこに、玉虫色が立っていた。

万事休す。

玉虫色はニタアッと笑った。僕とさつきはバタンとドアを閉じた。

「どうするのよ」

さつきが震え声でいった。じりじりと戦闘服を着た連中が迫ってくる。

こうなればやけくそだ。

「皆さーん、キョーサンシュギシャのスパイがこの建物の中にいます！」

「何だとぉ」

先頭に立って迫ってきた、右翼というよりは、やくざ、それもあまり頭のよくなさそうな三白眼の兄ちゃんが凄《すご》んだ声をあげた。

「カゲキ派です。テロリストです。是蔵先生の命を狙っているKGBの手先です」

「どこにいるんだぁ！　あん？」

兄ちゃんは唸《うな》り声でいった。今にも腕まくりをせんばかり。

「このドアの向こう」

さつきが震え声でいった。

「ようし、本当だな。ん？」

兄ちゃんはさつきを押しのけ、スティールドアのノブをひっぱった。

とたんに、ギャッと悲鳴をあげ、のけぞった。

ピンとのびた二本指が、開いたドアのすきまから突きだされたのだ。

兄ちゃんは、目玉を突かれたらしく、両手で顔をおおってのたうちまわった。

「何だ、この野郎！」

兄ちゃんのうしろについていた男たちが声をあげた。

玉虫色がゆっくりとホールに入ってきた。

「馬鹿が……、退《さが》ってろ」

「何だと、こいつ!!」

玉虫色の冷ややかな言葉に、戦闘服の男たちは逆上した。いっせいに玉虫色をとり囲む。

その間に僕はさっきの手を引いて、ホールの他の出口を捜した。

「何者だ、てめえ——うげっ」

「あっ、こいつ——ぐえっ」

「野郎！——どへっ」

「待てっ、静まれっ」

声だけ聞いていても、玉虫色が次々と「青年団」を料理しているのがわかる。

壇上の男が叫んだ。どうやら、玉虫色を〝身内〟と知っているのは、一部の人間だけのようだ。

ホールの中は大混乱になった。次々に「青年団」が玉虫色に襲いかかっては、痛めつけられている。

ようやく、反対側の壁に「非常口」の表示を見つけた僕は、玉虫色の方に殺到する「青年団」を縫って、そちらにそろそろと歩きだした。

「やめんか、こらっ」

マイクをつかんだ男は必死になって制止しているが、血を見た「青年団」はますます興奮し、騒ぎは大きくなる一方だ。

と、突然、

「馬鹿者！」

大音声がホールに響き渡った。全員が凍りついたように動きを止める。

僕とさつきの足も思わず止まった。

怒鳴ったのは、是蔵豪三だった。是蔵は、きちんとなでつけた白髪にてかてかとした顔で、ホール内部を見渡した。

「〝鉄〟、どういうことだ？」

凄みのある声がその唇を割った。

「申しわけございません」

玉虫色が叫んだ。驚いたことに、その場で土下座までした。

「〝万力〟はどうした？」

「それが……。事故がございまして……」

「この二人は何だ？」

「例の件の手がかりを握っている者たちです」

「なに？」

是蔵はじろっと、僕らをにらんだ。

「逃げようといたしましたので、追って参りました」

是蔵はゆっくりと息を吸いこんだ。

「別室へ連れてこい。儂《わし》が直々に吟味する」

「はっ」

だんだんコトが大きくなってきた。

2

〝別室〟というのは、建物の二階にある、だだっ広い「会長室」だった。畳を敷いた十畳ほどの和室と、毛先がくるぶしまで達しそうな分厚いカーペットの洋室が、細長い板の間で仕切られている。何もおかれていない和室はまるで柔道場だが、洋室には巨大なデスクと応接セットが並んでいた。

洋室の壁には、前のアメリカ大統領やら、国連事務総長と握手している是蔵の写真パネル。中に、旧日本陸軍の軍服をつけたものもある。ただし、若いときの写真ではなく、せいぜい十年くらい前のものだ。

僕とさつきは、〝鉄〟と壇上にいた制服の男にひきたてられ、和室の畳の上に正座させられていた。

幸いに、是蔵の問いに答えられなくなってはまずい、という配慮からか、〝鉄〟は僕らを痛めつけることはしなかった。

だが、はっきりいって運命を楽観視することは、とてもできない。是蔵を目のあたりにしたことにより、僕とさつきは〝鉄〟と〝万力〟が誰の命で動いているかを知ってしまったわけだ。

どうも、この建物を出たあとの行く先は、東京湾か夢の島、という雰囲気。このところ相手にしてきた行商人《スパイ》グループとちがって、ここの連中は、「無駄な殺しはしない」というタイプではなさそう。

「どうなるの、あたしたち……」

コトのなりゆきに、恐怖を通りこして、あきらめの心境に達したのか、さつきが正座したままウツロな声でいった。

「わかんない。お爺《じい》ちゃんが、モノわかりのいい人だと助かるんだけど」

「黙れ」

背後に立っていた、制服の男がいった。〝鉄〟はずっと黙っている。きっと、是蔵から「始末しろ」という命令が出るのを、心待ちにしているのだろう。

やがて、洋室のドアが開き、紋付き羽織袴《はかま》を、光沢のあるシルバーグレイのスーツに着替えた是蔵豪三が現われた。

こうしてみると、小柄だが恰幅《かっぷく》のいい是蔵は、品のよい小金持のお爺さんといったタイプだ。もちろん、壇上から僕を見たあの眼光さえなければ、だが。

是蔵はソファにどっかりとすわり、葉巻をくわえた。是蔵には、純白の詰襟を着けた、〝付き人〟がいた。年は、二十一、二だろう。その若者がさっと火をさしだす。

〝付き人〟は、なかなかの美形で、清潔感のある「青年将校」といった雰囲気だ。どことなく、イケナイ関係を想像させられる組み合わせ。

「〝鉄〟、説明しろ」

　是蔵のその声を聞いたとたん、アカンと僕は思った。テレビで、親孝行やら火の用心を説いている優しげで少し高い口調とは、まるでうってかわり、ボス、親分、逆らうこ
とは許さんぞの、きつーい低音だったのだ。

「はっ。おいいつけ通り、神谷のアパートを調べたのですが、物は見つからず、この男、
というかオカマを連れだそうとしたところ、小僧がその場におりまして。どうやら、何
か知っている様子なので連れて参りました」

〃鉄〃はしどろもどろに答えた。どうやら是蔵がひどく恐ろしいようだ。

「邪魔は入らなかったのか」

「警察の者がアパートの方に来まして、多少、手こずらされました」

「〃万力〃は足の骨を折ったというが……」

「——それは、この小僧が……」

「ほう」

是蔵はまじまじと僕の顔を見た。これから叩《たた》き潰《つぶ》そうという蚊が、何も知らずに血を
吸っているのを眺める——そんな目つきだ。

「どうやって奴の骨を折ったのだ？」

「スタジオにありましたマイクスタンドを使いまして……」

「〃万力〃が骨折したのでは、お前も困ろうな……」

「いえ。決して、そんなことは――」

〝鉄〟はあわてていった。

「油断があったのではないか？　見かけがただの子供というので。お前にも、〝万力〟にも」

「申しわけございません」

〝鉄〟は平伏した。

是蔵は何もいわず、葉巻の煙を吐いた。〝鉄〟は平伏しつづけている。

「まあ、よい」

ようやく是蔵がいったので、〝鉄〟はほっとしたように顔をあげた。

「で、この小僧だが、何者なのだ？」

「それが、口からでまかせばかりをほざいておりまして、しかも、神谷の泊まっていたホテルや、神谷が死んだことも知っております」

「ものの場所を知っていそうなのか」

「手がかりはきっと」

「――お話し中ですが」

僕は口をはさんだ。黙っていれば、どのみち、殺されるまで拷問されることは明らかだ。

「黙れ！」

「何だ？」

〝鉄〟と是蔵が同時にいった。〝鉄〟はまたもや恐れいって頭を下げた。

「ものというのは、赤ん坊のことでしょうか」

「こいつまた、与太を――」

「待て」

いきりたった〝鉄〟を是蔵が制した。

「小僧、赤ん坊とはどういう意味だ？」

「多分、生きている神谷に最後に会ったのが、僕だからです。メッセンジャーをバイトでやってて、神谷に会いに行き、封筒とひきかえに赤ん坊を渡されました」

「メッセンジャー？」

「銀座の幸本画廊に雇われたんです」

是蔵がゆっくりと葉巻を口に運んだ。さすがに表情はまったく変わらない。

「幸本は、儂のもとに、あるものを届ける約束であった」

「それが赤ん坊ではないのですか？」

是蔵は何も聞こえなかったように、漂う煙を見ていた。

やがて僕を見るといった。

「その赤ん坊はどこだ？」

「知りあいのうちに預けてあります」

「どこだ？」

「いえば帰してもらえますか」

「——どう思う？　カズキ」

是蔵は、白ずくめの美形を見た。うってかわり優しい声だ。

「なぜこの少年は、神谷のアパートにいたのでしょう。ただのメッセンジャーにしては、意外な行動ですが」

美形は、外見にふさわしい、ほっそりとした声で答えた。是蔵は、うんうんと頷《うなず》いた。

「まさしく、その通りだ。何かを知っておるし、それが何であるか吐かせる必要がある」

美形は嫌らしく微笑んだ。どうもこのタイプは、さっきのような女装男以上に好きになれない。

「遊園地に連れていってはいかがですか？　今なら、リヴォルバー・スクリューが使えるかと」

「おおあれか……」

ソレハ、ヨイコトヲ思イツイタナ、ホメテ、ツカワスてな按配《あんばい》。

「え——、僕の仕事がメッセンジャーというのは嘘で、親父の片棒をかつぐアルバイト探偵でありまして、私立探偵をしている親父の借金のカタに働かされているんです」

リヴォルバー・スクリューという言葉の響きに不吉なものを感じた僕はあわてていっ

た。

「私立探偵だ、この――」

〝鉄〟がぐいと、僕の髪をうしろからつかんだ。

「父親の手伝いをしていたというのか？」

「痛《い》てて。はい、是蔵先生が普段おっしゃっているように、親孝行をしようと……」

「父親は誰に雇われた？」

「ですから、幸本画廊の社長に」

「幸本の奴、あれを自分のものにする気では――？」

〝鉄〟が僕の髪をねじりながらいった。

「奴の欲しいのは金だ。あれほどのものでも、持っているだけでは一銭にもならん。しかも奴とて、儂《わし》とヨーロッパの取り引きを横どりしようなどというほど、愚かではあるまい」

「ですが、神谷を使って……」

「神谷に情報がもれたのは、確かに幸本のミスだろう。だが、幸本もその償いはした筈《はず》だ」

償いって、まさか、やっぱり……。

「小僧、父親はどこで探偵事務所をやっている？」

「広尾です。広尾の、『サイキ・インヴェスティゲイション』」

「サイキ?」

「冴木涼介といいます。僕は息子で、冴木隆」

「冴木涼介だと!」

是蔵の顔が初めて変化した。これだもの、親の因果が子に報い、とはこのことだ。悪い親をもつと、子供は本当に苦労する。

「あの……どこかで御迷惑をおかけしたでしょうか」

泣きたい気持で訊《き》いてみた。これでやっぱり殺されたら、化けて恨んで出る先は、是蔵の枕もとじゃなくて、涼介親父の「インランの間」と決まった。

だが是蔵は答えず、宙をにらんでいる。そのぎゅっとひき結ばれた唇をみれば、思い出が美しいものでないことは一目リョーゼン。

煮え湯に下剤か何かを溶かして飲ませたんではなかろうか、ってほど。

一同が息を呑《の》み、ひたすらに張りつめて、是蔵の次の言葉を待った。

即刻、打チ首獄門申シツクル、なんて。

だが、是蔵は、今にもプツンと血管が切れそうに紅潮した顔から、ほっと息を吐いた。

そして、不気味なほど無表情になって僕らを見ると、いった。

「遊園地に連れていけ」

〝鉄〟と制服の男が、僕らを地下駐車場まで連れていった。そこには、別の制服の男が運転席にすわったクラウンのワゴンがあり、その後部席に僕らは押しこまれた。是蔵は、やがて待つことしばし、是蔵が、カズキと呼ばれた美形とともに現われた。是蔵は、アメ車のリムジンに乗りこんだ。美形は運転席だ。

リムジンの方が先に発車し、ワゴンが従うように、あとを追う。

連れこまれたときとちがい、今度は、建物の周囲をじっくりと観察することができた。

「日本防災連合会本部」

駐車場を出ていくと、今までいた建物のてっぺんに、そう書かれた巨大な看板があるのが目に入った。

建物の裏手を首都高速が走っている。高速道路の下は、運河のようなきたない川だ。どうやら東京都内、ウォーターフロントに、この建物はあるらしい。

二台の車は、ぐるぐると細い道を走ると、首都高速の入路に入った。汐留《しおどめ》インターチエンジだった。そこから渋滞の環状線を少し走り、高速一号、通称横羽《よこはね》線に入る。

「遊園地って、もしかして、競馬場遊園地かな……」

僕はいった。運転手を含め、〝鉄〟も制服の男も、まったく口をきこうとしない。ぼんやりしていたさつきが顔をあげた。

「何、それ？」

「川崎競馬場の先、浮島《うきしま》の埋立地に、遊園地を作る計画があったんだ。そこだと、フェリーで、千葉方面からもお客さんを呼べるからって。でも千葉にはディズニーランドがあるし、東京湾横断橋もできるんで、計画がたち消えになったと思ってた」

「たち消えになどなっていない。さまざまな事情で遅れているだけだ」

制服の男がいった。

「売り物が、スペース・マウンテンよりもごついというジェット・コースターで、名前は確か、リヴォルバー・スクリュー……」

僕の声はだんだん小さくなった。

去年、東南アジアの小国、ライールの王女、今は女王の、ミオをめぐる騒動で、燃料切れのヘリに乗った僕は、ジャングルに墜落した。そのあと、心に誓ったのは、二度とジェット・コースターには乗らない、ということだった。

あのときの恐怖は、二度と味わいたくない。

「リヴォルバー・スクリューは、軌道の三分の二が完成している」

制服の男がいった。ということは、まだ三分の一は完成していないわけだ。

ただでさえ、重い僕の心に、じわっと冷たい恐怖がわきあがった。

いったい、未完成のジェット・コースターで何をする気なのか。

「どうした?」

黙っていた〝鉄〟が不意に口を開いた。言葉は、運転手の男に向けられたものだった。

その運転手は、さっきからバックミラーをしきりに気にしている。

「いや、尾《つ》けられているような気配があったもので……」

「なに⁉」

〝鉄〟と制服の男は、後方を振り返った。

やれ嬉《うれ》しや、救いの手か、と思ったものの、親父が、僕の拉致《らち》に気づいている筈はない。

「いえ、どうやら気のせいのようです」

しばらくバックミラーを注視していた運転手はいった。

「どんな車だ？」

制服の男が訊《たず》ねた。

「小さい、シビックか何かのハッチバックです。外人が運転してたんですが」

「外人？」

「いなくなりました」

「気をつけろ」

「はっ」

二台の車は、大師《だいし》インターで高速を降りた。制服の男の言葉通り、埋立地の工場街を、海に向かって走る。

競馬場遊園地の名を、僕が知っていたのは、この用地部分が違法に埋め立てられたのではないかと、テレビや雑誌が、だいぶ前に騒いだことがあったからだ。埋立地は当初、工場用地として売却される筈だったのが、汚職だ何だとマスコミがマークしたため、一転して公営遊園地に計画が変更された。そのとき、地上部分の施設寄付を申し出たのが、親孝行しましょうお爺《じい》さんの、是蔵豪三率いる、日本防災連合会だったのだ。

　砂ぼこりが舞う、埋立地道路に入ると、車の数はぐんと少なくなった。走っているのは、ほとんどがコンテナやダンプなどの大型車ばかりだ。

　二台の車はやがて、「建設中」の高い塀がはりめぐらされた巨大な構造物の前で止まった。

　建設中とはあるが、出入口の守衛をのぞけば、車や人の出入りを感じさせるものは何もない。工事があらかた終わっているか、途中でストップしてしまっているかのどちらかだろう。

　リムジンの運転席の窓が降りて、美形が顔をのぞかせ、ヘルメットの守衛に何ごとかをいった。

　守衛は詰所に入り、電話をとりあげた。すると、鉄製の、高さ三メートルはあるゲートの上につけられた黄色い旋回灯がくるくると回りだした。やがて重々しい響きとともに、ゲートが開き始める。

　ゲートのすきまが、ようやく通れるほどになるのを待って、リムジンは発車した。そのあとをすぐ、こちらのバンがつづく。

　敷地の中は、完成間近というにはほど遠い状況の遊園地だった。中央に、公会堂のようなドーム状の建物があり、周囲をぐるりと、波をうった鉄橋のような高架が囲んでいる。

建造物らしいといえるのは、その高架とドームくらいで、あとは埋立地面がむきだしで、海からの強い風で砂塵《さじん》が巻きあがっていた。

リムジンが走ると、タイヤの噛《か》みあとからも、もうもうと砂煙が舞い、あとを追うバンのフロントグラスは瞬くまに、黄色いほこりにおおわれた。

やがて、リムジンは、

「リヴォルバー・スクリュー発着所」

と記されたコンクリートむきだしの建物の前で停止した。そこから左右に高架が出ている。片方は空めがけ急上昇する線路、もう片方は、猛スピードで下ってきたコースターを減速させるための、ゆるやかな昇り勾配《こうばい》だ。

美形がリムジンの運転席を降りたった。砂煙から目をかばうように、手を額にあてがっている。

「降りろ」

それを見て、〝鉄〟がいった。

僕らはワゴンを降りたった。車内に残っているのは、是蔵だけだった。

僕とさつきは、発着所の前までひきたてられていった。

「さて、このリヴォルバー・スクリューは、全周の三分の二、約三キロが完成しています」

　僕らを前にした美形は、優しい口調でいった。

「ごらんの通り、スタートするとまず、およそ八十度の角度で地上二十メートルまであがり、四十五度の下降軌道に入ります。下降は、このリヴォルバー・スクリュー売りもののの、らせん軌道を回転しながら通過します。らせん軌道では、遠心力を用いた加速が進み、再び地上三十メートルへの上昇軌道に乗ります。そこから戻ってくるのは、同じ軌道、即ち、うしろ向きでの下降です。うしろ向きで再びらせんをくぐりぬけたあと、ポイントの切りかえがおこなわれます。そして、地上高四十メートルに垂直上昇していただきます。そこから降りるのは、ほぼ九十度の直下降に加え、らせんによる回転落ちで、いわばキリもみ状態での墜落と思っていただいてけっこうです」

　僕は目を閉じた。聞いているだけでめまいがしてきたのだ。

「キリもみ落下は、およそ三十八メートル、建物でいえば十二階分の高さからです。そして地上激突の直前、水平軌道にコースターは移ります。ただし、完成している場合の話ですが……」

　美形は微笑んだ。

「現在までのところ、キリもみ落下と水平軌道を結ぶ部分は完成していません。従って、発車したコースターは、回転しながら、地面に叩《たた》きつけられることになります。ただ、それではここまでの試験運転ができないので、バイパスを落下軌道の途中から、最初の上昇口につないであります。ポイント切りかえで、もう一周するか、片道切符に終わるか、操作するわけです」

美形がパチンと指を鳴らした。制服の男が、ヘッドセット式のインカム——携帯無線機を僕とさつきの頭にかぶせた。粘着テープで固定する。

「そのインカムは、こちらの車に積んだ無線機と同調させてあります。喋《しゃべ》りたくなれば、いつでも喋ってください。ポイントの切りかえをおこないます。ただ、このリヴォルバー・スクリューは、未完成なので、ところどころ軌道の継ぎ目に不備があります。場合によっては、途中で投げだされることがあるかもしれません。そのときは、身の不運とあきらめてください。運がよければ、全身の骨折ですむかもしれません」

さつきがストンとすわりこんだ。腰がぬけたようだ。無理もない。

未完成のジェット・コースターなんて、まるで悪夢だ。それを拷問に使うことを考えついたこの美形には、何色の血が流れているのだろう。

「知らないことは喋りようがない」

無駄とは知りつつも、僕はいってみた。〝鉄〟が嬉しげにニタッと笑った。

「会長、この小僧を先に乗せましょう」

美形が、リムジンの是蔵を見、是蔵はおうように頷《うなず》いた。

「あの、喋ったら助けてもらえるという保証は？」

「ポイントの切りかえには、若干、時間がかかる。少し早めの方がいいでしょう」

それが美形の返事だった。

僕は制服の男と運転手に両わきをかかえこまれ、持ちあげられた。〃鉄〃があとからついてくる。

コースターは連結ではなく、1台ずつ切り離されて、発着所にあった。中に、ダミー人形を乗せたのがあって、頭部が無残に潰《つぶ》れている。それを見ていると、制服の男がいった。

「継ぎ目の悪いとこがあってな。二回に一回、コースターが空中にとびだしちまうんだ」

「直しましたよね、もちろん」

「業者がなかなか来ねえんだ」

「やめようよ。ジェット・コースター好きじゃないんです」

「好きになるさ」

僕は二人乗りのシートの片方にすわらされ、安全ベルトで固定された。ベルトは一度固定されてしまうと、自分では手の届かない位置に固定金具がついている。

二人のうちのひとりが、配線がまだむきだしの操作盤の前に立った。

コースターは、長さ一メートル、幅八十センチくらいの平たいボートのような形で、目の前に両手をかける鉄のバーがある。

頭上でジリジリとベルが鳴った。インカムから耳に、美形の声が流れこんだ。

「さあいいよ、発車です。楽しんできてください」

ガタン、とコースターは動き始めた。

3

世の中には、ジェット・コースターが大好き、という女の子がごまんといる。中には大嫌い、死んでも乗りたくない、という人間もいて、どちらかというと男の子に多い。

僕自身はというと、あまり好きではないが、まあつきあいで乗るのも仕方ないかな、から、去年のヘリ墜落で、死んでも嫌派に宗旨がえしたばかりだ。

墜落したときの恐怖が、指一本一本にまでしみついてしまって、同じような状況におちいると、体中がガチガチに硬直するのだ。そういう症状を、旅客機のエアポケットなどで何度か経験し、回復には時間がかかる——ひょっとしたら一生駄目かもしれない、と思っていた。

まあ、旅行で飛行機に乗らない、というのは、場合によっては無理かもしれないが、ジェット・コースターなら一生乗らないと決めても、それほど困ることもない。ジェット・コースターが大好きという女の子と遊園地にいって、

「弱虫、卑怯者《ひきょうもの》」

とののしられても、そこはそれ、失点をとり返すチャンスはいくらでもある。

だが、今回のこのケースだけは、悪夢のそのまた上をいくものといえた。

ぎゃあとかひーと悲鳴をあげられたら、それは本物の恐怖ではない。全身がつっぱり、目を閉じられなくなるほど、大きくみひらいて、呼吸は浅く、小刻みになる——動き始めたコースターの上の僕が、まさにその状態だった。

動きだしたコースターは、「カンカンカン」と音をたてながら、垂直に近い上昇に入った。もうそれだけで、僕の目には涙がにじんだ。

小刻みな振動とともに、ゆっくり地上が遠のいていく。見あげる美形や制服の男たちの姿が小さくなる。リムジンとバンがミニチュアサイズに変わった。

足の裏が痛くなるような、不安。高いところに登るときに味わう恐怖の、そのまた何倍もの代物が、全身を金縛りにする。

カンカンカンという音はつづいている。真上にのびているような頂上が、すぐ鼻先に見えてきた。

左右は何もない。ただの空だ。風が鉄の軌道を吹きぬける、ヒュウという音しかしない。

海が見えた。羽田の飛行場も見える。隣あわせた工場の煙突の模様まで、はっきり見てとれた。

ガコン。

頂上まで来て、コースターが止まった。僕は、これ以上は入らないと思っていた力を、両足と両手にさらにこめた。これから始まる恐怖、そして、その先で待っている死に備えたつもりだった。

次の瞬間、背中がシートに激しく押しつけられた。コースターが下降を開始したのだ。ガクン、と揺れる。思わずくいしばった歯の間から呻《うめ》きがもれた。不意に体が右に傾き、放りだされると思った瞬間、頭を下に一回転して、また一回転した。すわったまま、回転はくり返された。もうゴオッという音しか聞こえない。思考能力は停止し、頭の中はまっ白だ。回転するたびに、命が背中からぬけ、飛び去っていくような気がする。

何回転したか、まったくわからないうちに、唐突に下りが終わった。スピードがゆるみ、やがてゆるやかな昇り勾配《こうばい》にさしかかった。

カンカンカンカンカン……。

さらに高い位置にコースターは昇っていく。継ぎ目の悪い部分で、不意にコースターがガツンと揺れる。もし下りで、スピードが出ていたなら、空中に放りだされただろう。喉《のど》が痛かった。鼻の奥も痛かった。目から涙が、鼻から鼻水が流れているのがわかった。

恐い。とにかく恐い。殺すのなら、ひと思いに殺して欲しい――そう叫ぶことすらできないほど、僕は怯《おび》えていた。

今までだって死の恐怖は何度も味わった。

だがこれとはちがう。こんなのアンフェアだ。一番苦手なものを使って、じわじわと死に導くなんてアンフェアすぎる。

上昇軌道のてっぺんが見えた。恐ろしいことに、それは空中でぷつんと先が切れていた。ちょうど、鎌首をもたげた蛇の、頭の部分のように。

そこに今、コースターは昇りつめようとしていた。

じわりと悪い考えが浮かんだ。昇りのとき揺れた、悪い継ぎ目の部分、あそこを今度はうしろ向きの下降で通過するのだ。制服の男がいっていたのは、あの部分にちがいない。

うしろ向きに空中に投げだされる――考えただけで、僕は吐きそうになった。

ガコン。

コースターが止まった。またしても風の音が耳についた。どこかで音楽が鳴っている。工場だろうか。作業の能率を高めるために流しているB・G・Mかもしれない。

僕は目を閉じようと、思った。これで終わりだ。目を閉じていた方が楽だ。痛みは、地上に叩《たた》きつけられる一瞬だ。

「――いかがです」

耳もとで声がして、僕はぱっと目を開いた。インカムから美形がいったのだ。

「喋《しゃべ》る気になりました？」

「あ、あんたたちが捜しているのが、何かすら、僕は知らないんだ、本当だ」

「神谷から、あれを受けとっていない、と？」

コースターは動かなかった。発着所が左手に見え、そこの操作盤に、制服の男がかがみこんでいるのが見おろせた。ケシ粒のような人形。そいつが、今、僕の命を握っている。

「だから、僕が受けとったのは、赤ん坊なんだ！　生後六ヵ月に満たない、赤ちゃんなんだって！」

僕はわめいた。語尾が震えるのを、どうにも抑えられなかった。

「その赤ん坊は、今、どこにいます？」

「教えたら、降ろしてくれる？」

「もちろん、降ろしましょう。案内してもらわねばなりませんから」

「麻呂宇」だ。圭子ママと康子、それに星野さんがいる。僕はぎゅっと目を閉じ、精いっぱいの力でみひらいた。

「赤ちゃんをどうするんだ？」

「質問は、私の方がしています」

美形がいった瞬間、落下が始まった。口が大きく開いた。だが言葉が出ない。うしろ向きに落ちていく。

ドッスーン！　とコースターがはねあがり、滑車が外れた気配がして、左側が宙に浮き、再び軌道に落ちた。ガガガガ、ガリガリッと、噛《か》みあわない音がして、ガツン、ガツンと継ぎ目のたびに、ひっくり返りそうになる。僕は懸命に体重を左にかけた。

いきなり、うしろから一回転した。

落ちる！　そう思ったとたん、コースターはらせん軌道に入っていた。どういう仕組か、らせん軌道では、外れていた滑車が、もとにおさまり、僕は今度はうしろ向きで、左回転をした。

口から胃の中味がとびだし、膝《ひざ》の上に落ちることなく空中を飛び去っていった。不意に強烈なショックがまたしてもコースターを襲い、まるでスピンターンをしたように、激しい力で僕の体はひきとめられ、くるりと向きを変えた。

コースターは停止していた。

ポイントを通過したのだ。

そして、目の前に、今までで最大最長の上昇軌道があった。その向こうでは、ワインのコルク抜きのような、垂直落下らせん軌道が地面につき刺さっている。

もう体には何の感覚もない。クラゲのようにグニャグニャだ。それでいて、目の前のバーをつかんだ両手の拳《こぶし》は、ロウ人形のようにまっ白だった。握りしめすぎて、感覚がない。握り汗が、指の間をぽたぽたと滴っているのが見えた。

「ラストチャンスです。あなたがひと声、赤ん坊の居場所を喋るといえば、落下軌道に入る前に、バイパスへのポイントを切りかえます。さもなければキリもみ落下です」

僕は大きく息を吸いこもうとした。胸が痛かった。吐いたものの一部が喉に詰まっているような気がした。だが実際はそうではなくて、喉が深呼吸を拒否していたのだ。

肺まで縮みあがっている。

僕は涙をぬぐおうとした。だが手は、バーを離れなかった。どうやっても離れない。

強い風が吹きつけ、砂煙のカーテンが、建設現場をよこぎっていくのが見えた。

車のかたわらに立つ男たちが、風に背中を向け、目をかばった。

そのとき、発着所の屋根の向こう、美形たちからは死角になる位置に、男がひとり立っているのが見えた。裏側の壁にへばりつくようにして、発着所の中で操作盤を前にした制服の男の背中をうかがっている。

僕はぼんやりとそれを見つめた。

親父ではない。遠くて顔は見えないが、体つきは親父のものではなかった。

動いているコースターに興味をひかれて、現場にもぐりこんだ近所の作業員だろうか。

服装は、遠くてよくわからないが、白っぽいコートのようなものを着ている。

「……ここはひどい風だ。早く我々も引きあげたいものです。どうです？　喋る気になりましたか？」

「赤ん坊は、知りあいの人が預かっている。でも夜になれば、親父が面倒を見る筈《はず》だ」

「お父さんはどこで——？」

「事務所のあるマンション。『広尾サンタテレサアパート』」

「住所を」

僕は喋った。早口すぎて美形は一度では聞きとれなかった。同じことを僕は二度喋った。

涙がこぼれた。負けたのだ。僕は屈服した。親父と赤ちゃんを危険にさらした。

「わかりました」

「降ろして……。戻してください」

僕は泣き声でいった。

「待ちなさい」

僕は待った。インカムの中に空白が訪れた。

僕はワラにすがる思いで地上を見つめていた。

発着所から、制服の男が出てくるのが見えた。車のかたわらにいたもうひとり――〝鉄〟がさつきの頭からインカムをむしりとった。自分の頭にかける。

さつきが制服の男に連れられリムジンに乗りこんだ。美形の男は、後部席の窓ごしに、車内の是蔵と話しあっていた。

かがみこんでいた美形が背中を起こし、頷《うなず》いて、僕の方を振りあおいだ。

そして、突然、リムジンの運転席に乗りこんだ。リムジンはバックを始め、ターンすると、建設現場の出口に向かって、走りだした。砂煙をあとに残して。

どうなっているのだ。まさかここに僕をおいたまま、サンタテレサアパートに向かうつもりではないだろう……。

下に残ったのは、〝鉄〟とバンの運転手の、二人だった。

〝鉄〟がインカムをつけたまま、発着所に入った。

「小僧、聞こえるか」

〝鉄〟がいった。

「聞こえます」

「素直になったじゃないか。いいことだがよ、ちょっと遅すぎたな」

「ど、どういうこと？」

「会長が、お前の親父にワケありらしい、借りを返したいと、こうおっしゃった」

「…………」

ガタン、コースターが動き始めた。ゆっくり、垂直上昇軌道めがけて進みだす。

カンカンカンカンカン。

インカムの中で、笑いまじりの〝鉄〟の声がいった。

「その借りを返すため、息子のお前には、ぜひ死んでもらいたいそうだ。地面につき刺さった息子の姿を、父親にたっぷり見せてやりたいとよ」

非情なんてものじゃない。プライドを叩き潰《つぶ》しておいて、その上、命まで奪いとろうというのだ。

僕は声が出なかった。

コースターは死への階段をゆっくり昇り始めた。

なぜ僕は喋ってしまったのだろう。

殺されるなら、決して喋らなかったものを。

カンカンカン。

コースターは空中の一点、頂上に向けて昇りつづけている。

僕は発着所を見おろした。震え声でいった。

「会長に伝えといてくれ」

「何だ？」

「もし、万に一、億に一、助かることがあったら、そのときは覚悟しておいてくださいって……」

「ゾンビで帰ってくるか」

「きっとね」

〝鉄〟の笑い声がインカムの中で弾《はじ》けた。

ガコン。

コースターが停止した。

頂上だった。らせんになった垂直落下がすぐ目の前から地上にのびている。らせん軌道の丸いすきまから、黄色っぽい地面が見えた。あそこに僕の体は叩《たた》きつけられるのだ。

コースターは動かなかった。振り返ると、〝鉄〟が発着所の窓から身をのりだして、こちらを見あげていた。

白い歯が光っている。最後の別れを告げるように手を振った。

「あばよ、小僧」

パン、という間のぬけた音が響き渡った。〝鉄〟がひっと息を呑《の》む気配がインカムを伝わった。

バンのかたわらに立っていた運転手が、何ごとかというように発着所に駆けよった。

パン。

その運転手が砂煙をたてて地面に倒れた。

発着所の裏側からコートを着た男が現われた。右手をまっすぐにのばしている。

男が発着所の入口に回りこむのを、僕は見おろしていた。

〝鉄〟の頭からインカムをむしりとり、蹴《け》った。〝鉄〟の体はごろごろと、発着所の入口階段を転げ落ちた。

「アー・ユー・オーケー?」

不意に英語の声が耳に流れこんだ。

「ヘルプ。ヘルプ・ミー」

「アイ・ノウ。アイ・ノウ」

わかっている、と現われた男はいって、発着所の内部に入り、操作盤の前に立った。

本当にわかっているのだろうか。誰だかは知らないが、操作をミスれば、僕は地面に激突するのだ。

ガタン。

コースターが前のめりになった。

ちがう。それじゃ落ちてしまう！　そう叫びかけたとき、コースターは落下軌道に入った。

らせん軌道が襲いかかり、僕は下向きのまま、くるくると回りながら落ちていった。

4

目を閉じていた。地面に叩きつけられるまで、あと何秒だろう。すぐだ。すぐに来る。

痛いと思う暇はない。

血が頭から爪先《つまさき》に、まるで穴の広がった砂時計のように移動した。

不意に、強烈な力が僕の体を横にひっぱった。コースターがらせん軌道を飛び出したのかと思ったほどだ。

が、そうではなかった。耳もとを切る風の音、滑車のたてる轟音《ごうおん》が弱まった。体が下向きからゆっくり、水平に戻されるのを感じた。

目を開いた。

コースターは、ゆるやかな昇り勾配《こうばい》を駆け上がりながら、発着所に近づいていた。

コートを着た男が、使っていない他のコースターの横に立っているのが見えた。

白人。右手に小さな拳銃《けんじゅう》を握りしめている。

ドスン！　激しい衝撃とともに、僕の乗ったコースターは、並んでいる空きコースターの最後部に衝突した。

僕の体が止まった。もう動いてはいない。

わかっていた。だが、指一本、瞼《まぶた》ひとつ、自分の力では動かせなかった。

白人が鉄の軌道の上を歩いて、僕の乗るコースターのかたわらまで来た。

僕は涙も乾いた目で、白人の顔を見あげた。

幸本画廊に現われた、灰色の髪の男だった。五十歳くらい。この前と同じ、毛皮の襟がついたコートを着て、青い目に厳しい表情を浮かべている。

白人が拳銃をコートのポケットにしまい、両腕をのばした。安全ベルトの固定金具がカチリと音をたてて外れ、たれさがった。

僕は自分の、まっ白になった手を見つめ、白人を見あげた。

白人が頷き、手袋をした手をのばした。

二人で力をあわせて、僕の両手をバーからはずした。指を一本ずつ、だ。

外れた指は、バーを離れても鉤《かぎ》型に曲がったままだった。

立てるか、というように、白人は僕の肩に手をかけた。僕は頷き、無言で立ちあがろうとした。

駄目だった。

膝《ひざ》も腰も硬直して、まるで自分の体じゃない。

白人の肩にすがって立ちあがった。

軌道の上を支えられたまま歩き、僕は発着所の床までくるとへたりこんだ。

白人は無言で僕を見つめていた。

「あ、ありがとう」

ようやく言葉が出た。だが背後の白人の方を向いてではなかった。振り向けば、ジェット・コースターの軌道がいやでも目に入る。

見たとたんに、自分がまた金縛りになるような気がしていた。

「彼らは、どこに行ったのかね」

白人がゆっくりと、わかりやすい英語で訊《たず》ねた。

僕は首を振った。片言の英語で答えた。

「知らない。でも、僕の家に行くつもりだ、夜には」

「なぜだ?」

「赤ん坊。赤ん坊を彼らは捜している」

「ベイビー?」

白人は僕の前に立つと、不思議そうにいった。僕は白人を見あげた。

「あなたは、どこから来たんです?」

「遠いところだ。私は旅行者だ」

「何を捜しているんです？」

「遠い昔、奪われた財産を」

「あなたの財産ですか」

白人は首を振った。

「ちがう。私たち皆のものだ」

「なぜ、僕を助けてくれたのです？」

「君は、彼らに殺されかけていた。彼らは私たちの敵と手を結んでいる」

僕は首を振った。白人のいっていることは、何ひとつ理解できない。

「ここを出よう」

白人はいった。再び、僕に腕をさしだす。それにつかまって立ちあがった。

胸の中から、何か大きなものがぽろりと抜け落ちたようだった。足もとがおぼつかず、もう、何がどうなってもいい、という気持だった。

発着所の階段の上に立ったとき、白人が舌打ちした。

「彼がいない」

僕は白人の視線の先を追った。階段の下に、血の染みこんだ地面があった。

〝鉄〟だ。撃たれたあと、この階段を転げ落ちた。その姿が、今は消えていた。

砂塵《さじん》が吹きぬける建設用地に、血の染みが点々と落ちていた。

バンの運転手の方は、うつぶせに倒れたまま、動いた様子はない。死んでいるようだ。

「君を、どこか人の多いところで降ろす。ひとりで帰れるか」

白人は階段を降りながらいった。僕は頷《うなず》いた。

「あなた、あなたの名前を教えて下さい。僕は、リュウ。サイキ・リュウといいます」

「私は、ミラー。マーク・ミラーだ」

「ミスター・ミラー」

僕は目を閉じた。

「だが、この名には何の意味もない。私のことは、旅行者《トラベラー》と覚えておいてくれ」

「わかりました」

白人に抱きかかえられるようにして、僕は建設用地の塀のすきまを通りぬけた。隣接する工場の敷地との、細い通路に、小さなハッチバックが止められていた。「わ」ナンバーのレンタカーだ。

助手席に英文のドライブマップが広げられていた。白人はそれをどかし、僕をすわらせた。

白人は車を素早く発進させた。工場地帯を抜ける道に合流すると、スピードを上げる。

「君とコウモトの関係を教えてくれ」

「僕の父は私立探偵で、コウモトは父を雇ったのです」

「コウモトは今、どこにいる?」

「知りません」

「コウモトがお父さんを雇った目的は？」

「カミヤという男に会って小切手を渡すためでした。ひきかえに、僕らは赤ん坊を受けとりました」

「コウモトの子か？」

「知りません。カミヤのアパートで、僕はさっきの奴らに誘拐されたのです」

「カミヤはどこにいる？」

「死にました。老婦人《オールドレディ》の悪口をいいながら、僕らの目の前で」

「老婦人？」

ちらりと白人は僕を見た。

「多分、あなたと会う前に、コウモトギャラリーで見た、白人の女性だと思います。六十歳くらいで、銀色の髪の。注射器を持っていました」

「ラボナールか？」

「父はそういっていました」

白人は唇をかみ、前方をにらんだ。川崎《かわさき》大師が近づいてきた。

「君の電話番号を教えてくれ」

僕は教えた。白人は、大師の駅の近くまで来ると、車を止めた。

「君のお父さんにいうのだ。コウモトは、非常に危険なグループとかかわっていた。コウモトを捜してはいけない。もし、命を失いたくないなら、と」

「危険なグループ？」

「それ以上は教えるわけにいかない」

「コレクラもそのメンバーなのですか」

「ちがう。コレクラは、グループから、あるものを買おうとしていたのだ。それが途中で消え、コレクラたちも捜している」

「何です？」

「赤ん坊ではない」

白人はそれ以上いわなかった。

「さ、降りたまえ。私は行かなければならない。そして、今日のことは一日も早く忘れたまえ」

僕は唇をかんだ。忘れられる筈《はず》がなかった。物心ついて以来、初めて、涙を流し、許しを乞《こ》うたのだ。しかも、その相手は親でも恋人でもなく、他人を傷つけることに何のためらいも覚えない奴らだ。正しいものではなく、正しくないものに屈服したのだ。

「ありがとうございました」

それでも僕はいって、車を降りた。白人は頷くと、手も振らずに走り去った。

僕はぼんやりと大師駅に近い歩道にたたずんでいた。一日の仕事を終え、帰宅の途につく人がどんどんと、僕のかたわらを過ぎていく。

僕はのろのろと歩きだした。ポケットの中の小銭を使えば、何とか広尾には帰りつけそうだった。

だがその前に。

知らせなければいけない。親父の身に危険が迫っていることを。

赤ん坊を追う、是蔵とその手下が、サンタテレサアパートの存在を知ってしまったことを。

僕が恐怖のあまり、ペラペラと喋《しゃべ》ってしまったことを。

電話ボックスがあった。

中に入り「サイキ・インヴェスティゲイション」の番号を押した。

誰も出なかった。「麻呂宇」にかけ直す。

「はい、カフェ『麻呂宇』でございます」

圭子ママの声が答えた。

「もしもし?」

「ママ? 親父は?」

「リュウちゃん……。どうしたの?」

ママは僕の声に何かの気配を嗅《か》ぎとった。

「何でもない。親父は?」

「まだ出かけているみたいよ」

「あ……赤ちゃんは?」

「ここにいるわ。元気よ」

僕は喉《のど》が詰まった。どう説明すればいいんだ。赤ん坊をもうすぐ悪人がさらいにくる、居場所を教えたのは僕だって——。

「リュウちゃん！　どうしたの？」

——ママ、代わって、という声が聞こえ、

「リュウ、どこにいるんだよ」

康子がいった。

「川崎」

「川崎!?　何やってんだよ、そんなとこで」

「殺された」

「殺されたってどういうことだよ。生きてんじゃないか」

「生きてるけど、殺された」

康子の声の調子が一変した。

「リュウ、どこだ、詳しくいえよ。今から迎えにいく」

「いい。それより、康子、頼みがある」

「何だい」

「その赤ん坊、連れて逃げてくれ。もうすぐ悪い奴らがさらいにくるんだ」

「どうして……。どうしてそんなこと」

「いいから、早く逃げろ。それで親父にいってくれ。襲いに来るのは是蔵豪三だって」

「逃げる必要なんかないよ。あんたの親父が帰ってくれば、そんな奴ら——」

「頼む、逃げてくれ。お前や圭子ママに迷惑かけたくない。もしお前らに迷惑がかかって、赤ん坊さらわれたら、俺……死ねばよかったと思う」

「リュウ」

僕は受話器をおろした。

電車をどこでどう乗りかえたかは覚えていない。気がつくと、僕は丸子橋《まるこばし》に近い、多《た》摩《ま》川《がわ》の川べりにいた。

日はもう、とっくに暮れ、自転車で走り回ったり、キャッチボールをしていた子供たちの姿もない。

いるのは、ほとんどがアベックばかりだ。

僕は川べりの、草の生えた土手に腰をおろし、ぼんやりと水の流れを見ていた。それも、もうほとんど暗闇の中にのみこまれようとしている。

今まで幾度、死にかけたろう。撃ちあいに巻きこまれたり、爆弾を背中にしょわされたり、殴られて、薬を射《う》たれ、目の前で人が死ぬのを見たのも一度や二度じゃない。

今までだって恐くなかったといえば嘘になる。殺すと威《おど》かされた回数なら、そこらのやくざなんか足もとにも及ばないほど多い。

でも、負けなかった。

いつものらりくらりして、ヘラッと笑って、真剣になったときは、勝った。

親父がいたお陰もある。そして何より、ツイていたのだ。

今まではそれがあたり前だった。恐怖は恐怖として、自分は絶対に死なないと信じていた。

それがただの思いこみで、生きていたのが単なるツキでしかないことを、今日、思い知らされた。

たまたま、生きのびていただけなのだ。ギャングや殺し屋、ゲリラ、テロリスト、スパイ、どんな連中とどれだけやりあい、今まで生きてこられたとしても、それはただのツキだったのだ。

――すぐれた人間は、運も味方にする。

そういった親父の宿敵、スパイの中のスパイは、運に見はなされ、死んだ。

僕も死ぬ。親父だって死ぬ。

死ぬのが恐くない、とは、別に今までだって思ってはいなかった。

ただ、どんなときでも、自分が死ぬのは、「今」じゃない、そう信じていられた。

今日からそれが変わってしまった。

今、生きてても、次の瞬間に。今日、生きていても、明日《あした》には。

死を忘れられない人間になってしまった。

そして、その恐怖から逃げられない人間になってしまった。

少しでもその恐怖をあとまわしにするためなら、何でもやるだろう。

もう、プライドもない。勇気も誇りも。

あのとき、あのジェット・コースターの頂上にいた僕は、助かるためなら、どんなことだってしたろう。

ひざまずけ、といわれれば、ひざまずいた。

泣け、といわれれば、泣いた。

それは、ただ恐怖するのとはちがう。

恐いものを、恐いと思うことに恥ずかしい気持はない。その恐怖を克服するからこそ、勇気といえるのだ。

恐いと思わなかったから、勇気がある、というものではない。恐いと思う、その気持を抑えつけることが、勇気なのだ。

なのに僕はそれができなかった。

負けたのだ。恐怖に。自分に。

僕は立てた膝《ひざ》の間に顔をうずめた。

周囲のアベックなど、どうでもよかった。

楽しげな人々。恐れをもたぬ人々。自分と、自分の愛する人を、信じる人々。

幸福とはそういうことだ。

そして、自分自身を信じられなくなった僕は、この多摩川の川原に集う人々の中で、最も不幸な人間だった。

どれくらいの時間がたったろうか。いつのまにか、アベックたちの姿も消え、僕ひとりになっていた。

僕は立ちあがった。土手を登り、コンクリートを敷きつめた公園に出た。

スモールランプを点《つ》けた車が止まっていた。よりかかっている人影の、顔のあたりで、煙草の赤い火が点《とも》っている。

「殺されたそうだな」

親父だった。右手に缶ビールを持っている。

「いつからここにいたのさ」

「ちょっと前だ。多分、ここだろうと思ってな」

何かあれば、多摩川――そんな暗黙の了解が、僕と親父の間にあったことを、僕は思いだした。

「生き返ったか」

「駄目みたい」

僕は近づいていくと、首をふった。

「赤ちゃんは？」

「康子が連れていった。圭子ママも一緒だ」

「よかった」

「是蔵豪三か」

僕は親父の前で立ち止まり、うんと頷《うなず》いた。

「どうやって殺されたんだ」

「いいたくない」

「一生、死んでるのか」

親父はいった。僕は親父の顔を見た。むっつりとした、憂鬱《ゆううつ》そうな顔をしている。

「ひょっとしたら……」

僕は息を吐いていった。

「探偵も引退だな」

親父はさらりといった。

「アテにならないね。こんな僕じゃあ」

「今のままじゃな」

親父は空になった缶を握《にぎ》り潰《つぶ》した。

「ビール、まだある？」

「ある」

僕は手を出しかけ、止めた。親父が首をふったからだ。

「死人に飲ませる酒はない」

「煙草も——？」

「ああ」

僕はくるりと背中を向けた。親父ががっかりしているのがわかった。見損なったぞ、リュウ——その言葉が背中に襲いかかってくるのを待った。

「——あんたは殺されたこと、ないんだろ」

僕はいった。

「腐るほどある」

「嘘だ」

「じゃあいい」

「鼻水たらして、泣きわめいて、土下座したことがあるっての？」

「小便もらして、クソちびったこともある」

「なんで⁉」

「死ぬのが恐くてだ。決まってるだろう」

「あげくに仲間を売ったりした？」

「いいか、リュウ——」

「そこまでしないだろう。僕は赤ん坊を売ったんだ。逃げることも、戦うこともできない赤ん坊を」

「だが、赤ん坊は無事だ」

「結果だよ。たまたま、さ。助けてくれた白人がいなかったら、警告することもできなかった。是蔵は、あんたに僕が地面にめりこんだところを見せたい、そういったんだ」

「どこで」

「遊園地。未完成のジェット・コースターに乗せられた……」

いった僕の声は震えていた。

「――お前は苦手だったな。ミオの一件以来」

しばらくして親父がいった。

「そうさ。でもわかっていて克服できなかった。最低だよ」

「リュウ、殺されたことは恥でも何でもない。誰だって弱い部分を攻められれば殺される。誇りをもって死んでいければ、その方がむしろ幸せだというときもある」

「じゃあ、どうするんだい。やっぱり殺されたまま、生きていくのかい」

「いや、幾度殺されても、俺が生き返ったのは、たったひとつのことを、そのたびに必ずしたからだ」

「何？」

親父は吸いかけの煙草を地面に落とし、踏みにじった。

「殺した奴を、殺し返す。そして、誰でも、どんな奴でも殺されることを、自分に教えこむ」

「殺し返せなかったら？　自分だけが殺されっぱなしだったら？」

「終わりだ。人間として生きていくことはできる。だが、男としては——終わりだ」

僕は全身がぶるぶると震えだすのを感じた。ジェット・コースターで味わったのとはちがう、まったく別の恐怖が心の底からこみあげてくるのを感じた。

「……終わりたくない。終わりたくないよ」

「よし。じゃあ、是蔵を殺そうぜ」

親父はいった。

恐怖の追加伝言

1

　その夜、是蔵豪三の手下は「サイキ・インヴェスティゲイション」を襲いには現われなかった。

　旅行者《トラベラー》ことマーク・ミラーに撃たれた〝鉄〟が、僕を殺しそこねたと報告したからかもしれない。

　〝鉄〟と制服の運転手を打ち倒した白人の腕は見事だった。生きのびて逃れたとはいえ、〝鉄〟も瀕死《ひんし》の重傷を負っているにちがいなかった。

　〝万力〟は足の骨を僕によって折られ、〝鉄〟も撃たれて大怪我をしている。是蔵は、赤ん坊を手に入れるのに時間をかけるつもりになったのだろう。

　僕と親父は夜が明けるのを待って、サンタテレサアパートの近くの二十四時間営業のレストランに向かった。

親父は一睡もせず、是蔵の手下が現われるのを待ちうけていたのだ。僕の警告を受けいれた、圭子ママと康子は、ママの友人が経営する旅館に泊まっていた。旅館といっても、ただの旅館じゃない。

政治家や財界のお偉方が、食事をしながら悪企みをこらすのに使うようなところで、赤坂の料亭街のまん中にある。もちろん、ふりの客は入れないし、場所柄、新聞記者や警察の目も光っていて、是蔵でも簡単には手が出せないところだ。

「麻呂宇」はしばらく、星野さんがひとりで切りもりすることになるが、もともとママは、お客さんとのお喋《しゃべ》りの他はたいした仕事をしていなかったので、星野さんが困る気づかいはなかった。

「――とうとう来なかったね」

僕は薄いコーヒーの入ったカップを前に、いった。

「油断はできん。だが、是蔵が追っているのが、赤ん坊でないことだけは確かなようだ」

親父は頷《うなず》き、シロップをたっぷりかけたパンケーキを口に運んだ。

僕が、さつきとともにあの凶悪コンビに「日本防災連合会本部」に連れこまれている間、親父は、昔馴染《むかしなじ》みと会って、情報を収集する手筈《てはず》になっていた。が、父親の方は、目ぼしい手がかりは得られなかったようだ。

「さつきを助けださないと」

僕はひと晩中、気にかかっていたことをいった。安田さつきは、競馬場遊園地から、是蔵に連れさられたままだ。監禁されているか、拷問されているか、無関係であると是蔵が納得したとしても、簡単に解放されるとは思えない。

一夜が明け、きのうのひどいショックからは立ち直りかけてはいたが、自分がひどく臆病《おくびょう》者になってしまったような不安が、僕の心の奥底にはあった。

「あわてるな、奴らが俺たちを襲いにこなかったということは、捜しているものが、一刻を争うような品ではないのを意味している。それならば、すぐにさつきを消してしまうこともないだろう」

「でも、僕を殺そうとした」

「俺の倅《せがれ》だからだ」

パンケーキをすべて片づけ、オムレツとグリーンサラダの皿も空にした親父は、僕のスクランブルエッグにもフォークをのばした。

「食わないのならもらうぞ」

「どうぞ」

僕は皿をさしだした。きのう、親父は、見張りは自分がするから僕には寝ろ、といってくれた。だが僕はまったく眠れなかった。

万一、親父が是蔵の手下に倒され、またあのジェット・コースター、リヴォルバー・スクリューに乗せられるようなことがあれば、僕は発狂してしまうかもしれない、とすら思った。あれで殺されるくらいなら、撃ち殺された方がどれほどマシだろう。

「いったい何があったの、是蔵と」

「奴は右翼を標榜《ひょうぼう》し、政界や財界にパイプをもってここまでのしあがった。もとは戦後、日本が混乱していたとき、悪どい稼ぎをしこたまlevels して、それを賄賂《わいろ》にバラまいたようなごろつきだ。偉くなってからは、コネを使った利権で洪水のように流れこんでくる金を、あちこちの慈善事業につぎこんで、勲章までもらい、誰も手が出せないような大物になった。だが、奴のやり口は、昔と少しも変わっていない。金でいうことを聞かない奴は暴力でおし潰《つぶ》す。奴の飼っている右翼どもは、そんなときのための、いわば私兵だ。だが、ごろつきを集めてそのままにしておけば、ただの暴力団になる。だから右翼をカッコつけている。以前、奴は国のためだといって、そういう私兵を外国で訓練させたことがある。軍事的な訓練だ。日本でやれば違法だが、外国なら問題はないからな。東南アジアのある国の軍部高官に賄賂を渡し、その軍隊に手下を入隊させたのだ」

親父はそこで言葉を切り、ウエイトレスにコーヒーのお代わりを頼んだ。

やってきたウエイトレスは十九ぐらいの、わりに可愛い子だった。目があうと、親父はにっこりしてみせた。

「バイトかい？」

女の子が頷くと、親父はいかにも〝優しそうなオジサマ〟って顔でいった。

「そう。がんばるんだよ」

女の子が行ってしまうと、僕はいった。

「ナンパはいいから、つづきは？」

「俺はその頃、たまたま、その軍隊が麻薬の国際取り引きに関係しているのじゃないかと、調べていた。麻薬を運ぶキャラバンが、インドシナ半島の高地を南に下る。あたりは、ゲリラや山賊がやたらに出る地域だ。麻薬生産の大ボスは、軍の高官に金を払って、山賊やゲリラからキャラバンを護衛させていたのさ。いいか、法で麻薬を禁止している国家の正規軍が、麻薬を運ぶキャラバンの用心棒をやっていたというわけだ」

「どうしたの？」

「その国の政府に訴えても、軍と仲よくしたがる政治家が何も手を出さないだろうことはわかっていた。そこで、俺と何人かのチームが山賊をよそおうことにした」

「チーム？」

「つまり、そいつらが運ぶ麻薬で、深刻な被害を受けている国の人間だ。もとを断つために、何ヵ国かから行商人《スパイ》が派遣されてチームを作ったわけだ」

「あんたもそのメンバーだったわけ？」

「俺は案内役だけをする予定だった。ところが、そこの軍隊の中に是蔵の手下がいることを知ったので、ある計画をたてた」

その計画とは、軍隊の命令系統が複雑なことを利用し、是蔵の手下らを、その護衛部隊に同行させる、というものだった。東南アジアの軍隊に送りこまれた、是蔵の手下たちは、いずれも暴力のプロをめざす、若いが遵法意識のカケラもない連中だった。大半が、街のチンピラや暴走族あがりで、そのままでは社会に出ても、やくざになるのがおち、といった手合いだ。

親父はニセの命令書をキャラバン護衛隊の隊長に送り、訓練のひとつとして、その連中を護衛隊に合流させるよう命じた。

是蔵はその頃、日本で、つきあいのある政治家や財界人に、自分は有事に備え、故国を守るための若者を養っていると豪語していた。彼らは優秀な兵士に育ち、必ずや、いざというとき自衛隊以上に頼りになるであろう、と。

訓練部隊はインドシナ半島高地を下ってきた麻薬キャラバンの護衛隊と合流した。もちろん、積荷は大量の阿片《あへん》なのだが、それは知らされていない。

合流を待って、行商人のグループが偽装した山賊がキャラバンに襲いかかった。訓練を受けた正規軍とほとんど素人からなる訓練部隊の混成護衛隊は大混乱におちいった。

「戦場では、素人の兵士ほど始末におえないものはないんだ。役に立たないだけならまだしも、恐怖や興奮でわれを忘れ、仲間を撃ったり、火線をさえぎって敵に味方するような奴まで現われてくる」

親父はいった。そして、まさにその通りになったのだった。正規軍だけの護衛隊なら、山賊たちはむしろ手こずったかもしれない。

が、突然の襲撃に右往左往し、あたりかまわず銃を乱射し始める素人連れの護衛隊相手に、襲撃は大成功をおさめた。

積荷の阿片はすべて焼きはらわれ、麻薬の生産者は何百万ドルという被害をこうむった。護衛隊は半数が死傷し、壊滅状態だった。

皮肉なことに死者の中に、日本人は含まれていなかった。

このニュースは、親父たちの計略で全世界に流された。正規軍が麻薬キャラバンの護衛隊をし、しかも外国人である日本人のグループを同行させていたことが、翌日には世界中に知れ渡った。

ことを重く見た日本政府は、是蔵豪三に直接、事実関係の確認を求めた。

有事に備えた兵士どころか、麻薬の護衛をするような〝ごろつき〟を飼っていたことが知れ渡り、是蔵の自慢の鼻はぺしゃんこにへし折られた。

怒り狂った是蔵は、いったいなぜそんなことになったのかを部下に命じて懸命に調べさせた。部下はフリーのジャーナリストを雇い、ジャーナリストはこの襲撃が、各国の行商人チームによる麻薬シンジケート攻撃作戦であったことを知った。

ジャーナリストの報告を受けた是蔵は、その行商人チームのメンバーの名前を、麻薬生産の大ボスに伝えたのだった。

何百万ドルという商品を灰にされ、怒り狂った大ボスは、それらの行商人の首に賞金をかけた。

「チームの大半は、東南アジアの専門家で、普段もタイやフィリピンで暮らしているような連中だった。表向きはレストランの経営者や貿易商といった商売をいとなみながら、本国からの指令を待っているんだ。たいていは、現地の人間をカミさんにして、その土地の社会にとけこんでいる」

親父はそこで沈黙し、コーヒーをすすった。

「賞金て、いくらぐらいの？」

「安い。信じられんほど安い金額だ。日本円に直して、そう、十万くらいだろう。それでもその金を欲しがった奴らが、ナイフや拳銃《けんじゅう》を手に、メンバーをつけ狙った」

「でも、プロの行商人なら――」

親父は首を振った。

「いったろう。メンバーの大半は、普段は普通の人間として、家族と暮らしているんだ。始終、テロに備えているわけじゃない」

「じゃあ……」

「メンバーのうち四人が殺された。家族を、妻や生まれたばかりの赤ん坊を殺された奴もいる。俺はその頃、たまたま別の任務で、住んでいたところを離れていた。だから殺されずにすんだんだ。チームは任務の成功後、解散していた。だが新聞やテレビで、メンバーたちが次々と被害にあっているのを知った俺は、麻薬シンジケートにもぐりこんだ。つまり、身内に入ることで、行方をくらませたわけだ。そして、メンバーのリストをシンジケートのボスが手に入れた理由を知ったわけだ。是蔵だとな」

「是蔵は今でも、あんたに恨みをもっているわけだね」

「チームに日本人は俺ひとりだった。奴は、俺があのニセ命令書をしかけた張本人だと知っている」

「忘れてた恨みを、僕が思いださせたんだ」

「そういうことだな」

親父はいって、ニヤリと笑った。

「だが今度はこちらが恨みをはらさせてもらう番だ。ちがうか？」

「ちがわない。あの爺《じじ》いを叩《たた》き潰してやる」

僕は答えた。


レストランを出た僕と親父は、尾行に注意しながら、赤坂に向かった。

旅館は、黒い大きな板塀をまわりにはりめぐらせ、その中には広大な日本庭園があった。あたりには、似たように大きな料亭が建ち並んでいる。

大きな、お寺の山門のような入口をくぐり、玉砂利を敷きつめた車寄せにステーションワゴンを止めた僕と親父は、法被《はっぴ》を着たごついお兄さんたちに迎えられた。

お兄さんたちは板前の見習いのようだ。髪を短く刈っていて、法被の下は白い調理服だ。歯の長い下駄をはいている。

「電話をした冴木です。知りあいがここに世話になっている」

「おかみさんのお客さんですね。こちらへどうぞ」

若い衆のひとりがいって、日本庭園を先に立って歩きだした。残りのお兄さんたちがさっと、入口の大木戸を閉める。外からはもう、親父のステーションワゴンは見えない。

僕らが案内されたのは、庭園の外れにある、離れだった。

呼びかけに答え、圭子ママと赤ん坊を抱いた康子が現われた。

「のちほど、おかみさんが参ります」

お兄さんはいって、その場を離れた。

僕らは、離れの中央にある、十二畳はあろうかという日本間にすわった。

「ママ、康子、いろいろ迷惑かけちゃってごめん」

僕は二人にあやまった。

「いいわよ、隆ちゃん。ここはわたしの昔っからのお友だちがやっているところで、気をつかわなくてすむの」

ママは笑った。

「それに赤ちゃんが一緒だから退屈しないわ、ねえ」

ママの言葉に康子も頷《うなず》いてみせた。

「あたし、前からこういうところに来てみたかったんだ。別にあんたがあやまることないよ。ごはんはおいしいし、旅行に来てるみたいで、のんびりするぜ」

「ありがとう、康子」

「それより、何があったんだ、リュウ」

「そうよ、リュウちゃん、心配したのよ」

僕がそれに答えようとしたとき、離れの戸が開く音がして、

「ごめんなさいよ」

声が聞こえた。

僕と親父は立ちあがり、入ってきた女性と向かいあった。

その人は背が高く、渋い色の和服をきりっと着こなしたおばさんだった。

三十代半ばか、四十手前といったあたりだろう。色が白く、長い髪を、頭のてっぺんでひとつにまとめている。

きれ長の目がきっと吊《つ》り気味で、気の強そうな顔だちだった。

女の人は親父と向かいあうと、

「あんたが冴木さんだね」

歯切れのいい口調でいった。

「そうです。ごやっかいをおかけします」

父親はぐっと殊勝な口調になった。

「なるほど、圭子が惚《ほ》れるだけあって、いい男だね」

「ちょっと、ハルちゃん」

圭子ママがあわてたようにいった。

「あたしは、この『喜多《きた》の家《や》』のおかみで、はるみといいます」

女の人は口調を改めた。

「冴木です。こっちは息子のリュウ」

僕はぺこりと頭を下げた。

「是蔵の爺いに追っかけ回されてるんだって」

おかみさんは、お茶をいれてくれるといった。白い指先は、よく手入れされていて、康子の手よりきれいだった。マニキュアなんて下品なものはしていない。

「知っていますか？」

「嫌われ者さ。大物ぶって、すぐに政治家や官僚をお座敷に呼びつける。スケベなくせに、ふた言めには、天下国家とかほざいてね。尻尾《しっぽ》をふる奴らも奴らだけど……。右翼だか何だか知らないけど、タチの悪い狂犬を飼ってるって評判で」

おかみさんはいって、赤ん坊を見やった。

「あんな爺いに、こんな可愛い赤ちゃんを渡しちゃ駄目よ。ここにいる限り、誰にも指一本ふれさせやしないから」

「いったいどうなってるの？　涼介さん」

ママがいった。親父が僕を見、僕はこれまでに起きたことを、ジェット・コースターでの拷問を含めて、すべて話した。そして、親父がいった、是蔵を殺しかえさない限り、自分が男として戻れない、という言葉を実行するつもりでいることも話した。

日本間は、僕が話しおえると静かになった。やがて康子が沈黙を破った。

「リュウ、あんたの気持、わかった。あんた、普段はチャランポランだけど、やるときはやる奴だって、あたしは信じてるよ」

光る目で僕を見すえた。僕は無言で頷いた。

「でもいったい、是蔵の爺いは、何をそんなになって追っかけてるんだろう」

おかみさんがいった。

「日本のものじゃないことだけは確かです。リュウを助けた、ミラーという外人は、遠い昔、奪われた財産を捜している、と告げた。そして、このことには非常に危険なグループがかかわっている、と」

親父は答えた。

「つまり、そのグループから是蔵が買おうとしていたものを神谷が横どりしたのだと思います。幸本は、それをとり戻そうと、神谷に小切手を渡したのではないでしょうか」

僕はつけ加えた。

「ところが、小切手とひきかえに我々が受けとったのは、この赤ん坊だった。この赤ん坊がいったいどこから現われたのか、誰も知らない。是蔵も知らない」

親父の言葉を受けて、おかみさんは、赤ん坊の顔をのぞきこんだ。赤ん坊は籐《とう》の籠《かご》からこちらを見あげ、きょろきょろと目を動かしている。

「あなたのお名前は何ていうの？　ねえ、おばちゃんに教えて」

「そうよ、涼介さん。康子ちゃんとも話していたのだけれど、名前がないのはかわいそうよ」

親父は困った顔になって、僕を見た。

「リュウ、何かあるか」

「あるかっていったって、将来のために子供の名を考えているほど、平和な暮らし、してないよ」

「花子じゃ駄目か」

「駄目！」

康子がすごい剣幕でいった。すっかり母性愛にめざめた様子。

「そんないい加減な名前じゃ駄目。もっとちゃんとしたの考えろよ」

「日本人かしら」

圭子ママがいった。

「東洋人であることは多分、まちがいないだろう」

と、親父。

「タカラっていうのはどう？　その外人は、財産を捜しているっていったのでしょう。この赤ちゃんがその財産の鍵《かぎ》を握っているかもしれないから」

「タカラ……男の子みたい」

康子がママの言葉を受けた。

「だったら、たまみちゃんとか、サンゴちゃんにしたら」

おかみさんがいった。

「サンゴ、いいわ、それ。とてもきれいで」

ママがいった。

「サンゴちゃん。どう？」

そのとき、赤ん坊がキャッキャと笑った。

決まりだった。こうして、赤ん坊は、さんごと呼ばれることになった。

2

「喜多の家」の離れで、僕と親父は、たっぷり睡眠をとった。目がさめると、おかみさんが豪華な夕食をさし入れてくれ、ママと康子、それにさんごの五人で腹ごしらえをした。

さんごはもちろん、まだミルクしか口にしない。

「これからどうする？」

「幸本がどうなったかを調べよう、すべての始まりは幸本だ。幸本なら、納得のいく説明をつけられる筈《はず》だ」

食事が終わると、僕らは相談を始めた。

「幸本は、是蔵につかまってるんじゃないの？」

「もし、そうなら、お前のことを是蔵は知っていた筈だ。幸本に自白剤を射《う》ったのは、銀髪の婆さんだった。幸本を連れ去ったのは、ミラーがいった〝危険なグループ〟のメンバーだろう」

「すると、あの婆さんも？」

「そうだ。神谷を殺したのも、そのグループだ」

「さつきは？　さつきはどうする？」

「さつきを取り戻すには、監禁されている場所をつきとめてのりこむか、是蔵と取り引きをするか、しかない。お前を逃がした今、さつきは、『日本防災連合会』の本部にはいないだろう。つきとめるのは簡単じゃない。ただ、手はなくはないが……」

親父は、ママがいれたコーヒーを飲みながらいった。康子は別の部屋で赤ん坊についている。

「どんな手？」

親父は空中をにらんでいたが、やがていった。

「〝鉄〟が生きている、と仮定しよう。きのうの晩、奴らが襲ってこなかったのは、〝鉄〟が生きのびて、是蔵に警告をしたからだ、と。〝鉄〟は今、どこにいる？」

「病院に決まってるよ。銃で撃たれたんだ。ほっておけば、死んでしまう」

「そうだ。だが銃で撃たれた傷は、普通の病院で診てもらうわけにはいかない。警察に通報されるからな。すると、安全な病院を捜すことになる」

「警察に知らせないで治療してくれる？」

康子が隣の部屋から、足音を忍ばせて出てくると、ママのかたわらにすわった。テレビのスイッチを入れ、音をしぼって画面を見つめる。

「そうだ。是蔵なら、そんな病院のいくつかを知っているだろう。是蔵が経営にかかわっている病院を調べて、そこをあたれば、〝鉄〟を見つけることができる。案外、〝鉄〟のそばにさっきはいるかもしれん」

「グループの方はどうするの？　ミラーはきっとそいつらを追っかけているよ」

「それについては、そろそろ島津《しまづ》に会おうと思っている」

そのとき、テレビを見ていた康子が声をあげた。

「ちょっと、これ、さっきの奴じゃない。幸本画廊の幸本って奴」

康子はテレビのボリュームを上げた。

「――岸壁にはブレーキの跡がなく、警察では、自殺と事故のどちらなのか、詳しく調べる模様です」

画面にはクレーンで海面から吊《つ》りあげられた車の映像がうつっていた。それが幸本の写真にかわった。

「幸本さんは、銀座で長く幸本画廊を経営しており、二日前から行方がわからなくなっていることから、何らかのトラブルに巻きこまれた疑いもあると、警察はみています」

「やられた」

僕はいった。

「奴ら、幸本を訊問《じんもん》したあと、殺したんだ」

親父は一瞬、難しい表情になった。

「島津に連絡をとろう」

二時間後、僕と親父は、監察医務院の解剖室にいた。そこには、もう二人、歩く国家権力、内閣調査室副室長の島津さんと、白衣を着たドクターがいる。

手術台のような解剖台の上には、白布をかけられた幸本の遺体が横たえられていた。

「肺に水は入っていません。従って、水中に没する前に呼吸は止まっていたとみるべきでしょう」

ドクターは説明した。

「死因は何です？」

「心臓マヒですな。ただ問題なのは、何によって心臓マヒがひきおこされたか、です。心臓マヒというのは、心臓が止まることであって、極端な話、たいていの死人は心臓マヒで死んでいる。つまり、心臓マヒをひきおこすには、病気とか、ショック、毒物、怪我といったいくつもの原因が考えられるわけです」

ドクターはたんたんといった。

「このホトケさんに限っていえば、外傷は見あたらない。心臓やその他の内臓にもこれといった病気はありません。すると、ショックや毒物といったものがあげられます。ただこの毒物となると、知られた毒、たとえばストリキニーネのようなものならともかく、そうでなければ、検出が非常にやっかいになりますな」

「きのう、ここに運びこまれた死体がもうひとつあったと思うが」

親父がいった。

島津さんが目を光らせた。

「赤坂のKホテルで見つかった、泊まり客さ」

「神谷晴夫ですな」

ドクターがいった。

「死因は何です？」

「おい、冴木、何をつかんでる」

島津さんは厳しい声になった。ドクターは困ったように、親父と島津さんを見比べた。

僕と親父がこうして、ドクターから話を聞けるのは、すべて島津さんの持つ権力のおかげだ。島津さんの協力がなければ、とっくにつまみだされている。

親父は島津さんに向き直った。二人は昔の同僚らしく、俺、お前で呼びあっている。

「神谷は死ぬ直前、『あの婆《ばば》あ』と呻《うめ》いた。そしてそのあと、リュウが幸本画廊で、注射器を持った白人の婆さんを見かけた」

島津さんは目を丸くした。

「警察にそれを話したのだろうな」

「いや。かかわりになっちゃまずいんで逃げだした」

親父は平然といった。ドクターまで肝をつぶしたような顔になった。

「冴木……」

「詳しいことは、あとで話す。神谷の死因を聞かせてくれ」

島津さんは溜息《ためいき》をついてドクターに向き直った。

「先生、すいませんが」

「いえ……。神谷晴夫も私がみました。死因は中枢神経に作用する毒物による呼吸不全。この毒は遅効性ですが、致死量は非常にわずかです。血管を通って中枢神経に運ばれますから、それまでに、半日から一日以上、時間がかかることがあります」

「入手しやすい毒ですか？」

ドクターは首を振った。

「日本ではほとんど手に入りません。ヨーロッパで、いくつか例が報告されていますが、暗殺用に使われたというものがほとんどです」

「暗殺？」

「ええ。鋭い針や刃物、ときに紙のように薄い鋼鉄片にこの毒を塗っておき、相手に傷をつけるのです。一瞬のことで、たとえば封筒などにしかけておいて、ちょっとした切り傷だと思わせ、毒がじわじわと回る、というわけです」

「その場では死なないから、やった人間もわからんな」

親父がいった。オトロシイ。

「すると神谷の手首にあった、あの傷が――」

僕はいった。ドクターは頷《うなず》いた。

「そうです。毒物の侵入経路は、左手首の内側にあった小さな擦過傷からです」

「幸本はどうです？」

「毒だとしても、それとは別です。死因となる症候がちがいます」

ドクターは首を振った。

親父は唸《うな》った。

「毒薬婆あめ」

僕は、以前かかわった「タスク」と呼ばれていた調毒師を思いだした。あらかじめ、何年何ヵ月何日後にあわせて、ぴたりと人を殺す毒を調合してみせる殺し屋だ。「タスク」は男だったが、今度は婆さんが毒薬を使っているわけだ。

「とにかく、幸本が何らかの毒におかされて死んだのではないか、調べて下さい」

島津さんはいって、親父の腕をひっぱった。

「冴木、ちょっとつきあってもらうぞ」

警察病院の人けのない夜の待合室にくる。いらいらしたような島津さんを尻目《しりめ》に、親父はソファに腰かけ、煙草をくわえた。

「ヨーロッパの毒薬だと。いったい何が始まってるんだ、冴木」

「俺にもわからん」

「とぼけるな。お前が何も知らずにそんなことにかかわっているとはいわせんぞ。殺人が二件なんだ」

「二件じゃない、三件ですよ」

僕はいった。

島津さんは僕を見つめた。

「きのう、川崎の埋めたて地で右翼の男が射殺された事件があったでしょう」

「是蔵豪三のところの運転手だな」

さすがに島津さんは情報をいち早くつかんでいる。

「あれも関係あるのかね、リュウ君」

僕は頷いた。島津さんは親父に向き直った。

「是蔵はお前を恨んでいたな」

「俺は殺《や》ってない」

「じゃあ、誰だ」

「僕の命の恩人です。その人がいなければ、僕は未完成のジェット・コースターで地面に叩《たた》きつけられていた。是蔵の差し金で」

島津さんは眉《まゆ》を吊りあげた。

「どういうことだ？　右翼の大物と画商、それにパリごろが、いったいどんなつながりがある？」

「大声を出すな。ここは病院だぜ」

親父は備えつけの灰皿に煙草を押しつけながらいった。

「いったように、俺たちにも何が起きているのかよくわからん。今度ばかりは、俺たちも巻きこまれたんだ」

そして親父は、これまでに起きたことのあらましを島津さんに話した。

聞き終わると、島津さんはしばらく無言だった。宙をにらみ、考えこんでいる。

「すると、リュウ君は、外国人のグループとそれを追っかけているミラーという男の争いに巻きこまれたのか」

「間に是蔵が入っているが、まあ、そういうことだ」

親父はあっさり認めた。

「ミラーというのは何者だ？」

「何者だと思う？」

「エージェントだな、それもかなり腕ききの。バックアップなしで、そこまで危険な活動をしているところを見ると」

「俺も同じ考えだ」

「ミラーは、その銀髪の婆さんたちを追って、日本まで来たんだな」

「多分な。そこでもうひとつ頼みがある」

親父がいうと、島津さんはあきれたように首を振った。

「お前もいい加減、図々《ずうずう》しい奴だな」

「神谷が日本に帰国した日、成田《なりた》で何かトラブルがなかったか調べてくれ。どんな小さな騒ぎでもいい」

「おい、まさか、神谷が成田で赤ん坊を誘拐したなんていうつもりじゃないだろうな」

「だから、そいつを調べてもらいたいんだ」

島津さんは溜息をついた。

「わかった。だがこれだけは約束しろ。この先何かが起きたら、必ず俺に知らせろ。是蔵は、あの頃の是蔵より、さらにひとまわりでかくなっている。下手な近づきかたをすれば、俺たちでも吹きとばされる」

「警察も遠巻きか」

「奴は警察庁の上の方にもコネを持っている」

島津さんが苦々しげにいうと、親父は肩をすくめた。

「なるほど。そいつはすごい」

「だから用心するんだ。お前やリュウ君の身に何かがあっても、フォローしきれんかもしれん」

「そんなこと頼んでやしない。知ってるか、島津。木は大木になればなるほど、倒れるときはあっさりと、そしてでかい音をたてるんだ」

島津さんは目をみひらいた。

「冴木、まさか、お前――」

「是蔵はあのとき、ぶっ潰《つぶ》しておくべきだった。潰れなかったのは、奴がしぶとかったからだが、今度はそうはさせん。よく耳をすましておけ」

親父はにやりと笑った。

「きっとでかい音がするぜ」

島津さんと別れた僕と親父は、ステーションワゴンに乗りこんだ。

「これからどうするの？」

「〝鉄〟を捜す」

「どうやって？」

「まあ見てろ」

親父は車首を新宿方面に向けた。

歌舞伎町についたときは、午後十時を回っていたが、あいかわらずの人出だった。下は、僕よりもさらに若い連中から、上は背広にネクタイのハゲ親父まで、ぞろぞろとネオンの洪水の中を動きまわっている。

親父は車を止め、さっさとその洪水の中心部に向け、歩きだした。

「ねえ」

僕はあとを追いながらいった。

「まさか、その辺を歩いてるヤッちゃんに声をかけて、どっかいい病院ないかなんて訊《き》くつもりじゃないだろうね」

「それも悪くはないな」

親父はくたびれたスーツのスラックスのポケットに両手をつっこんで歩きながら答えた。

冗談じゃない。そんなことを訊こうものなら、マジに答えてくれるどころか、暗がりにひきずりこまれてボコスカ殴られるのがおちだ。

「いっとくけど、やくざ屋さんと殴りあいになっても加勢しないからね」

「ずいぶん冷たいじゃないか」

「ガラガラ蛇をかまう趣味はないの」

やがて僕と親父は、歌舞伎町の目抜きをはずれ、一本裏の怪しげな一角を通りかかった。

鉢巻きをした、法被より戦闘服が似あいそうな呼びこみの〝海坊主〟だの、一見してソレとわかるポン引きが、うるさく僕らの前をさえぎる。

「高校生には、あんまり教育上よくないみたい」

「何ごとも経験だ。ここがいいかな」

いって親父は一軒の店の前で立ち止まった。さっそく〝海坊主〟がすりよってくる。髪だけでなく眉毛《まゆげ》もそり落としていて、歌舞伎町広しとはいえ、ここまで凶悪な顔つきをした客引きも、そうはいない、というヒドさ。

「社長、目が高いね。うちは、歌舞伎町でも、一、二を争うサービスだよ」

親父の腕をつかむ。その拳《こぶし》には、これみよがしの空手ダコ。

「うひひ、で、こっちは弟さん？」

「セガレだ。親子で男同士の酒が飲みたくってね」

店は紫の色ガラスのドアで、奥はどうなっているか皆目わからない。

「そりゃいいや。うちは雰囲気抜群だから、じっくり飲めるって、うひひ」

もう、舌なめずりせんばかり。さっと紫色のドアを押し開けた。だいたい、ムラサキ色というのが危ないよね。今どき、ムラサキ色のガラスドアなんて、温泉町のスナックだって見かけない。

「いらっしゃーい」

中はウナギの寝床のように細長い造りで、安物のテーブルとソファのセットが二組しかおいてなく、しかも、自分の指でも鼻先にまでもってこなければ見えないほどの暗さ。

もちろん、客は誰もいない。

奥に小さなカウンターがあって、ギンギンラメラメの、とんでもないミニスカートをはいたお姐《ねえ》さんがふたりいた。ただし、ドレスでかろうじて女とわかるだけ。年かっこうや顔だちはまるで見てとれない。

「こちら親子でご来店。大サービス！　うひひひひ」

〝海坊主〟が叫んだ。

「さ、さ、すわって、すわって。ミユキさんにアケミさんです。入店したてのほやほやだから、優しくリードしてやってちょうだいね、うひひひ」

僕と親父は向かいあって腰をおろした。

「いらっしゃい。よっこらしょ」

入店したてにしては、アケミさんは、えらくアンニュイな感じ。いきなり僕の膝《ひざ》の上に腰かけた。まっ白に塗りたくっているのは、顔だけじゃない。首から腕まで、めいっぱい粉をふいている。

で、顔の方は、というと、これもツケマツゲに頬紅、ルージュで、まるで原形を留《とど》めない化けぶり。わかったのは、膝にくる重みがかるく六十キロはこえているってことだけだ。

「ち、ちょっと、重いかな」

「いいのよ、坊や」

アケミさんはいって、ぐりぐりと僕の膝にお尻《しり》を押しつけた。

「ビール。それに、あたしとミユキちゃんにカクテルね。それからセットふたつ」

「はーい、うひひひ」

電光石火の早業で、栓を抜かれたビールが六本、ピンク色の怪しげなカクテルが二杯、それにピーナッツとスルメの小皿がふたつずつ、テーブルせましと並べられた。

「坊や、口うつしで飲ませてあげようか」

どぼどぼっとつがれたビールは、まるで冷えてなさそうで半分以上泡だっている。

「はい、どうぞ」

アケミさんの体の向こうで、こちらよりはずいぶん若そうなミユキさんの声がした。

「ほいほい。ん？　ぬるいな」

親父のけっこう機嫌のいい声。

「あらあ、駄目じゃない。ビール冷えてないわよ」

ミユキさんがいい、

「はーい、すいませーん。今すぐ、冷たいのもってきまーす」

たちどころに、抜いたばかりの六本が片づけられ、新たな六本が並んだ。

「うん、もう、気がきかないんだから。ねえ」

ミユキさんが親父にしなだれかかった。やっぱり親父の膝にまたがっている。

「いいのよ。でも、耳かまれると、おじさん、ちょっと痛いな」

「じゃあ、どこかんで欲しい？　ふふふ」

僕は天井を見あげた。とたんに目の前にビールのコップがつきつけられた。

「飲まないの？　ボク」

「未成年ですから」

「大丈夫よ。あたしもそうなの」

　ぐっとたるんだ顎《あご》のあたりを見せて、アケミさんは主張した。

「でも、僕、ここにいると何だかお母さん思いだしちゃいそうで」

「あら、ずいぶんじゃない。でもいいわ。じゃあ、お母さんのおっぱい吸ってみる？」

「いえ、あの、僕ずっと粉ミルクだったんで――」

「はい、こちらフルーツ」

ひと粒も食べていないうちにピーナッツの皿が片づけられ、今度は、バナナとパイナップルの皿が現われた。

「ん？　頼んでないぞ」

「ミユキさんのオーダーで」

「頼んだの？　ミユキちゃん」

「ん。お客さんに食べさせてほしいの」

「じゃ、あーん」

「あーん」

「うらやましそうに、見てないで、ホラ」

いきなりアケミさんのたれさがったおっぱいを両手に押しつけられた。

「大サービス。若い人、大好きだから」

勝手に胸を押しつけ、鼻声をあげる。

「おーい、リュウ。俺、飲んじゃったから、お前、帰り運転してくれよ」

「父ちゃん、俺、無免許だよ」

「あ、そっか」

きゃっという悲鳴とともにミユキさんをふり落とし、親父は立ちあがった。

「飲酒運転はマズいな。もう点数残ってないし」

「それにママが待ってるかも」

「お帰りよ、こちら」

アケミさんがさっとおっぱいを片づけ、事務的な口調になった。ミユキさんも立ちあがると振り向きもせず、カウンターに歩き去る。

「はいはい。どうもどうも、毎度ありがとうございます」

〝海坊主〟が紙きれを手に奥から現われた。

「暗くてよく見えんな。七千八百円かい？　安いね」

「うひひ、御冗談を。桁《けた》がひとつちがいまして」

「七百八十円？」

「七万八千円でございます」

親父は僕を見た。

「もってるか、リュウ」

「ないみたい」

いちおうポケットを探って、僕はいった。

「持ってない？」

〝海坊主〟は訊《き》き返した。口調はあくまでも優しい。

「持ってない」

素直に親父。

「では、いくらお持ちで」

「五千円かな。お前は？　リュウ」

「二千円くらい」

「この野郎」

いきなり〝海坊主〟がテーブルを蹴《け》り倒した。

3

「おい、五千円で飲みにくるとは、どういう料簡《りようけん》だよ、あん」

〝海坊主〟は親父の顔をのぞきこんだ。

「てめえ、舐《な》めてんのか、歌舞伎町を」

「…………」

「あのなあ、この街じゃな、飲み代払えねえ野郎は、体で払ってもらうことになってんだよ。指一本で一万円。八本も指おいてってもらおうか」

「痛そう」

「ふざけんなよ、この野郎。ぶち殺したろうか」

〝海坊主〟は転がっているビール壜《びん》をひろいあげ、左手に持って、右の手刀をふりおろした。見事にふたつに割れた。

「払っちゃいなよ、お客さん。うちのマネージャー、空手四段で、頭に血が昇るとわけわかんなくなっちゃうんだから」

奥から煙草をくわえたアケミさんがぶらぶらと出てきていった。

「だが、ないものは払えんしな」

「死にてえんだな」

〝海坊主〟はますます凄《すご》んだ。

「いっとくがな。この店は、新宿の花巻組《はなまきぐみ》の出店なんだよ。事務所来て、話つけてもいいんだぜ。そのかわり、事務所には俺以上に血の気が多いのがごろごろしてっからよ、本当に殺すぞ」

親父はぽりぽりと頭をかいた。

「駄目かね、五千円じゃ」

〝海坊主〟が裏拳《うらけん》を親父の頰に見舞った。と、思った瞬間、親父の手ががっちりとその拳をとらえていた。

親父はひょいと、その手をねじった。〝海坊主〟はぎゃっと声をあげて、一回転して床に叩《たた》きつけられた。

「ちょっと!」

アケミさんが声をあげた。あわてて〝海坊主〟が身を起こそうとすると、親父は割れたビール壜の首を、〝海坊主〟の顔につきつけた。膝《ひざ》で〝海坊主〟の胸を押さえこんでいる。

「目の玉、えぐろうか」

アケミさんが電話機にとびついた。僕は上からその手を押さえた。

「何なの、何なの!　あんたたち」

アケミさんの顔は蒼白《そうはく》だった。

「しがないアルバ——親子連れ」

いつものフレーズをここで口にしても始まらない。

「て、てめえ、どこの者だ」

身動きできなくなった〝海坊主〟は吠《ほ》えた。

「うちの事務所はこの上だ。すぐに兄貴たちが来るぞ」

「そうかい。こっちはちょっと訊きたいことがあるだけなんだがな」

「な、何だよ」

「病院をひとつ教えてほしいんだ。お前さんたちが、お巡りさんに知られちゃ困るような怪我をしたとき、かかりつけになってる病院を」

「な、何だと……」

「だから」

親父はぐいとビール壜を〝海坊主〟の頰に押しつけた。

「こうしてお前さんの目玉が片方なくなったとする。こりゃ事故だ。だが、見ようによっちゃあ事故じゃない」

「何いってんだ、おまえ」

「話は最後まで聞け」

「ひっ。わかったよ」

「事故じゃないとすると、いささかマズいわな。病院は警察に知らせるし、そうなると、何でこんな怪我をしたかお巡りさんに話さなけりゃならん。そうならないように、口の固いお医者さんが必要になるわけだ」

「知らねえよ、そんなもん」

「ほう、じゃあ試しに、えぐってみるか」

「わ、わかったあ。この先の二つめの角を左に折れた先の、ファッションヘルスの二階にある歌舞伎町タウンクリニックだよ」

「あ、そう。ありがとう」

親父はいって、ひょいとビール壜を投げ捨てた。体をどかす。

「野郎！」

立ちあがってつかみかかろうとした〝海坊主〟の顎《あご》に親父の肘《ひじ》が入った。

「あ、悪かった」

〝海坊主〟はげっと呻《うめ》いてぶっ倒れた。

親父は倒れていたテーブルを起こし、その上にポケットから出したくしゃくしゃの一万円札をおいた。

「店よごしてすまなかったな。また来るよ。ミユキちゃん」

ミユキちゃんはこわばった顔でいやいやをした。

「行こう」

親父は、紫色のガラスを押した。僕はのびている〝海坊主〟をまたいだ。

「すいません。うちの父、アルコールが入ると人格がかわるタチで……」

僕はいって、あとにつづいた。

「歌舞伎町タウンクリニック」はすぐに見つかった。教えられた通り、「エンジェル・ハート」というファッションヘルスの二階にある。ファッションヘルスの入口の横に急な階段があり、登っていくとぎしぎしと軋《きし》みをあげた。

階段をあがりきったところが待合室で、そこには先客がいた。

先客はふたり組で、これもひと目でわかるやくざ屋だ。片方は若いチンピラで、右手の拳《こぶし》にタオルを巻きつけ、うーうーと呻いている。そのタオルには血がにじみ、押さえつけた左手は、小指と薬指の先がなかった。つきそっているのは、サングラスをかけた、三十くらいの男で、まるで同情する様子もなく、足を組んで煙草を吹かしている。

「あ、兄貴、痛え」

「しょうがねえじゃねえか。てめえの不始末なんだから」

「痛えよ、兄貴。注射うってくれたらよかったのに」

「馬鹿！」

サングラスは連れの頭をひっぱたいた。

僕と親父は顔を見あわせた。まさしくこのクリニックは、ヤ印団体御用達《ごようたし》のようだ。

「診察室」と書かれたドアがそのとき開いた。白い巨体がぬっとのぞく。

それは看護婦の制服をつけた関取だった。体重は八十キロはくだらないだろう。まん丸い顔は、女子プロレスの悪役もかくやというばかりに迫力満点で、半袖《はんそで》の制服からのぞいた腕のつけ根は、僕の太腿《ふともも》ほどもある。

「びーびー、びーびー、うるさいわね。また詰めたの。本当にドジなんだから」

現われた〝看護婦さん〟の、第一声がそれだった。親父の目がまん丸くなった。

看護婦さんは太い首をぐいとやくざたちに傾けてみせた。

「さ、入って、先生がこれから診ますから。で、そっちは？　どこが悪いの？」

じろりと僕らをにらんだ。

「この馬鹿息子が、悪い遊びをしたらしくて、いえないところが病気らしいんです」

親父はいけしゃあしゃあといった。

「ちょっと！」

「ふん」

看護婦さんは鼻を鳴らした。

「じゃ、ちょっと待ってて。いっときますけど、うちは保険はききませんからね」

やくざたちが入ると、診察室のドアをバタンと閉じた。

「あのね、いくら何でも――」

「そういうな。俺もお前も洋服の上から見る限り、どこも悪くないんだ」

そのとき、うわーっという、叫び声がドアの向こうから聞こえた。

叫び声はやがて、すすり泣くような声にかわった。

「おっとろしい。本当に医者かな。人間の生体解剖か何かやって、大学病院、クビになっちゃったようなマッド・サイエンティストだったりして……」

「ナチの科学者みたいな、か」

親父はいった。それから、ふっと奇妙な表情になった。

「どうしたの？」

「いや……。ちょっと思いついたことがあってな」

煙草に火をつけ、黙りこんだ。

やがて、診察室のドアが開き、手に包帯をまかれたチンピラと、つきそいのサングラスが現われた。

「どうもありがとうございました」

「どうせ飲むだろうから、いってもしょうがないけど、酒は駄目だよ。それからシャブ射《う》ったら、麻酔は切れるからね」

送ってきた看護婦さんはいった。病院の中とは思えない会話。薬袋を渡してつづける。

「はい、じゃあ十万円――」

「あのう、領収書は……」

「んなもん、出るわけないでしょう」

看護婦さんが一喝すると、サングラスは情けない顔で財布から金を出した。

領収書をほしがるやくざに、出さない病院とは、世の中、いろいろあるものだ。

「お大事に。次、性病もらった坊やいらっしゃい」

僕は息を吐いた。

階段を駆けあがってくる音がどかどかっと響いた。待合室のドアが激しい勢いで開かれ、ちょうどノブに手をのばしていたチンピラの右手にあたった。

「………」

チンピラは言葉にならない悲鳴をあげて、うずくまった。

とびこんできたのは、暴力バーの〝海坊主〟だった。背後に三、四人、若いのを従えている。

「あっ、いやがった!」

「何すんだ、この野郎!」

チンピラが顔をまっ赤にして立ちあがった。〝海坊主〟と鼻をつきあわす。

「何だてめえ」

「花巻んとこのガキか」

「何を、このう」

どうやら先客のふたり組と〝海坊主〟は、互いに対立組織に属しているらしい。〝海坊主〟が早合点したのか叫んだ。

「そうか、さっきのは、てめえらんとこの嫌がらせか。こいつらとグルなんだな」

「何をわけのわからないことといってやがんだ、この野郎」

サングラスが進み出た。

「上等じゃねえか。うちのシマ荒そうたって、そうはいかねえぞ、こら」

「ガタガタ、ワケのわかんないことぬかすんじゃねえよ」

「殺すぞ、この野郎」

どうも、このての連中のボキャブラリーは所属はちがっても使う国語辞典が一緒なのか、内容に乏しい。

「何やってんの、待合室でガタガタ！」

看護婦さんが怒鳴った。のっしのっしと歩み出る。気圧《けお》されたように、やくざたちは退いた。

「あんたたち、花巻組でしょうが、いったい何の用なの」

「ここに用はねえ、こいつらに用があるんだ」

〝海坊主〟は顎をしゃくって、僕らをさした。

「ぶち殺しに来たんだよ」

「あんた、ここがどこだかわかってんの」

看護婦さんは腰に手をあて、〝海坊主〟と顔をつきあわせた。

「わかってるよ」

「あ、そう。じゃあここでモメ事起こしたら、どうなるかもわかるわね」

看護婦さんは強烈な迫力でいった。

「ん？　わ・か・る・わ・ね」

やくざたちも、普段、世話になっている看護婦さんには頭があがらないらしい。ぶつぶつとぼやきながらも、〝海坊主〟は顔を伏せた。

「どうしたの、うるさいわね」

そのとき、ちょっとハスキーで色っぽい声がして、診察室のドアの内側から、白衣を着た人物が現われた。親父の口がぽかんと開いた。

「あっ、せんせい……」

「こりゃ、どうも」

やくざたちがぺこぺこと頭を下げる。

そのせんせいというのは、ロングヘアのところどころを金髪に染め、ちょい濃いめのメイクを決めて、黒のタイトスカートをはいている。

なんと、ヤ印御用達のドクターは、女医さんで、しかもとんでもなく色っぽいお姐《ねえ》さんだった。年齢は、二十七、八か。もしかすると、もう少しいってるかもしれない。医者というよりは、遊び好きの、化粧品販売嬢といった感じ。

女医さんは、けだるげに手を振った。まるきり犬を追い払うよう。しっし、てな具合。

「出ていきなさい。病院でもめ事は禁じてる筈《はず》よ。用があるなら下で待ってて」

それから白衣をひるがえし、僕らを見た。特に親父を念入りに。

「診察します。中に入って」

長いマツ毛をばさりと閃《ひらめ》かせ、女医さんはいった。

4

診察室で、デスクの前の回転椅子に腰かけた女医さんは、くるりと僕と親父を振り返った。高々と足を組むと、白衣とスリットの入ったタイトスカートの裾《すそ》が割れ、色っぽいこと、この上ない。当然、親父の目はそこに釘付《くぎづ》け。

「どこ見てんの、どこを」

うしろ手に診察室のドアを閉めた看護婦さんが唸《うな》った。

「さて、どこがお悪いのかしら。見たところ、お二人ともこれといって悪いところはなさそうだけれど……」

女医さんは小首をかしげてにっこり笑った。親父は咳《せき》ばらいした。

「えー、こちらのクリニックは、たいへん患者さんの信頼が厚いようですな」

「ええ。医師と患者の間で、もっとも大切なのが信頼関係ですから」

女医さんはデスクの上におかれていたペンをとり、唇のあたりに触れさせながら頷《うなず》いた。親父は身をのりだした。

「実は先生に折りいって、お願いがあるんです」

「何でしょう？」

「私の友人がですね、今現在、ひどい怪我を負って、病院に入院しているんです。とりあえずお見舞いに行ってやりたいのですが、それがどこの病院かわからなくて……」

女医さんは無表情に親父を見つめた。

「わたしがその病院を知っていると、お思いになるの？」

「――たとえばです。こちらのクリニックに、入院させなければ命が危ないような重傷の患者さんが運びこまれた場合、先生ならどちらの病院をご紹介になりますか」

「その方の症状にもよります。心臓がお悪いとか、怪我をされたとか……」

「怪我です」

「交通事故ですか？」

「もう少し珍しい怪我です」

「酔って階段から落ちた？」

「もう少し」

「喧嘩《けんか》で殴られた？」

「もう少し」

女医さんはじっと親父の顔を見つめた。親父は右手の人さし指と親指で鉄砲の形を作り、口真似でパンとやってみせた。

「そういう種類の怪我は警察への届出義務が医師にはあるのよ」

親父は頷いた。

「知っています。でもその友だちはいろいろと複雑な事情を抱えていまして、それをなるべく避けてもらいたい、と」

女医さんは、ぐっと背もたれに体を倒した。白衣のポケットから煙草をとりだし、指にはさんだ。

「火、おもち？」

「リュウ」

親父は女医さんと見つめあったままいった。僕はジーンズのポケットから百円ライターをとりだして、火をさしだした。

「ありがと」

女医さんは片手で髪をかきあげながら、煙草に火をつけた。香水がふんわりと匂った。

「若くて元気そうね。でも煙草は体に毒よ。あなたも気をつけて」

ふうっと煙を吐きだす。流し目はぞくぞくするほどだ。

「お名前は何とおっしゃるの？」

「冴木です。冴木涼介。こっちが息子のリュウ」

「冴木さん。そういう患者さんの場合は、それなりの御紹介者をいただかないと、病院を御案内できないことになっているの。それに御紹介者からは、わたしのクリニックは、いろいろと援助を受けておりますし」

「つまり、賛助会員、ですな」

「ええ」

女医は微笑んだ。

「病院もひとつではない、と」

「やはりその病院によって、得意な症例とそうでないものがありますから。で、冴木さんのお仕事は？」

「広尾でサイキ・インヴェスティゲイションという探偵事務所をやっています」

「探偵さん……」

女医さんの目がぐっと冷たくなった。

「御紹介料をお支払いすれば、教えていただけますか？」

「プラス紹介者。お忘れにならないで」

「紹介者は、是蔵豪三です」

口もとにもっていきかけた女医さんの煙草が止まった。

「是蔵……」

「ええ。是蔵が、自分の手下を入院させるのに使っている病院を教えていただきたい」

「お帰りいただこうかしら」

看護婦さんがずしん、ずしんと進み出た。

「秘密は守ります」

女医さんは首を振った。

「わたしが生命を人に預けるのは、医者にかかるときだけよ」

「さあ――」

看護婦さんが親父の腕をつかんだ。親父は反対側の腕を上着にさしこんだ。

「これが御紹介料」

とりだしたのは、幸本から受けとった小切手の封筒だった。女医さんにさしだす。

女医さんは受けとると、ぴっと端を破った。中の小切手を見たとたん、すっと息を吸いこんだ。

「待ちなさい」

親父をひきずり立たそうとしていた看護婦さんを制した。

「不渡りじゃないでしょうね」

「本物です」

いいのかね。死人からふりだされた小切手なんて。

「いいわ。取り引きに応じましょ」

女医さんはペンをとり、白紙のカルテ用紙にさらさらと書きつけた。

「是蔵は、ふたつの病院の理事をやっているけれど、他にもうひとつ、愛人に外科病院をやらせているの」

「愛人？」

「そう。外科のドクターよ。高校生の頃から医大を出るまで、是蔵の持ち物だった男よ」

女医さんの口が異様に光った。

「ひょっとしてお知りあい？」

僕は訊《たず》ねた。女医さんの口もとに皮肉げな笑みが浮かんだ。

「そいつに昔さんざん遊ばれたわ。本当は爺《じじ》いの囲われ者のくせに、女を平気でもてあそぶのよ」

「ほう。あなたのような美人をね」

親父は信じられん、というように首を振った。

女医さんはカルテをさしだした。親父は受けとり、ポケットにしまった。

「秘密は絶対に守ります」

「もし院長に会うようなことがあったら——多分そういう患者は、院長が直接診ていると思うけど——キンタマを踏み潰《つぶ》してやって」

「…………」

僕と親父は声も出なかった。

「下にはうるさいのが待ってるんでしょ。ナースに裏の出口を教えさせるわ。そこから帰って。お大事にね」

女医さんはいって、にっこり笑った。

カルテに書かれていた病院の名は、「藤木《ふじき》外科」だった。品川《しながわ》区東品川とある。品川なら、確かに「日本防災連合会本部」とも近い。

僕と親父は、ファッションヘルスの従業員出入口を使って、〝海坊主〟の待ち伏せをかわすと、ステーションワゴンに乗りこんだ。

「このまま行く？　まっすぐに」

親父は僕を振り返った。

「善は急げ、さ」

新宿通りの大渋滞を抜け、品川方面に車を走らせる。

「病院はもう閉まってるんじゃない？」

「ちょうどいい」

「藤木外科」は、JR山手線の線路を少し外れた位置に建つ六階建ての病院だった。

まだ建物も真新しい。

車を止め、僕と親父は、裏の通用口に回った。そこには制服を着た守衛が二人いた。

二人とも、ひと目で是蔵の手下とわかる、いかついお兄さんだ。

まず僕が窓口に近づいた。

「何だ？」

「あのう、家族がここに入院していて、具合がよくないのですぐに会いに来いといわれまして……」

「そんな話は聞いてないぞ。何という家族だ？」

「〝鉄〟」

「なに？」

「〝鉄〟って呼ばれてると思うんですけど」

お兄さんの目がぎろりと僕をにらんだ。

「ちょっと来い」

守衛室の中から進み出た。その背後に親父がすっと立った。

気配に気づいたお兄さんが振り返った。

「何だ、てめえ」

親父の右手がちょいとお兄さんの鳩尾《みぞおち》を突いた。呻《うめ》いて前かがみになったところで、首すじに手刀を振りおろす。

お兄さんはその場に崩れた。

「あっ、何しやがる」

もうひとりのお兄さんが守衛室の電話にとびついた。

親父は守衛室の中に踏みこむと、その手を右手で押さえた。ふりほどこうとするお兄さんの首を左手でつかむ。

「〝鉄〟はここに入ってるな」

「く、苦しい、誰がてめえに――」

「お前も入院したいか」

「ふん」

僕はのびているお兄さんの腰に、悪趣味な道具を見つけた。電気ショック、スタン・ガンだ。

「ほい、父ちゃん」

親父はうしろ手で受けとり、お兄さんの目の前で、ビビビッと火花をとばしてみせた。

お兄さんの目が広がった。

「わ、わかった。二階だ。きのうまで集中治療室《I・C・U》に入っていたが、今は二階の個室にいる」

「何号室？」

「に、二〇二」

「はい、御苦労さん」

親父はお兄さんの額を守衛室の壁に叩《たた》きつけた。お兄さんは、ずるずると床に倒れこんだ。

恐怖の世界史

1

のびてしまった制服の守衛を、ベルトやネクタイなどで縛りあげ、僕と親父は「藤木外科病院」の通用口をくぐった。

深夜の病院は、暗くて静かだった。一階は、外来患者受付と薬局があるが、もちろん人っ子ひとりいない。緑色の常夜灯がついているだけで、何となくブキミ。

非常階段を使って、僕と親父は二階にあがった。あがってすぐ廊下が左右にのびていて、左にナースステーションがある。

親父はジェスチャーで僕に頭をさげろ、といった。ナースステーションに明かりがついているので、当直の看護婦がいると読んだのだ。

僕と親父は、ナースステーションの窓の下を、ほふく前進で突破した。

幸いに廊下に面した各病室の扉は閉められているので、万一入院患者が起きていたとしても、見とがめられる心配はない。

二〇一は、その廊下の、もっとも奥まったところにある個室だった。冷たい病院のリノリウムの廊下を親子でずるずると這《は》い、目につくおそれのなくなったところで立ちあがる。

「面会謝絶」の札がさがった二〇一の扉を、親父は顎《あご》でさした。

僕は頷《うなず》き、扉に歩みよった。

親父はあたりに目を配り、ゆっくりとドアノブを回した。次の瞬間、するりと中に入りこむ。

このあたり、空き巣で生計をたてておったのでは、と見まがうほどの早業。

つづいて僕も中に入った。

窓にカーテンのおりた病室の中は暗く、ぷんと薬剤の匂いがした。

目が慣れてくるにしたがって、窓ぎわにおかれたベッドと、そのかたわらに立つ点滴の台が見えてきた。

かすかにイビキの音も聞こえる。

親父は暗がりの中で頷くと、ベッドにするすると忍びよった。

ベッドで寝ているのは確かに〝鉄〟だった。はだけた浴衣《ゆかた》の内側に、包帯をぐるぐる巻きつけた胸がある。僕はその枕もとの、呼びだしブザーをそっととりあげた。こいつを押されては、看護婦がとんでくる。

親父はさっと左手で〝鉄〟の口をつかんだ。声がもれないように、ぴったりと掌を押しつける。

〝鉄〟が、ぱっと目を開いた。そのとたん親父は守衛からとりあげたスタン・ガンの火花を目の前でとばしてみせた。暗い中で光る火花は、線香花火のようだ。

〝鉄〟がううっと、親父の掌の下で呻いた。

「静かに。特別回診をこれからおこなう。暴れると、痛い注射をするぜ」

親父は囁《ささや》いた。

〝鉄〟の両手を、僕は、押さえこんでいた。〝鉄〟の目が激しく動き、僕と親父を見比べた。

「そうだ。息子がえらく世話になったそうだな」

うっ、うっと〝鉄〟は叫んだ。額に汗がびっしりと浮かんでいる。

撃たれて、病院にかつぎこまれ、ようやく命をとりとめたというのに、夜中に僕ら親子に襲われるとは――〝鉄〟はまるで悪夢でもみているような気分だったろう。

もっとも、僕には、まるっきり同情する気持などなかったが。

「さて、これから、あんたにいくつか、質問をする。もし、大声をだしたり、きちんと答えてくれなかった場合は――」

親父は、点滴のチューブをつかんだ。

「こいつをまん中で切断して、あんたの手足を動けなくしていく。あんたの血圧が高けりゃ、血はどんどん流れだすし、低けりゃ空気がどんどん血管に流れこむ。もしなんなら、こっちの端をぷっと吹いてやろうか」

〝鉄〟は大きく目をみひらいて、いやいやをした。それはそうだろう。

「嘘やごまかしも駄目だぞ。そのときは、電気ショックが待ちうけている。あんたは怪我で弱ってるから、心臓が止まっちまうかもしれん。なるべくなら使いたくない。わかるな？」

〝鉄〟はうんうんと頷いた。

「よろしい。では手を放すぞ」

親父はいって、左手を〝鉄〟の口からどかした。

「て、てめえら――」

「おっと」

親父は、〝鉄〟がしわがれた声でいったとたん、口を塞《ふさ》いだ。

「挨拶《あいさつ》をしたい気持はわかるが、それも抜きだ。悪いが、あまり時間がない」

ビビビッと火花を散らした。〝鉄〟はあきらめたように頷いた。

親父は再び手を放した。〝鉄〟はもう何もいわなかった。ただ目だけをギラギラさせて、僕と親父を見ている。

「第一問だ。安田さつきはどこにいる？」

「か、会長のところだ」

「自宅という意味か？」

「そうだ」

「どこにある？」

「世田谷《せたがや》の松原《まつばら》」

「お屋敷か」

〝鉄〟は頷いた。

「よろしい。では第二問だ。お前たちは、何を捜していたんだ」

ごくりと〝鉄〟は喉《のど》を鳴らした。

「ほ、本当に知らんのか」

「知らんな」

「え、絵だ」

「絵？」

「そうだ、幸本がヨーロッパから買いつけた絵だ」

「何の絵だ？」

「そいつは知らん」

「最終的に金を出すのは、是蔵豪三だな」

「そ、そうだ」

「おさらいをしよう。幸本は、どこから絵を買って、その絵をどう日本に運んでくるつもりだったんだ」

「ヨ、ヨーロッパの――」

「ヨーロッパといっても、いろいろある」

「ドイツだ。統合前の西ドイツ」

「西ドイツの誰から買った？」

「シ、シュミットという男だ」

「絵はどうやって運んだ？」

「シュミットの部下が――」

「シュミットというのは何をしている」

「秘密結社の役員」

「どんな秘密結社だ？」

「ナ、ナチス。ネオ・ナチス」

「やっぱりそうか」

親父は、ひとりで頷いた。

「シュミットの部下の中に、銀髪の婆さんがいるだろう」

「し、知らん」

「まあいい。それでどうした？」

「シュミットの部下は、絵を税関に見つからないよう、日本にもちこむ約束だった。手助けをしたのが幸本だ」

「ところが、その絵が、横あいから奪われた。奪ったのが、神谷なんだな」

「そうだ」

「絵は略奪品だな」

親父は、僕にはわからないことをいった。

〝鉄〟は無言だった。

「是蔵は、もう絵の代金を払ったのか」

「四分の一」

「いくらだ？」

「二十五億」

親父の口が、あんぐりと開いた。

「二十五億だと。ということは、百億か、その絵の値段は」

「そうだ」

「一枚で？」

「ほかにも何枚か、ある。だが、それはおまけのようなものだ、と会長はいっておられた」

絵一枚が百億。それはまあ、ゴッホの絵やルノアールの絵を二百五十億で買う日本人がいるのだから、そうはぶったまげるほどの金額ではないかもしれない。

「奪われたのは、絵のすべてか」

「一枚だけ、目玉の絵だった。その絵はあまりに有名なんで、簡単にもちこむわけにはいかない、と会長はいっておられた」

「密輸の方法だな」

「ああ。方法を考えたのは幸本で、それをシュミットの部下が実行した」

「神谷は絵のことを知っていたのか」

「わからん。絵が奪われるなんて、誰も思っていなかったんだ」

「すると、絵はドイツから、シュミットの部下が運んできた。それを幸本が受けとり、是蔵のところにもちこむ筈《はず》だった。ところが、シュミットの部下から幸本に渡るときに、横あいから、神谷がさらった、というわけだな」

「そうだ。神谷と幸本は知りあいだった。幸本が情報をもらしたとしか考えられん、と会長はおっしゃっていた」

「幸本の役目は？」

「会長がお建てになる個人美術館のための作品収集と鑑定だった」

「幸本を消したのはお前たちか」

「ちがう。ドイツ人のグループは、俺たちが神谷と組んで、絵を四分の一の値段でもっていったのじゃないかと疑っている。奴らは、信用していないんだ、日本人を」

「日本人のごろつきを、だろ」

親父はいって、僕を見た。

「何か、ほかに知りたいことあるか」

「是蔵の弱みを。あの爺《じじ》いの苦手なこと」

「だ、そうだ」

「会長に弱みなどない！　会長は偉大な方だ」

親父は首を振った。

「国家社会主義ドイツ労働者党の連中も、総統をそう呼んでいたぞ」

「何それ」

「あとで話す」

親父はいって、〝鉄〟の上にかがみこんだ。

「あんたの体を診察しているのは院長か」

「そ、そうだ」

「じゃあ、院長に伝言を頼まれてるんだ」

親父の右手が、毛布の中にさしこまれた。左手で〝鉄〟の口をおおう。

次の瞬間、言葉にならない悲鳴がかすかに、〝鉄〟の口からこぼれた。〝鉄〟は白目をむいて、失神した。親父は、眉《まゆ》をひそめて、右手をぬいた。早く手が洗いたいようだ。

僕は肩をすくめた。〝鉄〟は泡をふいていた。

「女医さんに頼まれたからな。行こう」

親父はいって、握り潰した手で病室の出口をさした。

「安田さつきが、是蔵豪三の屋敷にいるとなると、簡単には手をだせんな」

広尾の事務所に帰りつき、冷たいビールにありつくと、親父はいった。

「警戒が厳重、ってわけ」

「ああ。自分がやってきたことを考えれば、畳の上で死ねる筈がないくせに、そういう奴に限って、要塞《ようさい》のような家に住みたがる」

「さつきは、まだ生きてると思う？」

「消すつもりなら、自宅になど連れこまない。是蔵は、俺が問題の絵をもっていると思いこんでいるのかもしれん。もしそうなら、さつきを取り引きに使えると考えるだろう」

「でも、僕は使おうとしなかった」

「逆上したのさ。冴木の名を聞いて。今度つかまえたら、使おうと考えるさ」

「冗談じゃないぜ」

「となると……」

親父は、年代物のロールトップデスクから立ちあがった。

「ここもそう安全じゃないってことになる」

「やっぱり攻めてくると？」

「ああ。幸本が、ドイツ人グループに俺たちのことを教えているとなおさら厄介だ」

「ねえ、略奪品て、どういうこと？　それからさっきいってた、国家何とか主義ドイツ何とか党、てのは？」

「それは――」

親父がいいかけたとき、デスクの上の電話が鳴った。親父が受話器をとった。

「はい。俺だ。どうした、何かわかったか？」

島津さんからのようだ。歩く国家権力も、親父のおかげで、残業を強いられている様子。

「なるほど。こっちもちょっと知らせたいことがある。――いや、ここはマズいな」

親父は言葉を切って、島津さんの声に耳を傾けた。

「いいだろう。払いは？　おいおい、俺だって立派な納税者だぞ」

嘘つけっての。

「ようし、わかった。じゃあ、これから向かう。朝飯でも食いながら、話そうか。ああ、そうだ。じゃあな」

親父は電話を切ると、振り返った。

「仕度しろ、リュウ。宿が決まったぞ。是蔵の手下からも安全な場所だ」

「どこかの警察の留置場てんじゃないだろうね」

「もう少しマシなところだ」

「オーケイ」

僕はいって、自分の部屋に入り、「外泊キット」をナップザックに詰めこんだ。この調子では、ひょっとして今年も高校卒業はムズカシイかもしれない。

ナップザックを肩にかけて、リビングに出ていくと、親父が首をぐいとドアに倒した。

「いこうぜ」

「ほいよ」

僕はドアをひき開けた。

「ちっと遅かったみたい」

銀髪のあの婆さんが、手にでっかい拳銃《けんじゅう》を持って立っていた。サイレンサーをとりつけたワルサーだ。背後にも、ふたりの白人がいる。

婆さんは、銃口をふって、僕に退くよう命じた。

白人ふたりは、大柄で、金髪を短く刈りあげ、妙につやつやした顔をしている。ひと目で双子とわかるコンビだった。二十代の半ばくらいだろう。親子というよりは、孫とその婆ちゃん、という感じだ。

やはり幸本は注射をうたれ、ここのことを白状していたのだ。どうやらこの三人は、サンタテレサアパートの廊下で、「サイキ・インヴェスティゲイション」のドアが開くのを待ちかまえていた様子。

僕は両手をあげ、リビングの中央まであとずさった。親父がぽかんと口を半びらきにして、三人の闖入者《ちんにゅう》を見つめた。

「…………」

婆さんがドイツ語とおぼしき言葉で何ごとかをいった。

「何ていってるの？」

「手こずらしおって、この黄色い子猿」

親父が通訳した。

金髪二号が「サイキ・インヴェスティゲイション」のドアを閉め、鍵《かぎ》をかけた。一号が素早く、僕の部屋と親父の「インランの間」をのぞき、ほかに人がいないことを確認する。

僕と親父は命じられるままに、ロールトップデスクと向かいあわせた、古いソファに腰をおろした。以下のやりとりは、親父が通訳した。

「赤ん坊はどこだい？」

婆さんは、ワルサーを金髪二号に預け、僕ら親子の前に立ちはだかっていった。

「ここにはいない」

「どこにいる？」

「赤ん坊を捜してどうするつもりだ？」

「訊《き》かれたことにお答え！」

親父は肩をすくめた。

「ここは、俺たち男二人の家だ。赤ん坊を育てることはできん。施設に預けたよ」

注射されたら、バレちゃう嘘ついて大丈夫かね。

「フリッツ！」

婆さんが振り返りもせずにいった。金髪一号が、犬のようにとんできた。右手に、医者の診察鞄《かばん》のような、黒いバッグをつかんでいる。

金髪一号——フリッツは、そのバッグを床におき、留め金をカチッと外して、開いた。

「でた……」

僕はいった。ずらりと注射器のケースや薬壜《くすりびん》が入っている。

婆さんは、鞄の中から銀色をした注射器ケースをとりだした。中から、僕が幸本画廊で見たのと同じ、細長い注射器をつまみあげる。

フリッツが薬壜のひとつをうやうやしくさしだした。婆さんは注射器に注射針をさし、その薬壜のゴムキャップにつき刺した。

「ヤバいんでない、これ」

僕は親父にいった。

婆さんは真剣な顔で、針を薬壜からひきぬき、上に向けた。注射器のピストンを押すと、針から液がほとばしった。婆さんは、右手の薬指に、馬鹿でかい、トルコ石のような指輪をはめている。

「ドイツ語が喋《しゃべ》れるって、わかっちまったのマズかったかな」

親父は顔をしかめ、いった。

だがそのあと、金髪二号が奇妙な日本語でいった。

「コレカラ、ぺんとたーるニヨル、ジーンモンヲ、オッコナイマース。チューイシテ、オキキ、クッダサーイ。モウシオクレマシターガ、ワッタシーノナッマエーハ、はんすデース」

なんだか、日本語の下手くそな旅行ガイドが団体旅行客のツアーを案内しているような調子。

「コノ、ぺんとたーるハ、チューシャニヨルソッコウテキナ、マスイザイ、デース。キケンハ、アッリマセンガー、アナタガタニ、スナオデナーイ、セイカクガアルトー、キキマセーン。ソノバアイ、カノジョハ、モットキョーリョクナ、クスーリヲ、ツカーイマス。デモ、ソレハ、ターイヘン、キケン、デスカラ、スナオニー、コタエーテ、クッダサーイ」

「…………」

婆さんがドイツ語で何かいうと、クッダサーイのハンスが僕に歩みより、右袖《そで》をまくりあげた。アルコールを浸《し》ませた脱脂綿で、肘《ひじ》の内側をさっとふく。

ジェット・コースターよりは、百倍、マシだけど、どうしてこう、僕ばかりが危ないめにあうのだろう。

「どうすりゃいい」

「気持よく、とぶんだな」

親父はツメタクいった。そりゃないよね。普通は、息子じゃなくオレを射《う》て、とかいうじゃない。親子なら。

「大丈夫だ、気楽にしてりゃ、すぐにすむ」

婆さんが注射器を手に歩みよった。

なんか今回、やたらゴーモンにあっているリュウ君。

そのとき、事務所の窓ガラスがバリン！　と音をたてて砕け、もくもくと煙を吐く黒い砲弾のようなものがとびこんだ。

その煙をひと吸いした瞬間、猛烈に咳《せき》がでて、涙が止まらなくなった。催涙ガスだ。

「ずらかれ！　リュウ」

親父がいって、婆さんに足ばらいをかけた。婆さんが体を泳がせてひっくりかえり、注射器が空を舞った。

咳《せ》きこみ、口を押さえながら、フリッツがワルサーの引き金をひいた。ボスッという音がして、ソファの、親父がすわっていた背もたれから詰め物がとびだした。

親父にひきずられるようにして、僕は出口に走った。まともに煙を吸いこんだようだ。婆さん、フリッツ、ハンスは、体をくの字に折って、苦しげに咳きこんでいる。

事務所の中は、ガスで、薄く靄《もや》がかかったようになっている。

親父が鍵を外し、ドアを引き開けると、またも背後でボスッという銃声がして、ドアの羽目板が弾《はじ》け散った。僕は思わず首をすくめたね。

廊下にとびだし、新鮮な空気を吸いこんでも、咳と涙はおさまらない。

「カモン！」

サンタテレサアパートの一階に辿《たど》りつくと、見覚えのある黄色いハッチバックが止まり、運転席の窓から、旅行者《トラベラー》ことマーク・ミラーが手をふっていた。助手席のドアが開け放たれている。

僕と親父はそのハッチバックにとび乗った。ハッチバックは、ドアを閉める暇もなく、急発進した。

2

「息子を助けてもらった礼をいわなければと思っていたが、今度は親子ともども助けられるとはな……」

ミラーの運転するハッチバックが、広尾から西麻布の交差点を過ぎ、青山墓地のあたりまでくると、親父は英語でいった。

「君らを助けたのは、いわば結果だ。私は、彼らを追っていたにすぎない」

白人はルームミラーの中で親父を見た。

「フューラー・ミュージアムのために略奪された美術品をとり返すために、か？」

ミラーはブレーキを踏んだ。青山墓地のまん中だった。

親父を振り返ると、じっとその顔を見つめた。

「君はただの私立探偵じゃないな」

「そういうあんたの方こそ、ただの旅行者《トラベラー》じゃない」

ミラーはしばらく身動きせずに親父の顔をにらんでいた。

「モサドか」

親父はいった。

ミラーは瞬《まばた》きもしなかった。

「君は、ナイカクチョーサシツなのか」

「俺が？　だったら息子に手伝わせたりしない」

僕は黙って二人の顔を見比べていた。話の内容がまったくつかめなかった。

「シュミットというのは何者だ？」

親父が訊《たず》ねた。

「新生第三帝国建設の誇大妄想にとりつかれた男だ。途方もない資金をもち、東西ドイツ併合を迎え、組織の拡大化をもくろんでいる」

ミラーは答えた。

「なるほど。まさしくネオ・ナチだな」

「我々は二度と、ナチの台頭を許さない」

「ちょっと、もう少しわかりやすく話してくれる?」

僕は話に割りこんだ。親父は頷《うなず》いた。

「『国家社会主義ドイツ労働者党』、略して、NSDAP——これが、第二次世界大戦前、広くドイツ全土を支配した、ナチスの正式党名だ。一九二八年、党の『指導者』に就任し、三四年、ドイツ首相を経て、大統領に就任したアドルフ・ヒトラーは『総統』と呼ばれるようになった。ナチスは、この党名、ナチは、その党員を意味する。ナチス独裁体制下のドイツ軍は次々とヨーロッパ大陸の各国家に侵攻し、ついに一九四〇年、パリを陥落させ、フランスを占領下においた。

ヒトラーは、その頃、王であり全智全能の神だった。ユダヤ人を虐殺し、その財産を没収した。と、同時に、ヒトラーは自分の故郷に近い町、リンツに『総統美術館』を建設しようと考えた。リンツを、ヨーロッパ文化の中心地にしようとしたのだ」

ミラーがあとをひきついだ。

「あの、絵描きを挫折《ざせつ》した小男は、その権力にものをいわせ、大量の美術品を略奪した。逆らう所有者はいなかった。ユダヤ人は、すべて殺され、フランス人であっても拒否すれば死が待っていた。しかも、ヒトラーは、自分の趣味にあわない、〝退廃的〟だと感じるような芸術は、焼き捨てさえした。人民の、いや、人類の財産である芸術を踏みにじったのだ。そうして略奪された美術品の中には、セザンヌやモネ、ゴッホなども混じっていた。

その数は、五万点とも、十万点ともいわれている。戦後、三万点を超える、そうした略奪絵画が、アルト・アウスゼーの古い塩坑やノイシュバンシュタイン城などから発見されたが、まだまだすべてが見つかっているわけではない。

それらの隠匿美術品がもし今、市場にでれば、途方もない値段がつくだろう。盗品とわかっていても、買う人間はいるからだ。

シュミットのネオ・ナチズム運動の資金源が、そうした略奪され隠匿されていた美術品ではないかと、我々は疑っていた。そして、その考えを裏づけるかのように、シュミットとコレクラの間で、百億エンにも達する絵画取り引きがあるらしい、という情報を、我々は入手したのだ。シュミットがもし、そんな絵画をもっているのなら、それはまさしく、過去ヒトラーによって略奪されたユダヤ人の財産にちがいない」

「じゃあ是蔵は、自分が買う絵が、もとは、むりやりとりあげた略奪品だというのを知っていて、金をだしたわけ？」

「もちろんだ」

親父は頷いた。

「今の奴にとって、百億は、へでもない。買った絵は、一般の人間には見せられないが、それでも奴はかまわないのだろう。絵の収集は、庭で一匹ン百万の錦鯉《にしきごい》をかうのとは、まったくちがう趣味だからな」

「〝鉄〟は、是蔵が美術館を建てる、といっていたけど――」

「誰にも公開しない、自分だけが見て満足する美術館だ」

「ヘンタイ爺《じじ》いだ」

「そうさ。何だと思っていたんだ。花咲か爺《じい》さんか？」

親父は、平然といった。

「あの婆《ばば》あと双子は何者なんだ？」

ミラーに向き直って訊ねた。

「女の名前は、ハンナ・マンシュタイン。双子はハンスとフリッツ・マンシュタイン。ハンナは、シュミットの従妹《いとこ》で、かつてヘルマン・ゲーリング国家元帥の愛人だったと称している。ハンスとフリッツは、その甥《おい》だ。

三人とも、シュミットのひきいるネオ・ナチ運動の熱心な信奉者だ。ハンナが、ヒトラーとゲーリングの写真を寝室に飾っていても、私は驚かない」

ミラーは答えた。

「あの薬品はどうしたんだ？」

「ハンナは、もともと看護婦だったのだが、ゲーリングの愛人となってから、医学を勉強したらしい。事実、しばらくの間、南米で医者として暮らした時代もある」

「南米は、ナチ戦犯のかっこうの逃げ場だからな」

親父は頷いた。

「シュミットは、コレクラに売った絵の輸送を、信頼のおけるハンナに任せた。ハンナは、その頃、パリに来ていたコウモトと会い、巧妙な密輸の手段を考えた。それが赤ん坊をつかったものだろう」

「カミヤとコウモトの関係を知っているか」

「いや、なぜそこにカミヤが現われたのか、私にもわからない。だが、カミヤという男が舞台に登場してから、この芝居は、メチャクチャになったのだ」

ミラーは落ちついた表情でいった。そして親父を見た。

「私の目的は、日本にもちこまれた略奪絵画をとり戻すことだ。それは奪われた人民に返還することでもあり、奴らネオ・ナチの資金源を叩《たた》くことでもある」

「なるほど、ようやく全体像が見えてきた。だが、コレクラは日本でも大物だ。警察もうかつには手がだせん」

「わかっている。私自身の個人的な意見では、コレクラは非常に危険な人物だ。だが、私は、絵がとり戻せればそれでいい」

「絵は、何だ」

「セザンヌだ」

セザンヌの名なら、僕でも知っている。確かに百億の値がついたとしても驚きはしない。

「大きさは？」

「たいしたことはない。これくらいだ。丸めれば、もっと小さくなる」

ミラーは五十センチ四方くらいに手を広げてみせた。

「よし」

親父は頷いて、右手をさしだした。

「手を組もう。俺の目的は、コレクラを叩き潰《つぶ》すことだ。あんたはセザンヌをとり返す。どうだ？」

「君の正体を聞いていない」

「しがない探偵さ。だが、コレクラのような奴は大嫌いだ。俺や息子の体には、弱いものを力でおし潰すような奴に対するアレルギーがあってね」

ミラーはじっと親父の顔を見つめた。

「よろしい。手を組もう。ただし、命を失うようなことになっても後悔するなよ」

親父の右手を握りしめた。僕は右手をさしだした。

「君もか、リュウ？」

「オフ・コース！」

ミラーは力強く、僕の手を握った。

「今後、どうやれば、あんたと連絡がとれる？　俺たち親子は、とうぶんマイホームに帰れないのでね」

親父は訊ねた。

「これからいう番号にかけてくれ。そこが私への伝言を受けとってくれる筈《はず》だ」

ミラーは、電話番号を口にした。僕と親父は、それを暗記した。

「伝言をもらったら、十二時間以内に、私のもとに届く」

「わかった」

親父は頷いて、ハッチバックのドアを開けた。ミラーはにやりと笑った。

「今度会うときは、君も君の息子も、危機的状況でないことを祈る」

「俺はともかく、息子はもう、こりごりだろう」

親父は答えた。

ミラーのハッチバックが走り去ると、僕と親父は、青山墓地で仮眠中だったタクシーに乗りこんだ。

親父のいった行く先は、千鳥ケ淵《ちどりがふち》のイギリス大使館だった。

内堀通りを、イギリス大使館を過ぎてすぐ左に折れる。三番町の〝歴史博物館〟と記された、七階建てくらいのビルの前で、親父はタクシーを止めた。

夜中だし、とうぜん博物館の入口は閉まっている。親父は裏口にまわった。ただの博物館にしては警戒が厳重で、制服を着た警備員がふたり、通用門のところに立っている。門には、テレビカメラまでとりつけられていた。

「冴木だ」

親父は、その警備員にいった。とたんに、テレビカメラがぐるりと回って、親父と僕の顔をとらえた。

警備員は、無線機のイヤフォンを耳にさしこんでいた。イヤフォンを通して、許可がおりるのを待っている様子。僕と親父は、背の高さほどもある鉄の通用門をはさんで、ふたりの警備員と向かいあっていた。

しばらくして、ようやく警備員が動いた。門のかたわらにある詰所に入り、中で何かを操作すると、門が音をたてて開き始める。

門をくぐったところで、もうひとりの警備員がいった。

「白線にそってまっすぐ進んで下さい。より道はしないように」

門から博物館まで、白い線が一本ひかれている。

僕は親父とともにその白線の上を歩きだした。

「より道するとどうなるのかな」

「射殺される」

親父は平然といった。

「マジ、それ」

「マジだ。この建物の周囲はすべて、自衛隊から選抜された狙撃兵《そげき》でカバーされている。見てみろ、この博物館は、四方を二メートル以上の鉄柵《さく》で囲まれ、建物と柵の間には、身を隠せるようなものは何もない。博物館は一般公開されているが、一階と二階だけで、しかも観覧者は庭には出られないようになっている」

「いったい何なの？　ここは」

白線の終点がきて、僕と親父は、博物館の裏口に到着した。中からドアが開き、驚いたね、本当に迷彩色の戦闘服をつけ、銃をさげた兵士ふたりが僕らを迎えいれたのだ。

「エレベーターで三階にあがり、チェックインをして下さい」

ふたりは、僕と親父の身体検査をしていった。エレベーターには、三階と一階のボタンしかない。

三階にあがった。小さなホテルのロビーのようだった。閉まってはいるが、バーとレストランがあり、ソファが並んでいる。正面にはカウンターがあって、男がひとり立っていた。男はスリーピースを着けているが、左わきの下がふくらんでいる。

「島津の紹介できた、冴木だ」

親父がいうと、男は鍵《かぎ》をひとつだした。

「そこの階段で五階にのぼれ。五〇二だ」

ホテルのフロントマンにしては偉そうな喋《しゃべ》り方だった。もっとも、ピストルを吊《つ》るしているフロントマンなんているわけがないが、

「デポジットは払わなくていいのか」

親父がいった。男は無表情に答えた。

「必要ない。内閣につけておく」

親父は口をへの字に曲げた。

「あんたは外務省からきたのか」

男は返事をしなかった。

「それとも警察庁か？」

「早くいけ」

男は背中を向け、カウンターの内側に腰をおろした。そこでは、コンピューターの画面が緑色に光っていた。

「いこう」

親父は僕にいって、鍵をすくいあげた。

五〇二は、ホテルの部屋でいうならツインルームだった。バスやトイレもついている。ホテルとちがうのは、窓に鉄線が埋めこまれているところだ。

「やれやれ」

親父は並んだベッドのひとつにひっくりかえった。僕は窓から振り返った。

「何ここ。アンクルの本部？」

「あれは確か洋服屋だろう。ここは、暗殺の危険がある、亡命外国人なんかをおいておく部屋だ」

「ホテルなわけ」

「電話帳にはのってないが、政府直営のな。島津は、俺たちのためにここをとってくれたわけだ」

「安全なんだ」

「窓は防弾ガラスだし、勤めているスタッフはすべて政府の役人だ。メイドも含めてな。しかも、客の素姓は絶対にもれない」

「なるほど」

僕はいって、もうひとつのベッドにひっくりかえった。

「ひと眠りした方がいい。朝になったら、島津がやってくる。奴に何が起きているかを話してやらんと、ここを追いだされる」

「島津さんは助けてくれるの？」

「さあな。俺が外国の行商人《スパイ》と手を組んだのを知ったら、いい顔をせんだろう」

「モサドって？」

「イスラエルの情報機関だ。中に、未《いま》だにナチ狩りをやっているセクションがある」

「執念深いんだね」

「中国や韓国にそういうところがあれば、枕を高くして眠れない奴が、日本にもたくさんいるだろうな」

「なくて残念そうじゃん」

親父は鼻の先で笑った。そして、

「寝るぞ」

と、スタンドを消した。

3

親父の言葉通り、島津さんは朝一番でやってきた。枕もとで電話が鳴り、僕としては、さっき目を閉じたばかりなのに、という気分で、目を開いた。

あっというまに夜が明けていた。受験勉強をしているわけでもないのに、こんなねむい思いをさせられるなんて、ワリにあわない。

そう思って起きあがると、親父はとうに起きていた。電話はシャワー室でとったらしい。腰にバスタオルを巻いた姿で現われた。

「島津が下に来ている。コーヒーを飲みにいくぞ」

僕は呻《うめ》いて立ちあがった。きのうだってほとんど寝ていないくせに、親父のタフさには参る。普段からこうで、正業に精を出してくれれば、息子は苦労しないですむのだが。

ロビーのレストランで島津さんが待っていた。親父の話では、島津さんも残業つづきの筈《はず》だが、ヒゲもさっぱりと剃《そ》り、ネクタイの結び目もぴしっとしている。どうやら行《ス》商人《パイ》になるには、体力が第一、とみた。

レストランの席で、島津さんと向かいあった。他に客はいない。

ひとりだけ、アラブ系と覚しい、色の浅黒い男が、ロビーのソファで英字新聞を読んでいる。頬に、三十センチはある、ものすごい刀傷があった。

「あ、俺、和定食」

「僕も」

近づいてきたウエイターに親父はいった。このウエイターも拳銃《けんじゅう》を吊るしている。

「この時間は、ハムエッグとトーストしかできない」

ウエイターはいった。愛想のないこと。

「ご飯ないのか」

「冴木」

島津さんが親父をにらんだ。

「わかった。それでいい」

島津さんの前にはコーヒーカップしかなかった。

「で、成田の方で、何かわかったか」

「お前のいった通り、奇妙なトラブルがあった。パリ発の日航便で日本に入った、赤ん坊連れの外国人のグループが、バスケットごと赤ん坊をさらわれるのを見ていた人間がいる。さらったのは、髪の長い日本人の男で、そいつは、到着ロビーの外に止めてあった車に乗りこんで逃げた。見ていた奴が、警官を呼び、すぐに来たんだが、一行もどういうわけか、タクシーに乗りこんで立ち去った。騒ぎをおこしたくない、という様子がありありだったらしい」

「そのグループの構成は？」

「年よりの女と、若い男二人の、三人組。すべて白人だ。バスケットは女がもっていて、入管で該当者をあたらせた結果、ハンナ・マンシュタインというドイツ人女医だった」

「赤ん坊についちゃ、どうだ」

「幸本に関してパリ支局に調べさせたところ、面白いことがわかった。幸本が育て、パリで成功した、露木という画家がいる。まだ若いのだが、その露木が、フランスのある上流階級の娘と恋仲になり、子供を産ませたというんだ。ところがその娘には婚約者がいて、ことを公けにできなかった。そこで幸本がひきとって育てる、という話になったらしい」

「じゃ、さんごは、その子なんだ」

「さんご？」

島津さんは奇妙な顔をした。親父がいった。

「それはいい。で、神谷はどこでからんでくる」

「幸本は、この件がスキャンダルにならんように、子供の父親に身代わりをたてた。産院などでな。そのためにやとったのが神谷だった」

「じゃあ、神谷はなんのために赤ん坊を誘拐したんだ？」

「奴は、幸本から受けとった代理親の報酬が不満だったらしい。赤ん坊を誘拐しても、幸本は警察沙汰《ざた》にはできん。そうにらんで、成田で赤ん坊を誘拐したようだ。だが、なぜドイツ人のグループが、その赤ん坊を日本まで連れてきたのかは不明だ」

島津さんはいった。

「カモフラージュのためだ」

親父はいった。僕にも、ようやくすべてがわかった。

「カモフラージュ？」

「ハンナ・マンシュタインは、戦争中、ナチが略奪したセザンヌの名画を運んでいた。たぶん、赤ん坊の荷物の中にまぎれこませていたのだろう。税関は、眠っている赤ん坊を裸にしてまでチェックはせんからな。そのセザンヌの名画を、百億で買うことになっていたのが是蔵豪三だ。

百億の代金は、東西ドイツ併合にむけて、組織力強化をはかるネオ・ナチ運動に投入される予定だったんだ。ハンナも、ハンナといっしょのふたりの男も、シュミットというドイツ人が率いる、ネオ・ナチ運動のメンバーだ。

シュミットは、戦争中の、ナチの隠匿絵画を資金源にしているのさ」

島津さんはさすがに仰天した表情になった。

「ネオ……ナチス、だと……」

「そうさ。是蔵はもちろん、それを知っていて、百億で買いとるのに合意したのだろう」

「そんなことが国際的に公けになってみろ、日本はたいへんなことになる。日本人は鈍感だが、アメリカやヨーロッパじゃ、未だにナチといえば、悪魔のように忌み嫌われているのだぞ」

　島津さんの顔は深刻だった。

「日本人の大物が、ナチに金をだしてる、なんて欧米のマスコミにもれたら、さぞ大騒ぎだろうな」

　親父はいった。

「大騒ぎなんてものじゃない。今、おこなわれている外交交渉はすべてパーだ。日本に対する風当たりの強さは、今までのが、そよ風にしか思えなくなるほど激しくなる」

「その通りだ」

「神谷を殺したのは、そのハンナか」

「どうやらそうらしい。奴らは、しこたま毒薬の詰まったバッグを持ち歩いている」

「神谷は、絵のことを知っていたのか」

「知らなかったろうな。知っていたら、五百万は安すぎる」

「くそ。何てことだ。幸本の死因がわかった。心臓に直接、特殊な薬物を射《う》たれたんだ」

「ネオ・ナチグループは、赤ん坊誘拐が、是蔵の差し金ではないかと疑って、独自で動いている。グループのひとり、ハンスという男は、日本語が喋《しゃべ》れるんだ。幸本を殺したのもそいつらだ」

「是蔵の部下もか」

「これはまた別だ。ネオ・ナチグループを追っかけているミラーのしわざだ。ミラーの正体は、お前もこれで想像がつくだろう」

「ナチ狩りか……」

島津さんは悲痛な表情になった。

「そうだ。お前さんの膝《ひざ》もとで、今、日本人の右翼と、ネオ・ナチ、それにモサドのエージェントが三つどもえになって、セザンヌの名画を追っかけまわしているのさ」

「………」

島津さんはもう、言葉もなかった。親父は片手をあげた。

「俺のせいじゃないぜ。悔やむなら、もっと早く、是蔵豪三を潰《つぶ》しておかなかったことを悔やむんだな」

「絵はどこにある？」

「赤ん坊といっしょだろうな」

「赤ん坊はどこだ？」

「それを知ってどうするんだ？」

「絵を……返すしかないだろう」

「ミラーに渡せばすむことだ」

「日本国内で、ナチと戦争を始められてはたまらん。イスラエル本国に送る」

「是蔵とハンナたちはどうする？」

「ハンナは強制退去だ。是蔵は――」

　島津さんは言葉に詰まった。

「おとがめなしか？　そいつはいただけんな」

「冴木！」

「俺はミラーと手を組むことにした。是蔵は、安田さつきという、神谷の愛人だった、女というか、男を、監禁している。これを助けださなければならん。是蔵の自宅の住所を教えてくれ。世田谷区松原にある」

「乗りこむ気なのか」

　島津さんは、信じられないようにいった。

「今、その手を考えているところさ」

「失敗したら、殺されるぞ」

「そのときは、セザンヌの絵をここのロビーにでも飾ってくれ」

「馬鹿いうな」

「是蔵も、今度ばかりは大金がからんでいるから、簡単には知らんふりはできん筈《はず》だ。何せ、前金で二十五億、払ったらしいからな」

「二十五……」

　島津さんは絶句した。

「もとはといえば、利権をタネに、日本国民から吸いあげた金だ。利権を与えたのは、日本政府だからな。ことが公けになっても、自業自得ともいえる」

「冴木、頼む」

親父って、けっこう、イジワルだと思ったね。島津さんには、ずいぶん助けられたこともあるくせに、その島津さんの顔が、青くなったり、赤くなったりするのを、楽しんでおるのだ。

「とにかく、是蔵の住所と電話だ」

島津さんは溜息《ためいき》をついた。

「待ってろ」

立ちあがって、フロントカウンターに歩みより、どこかに電話をかけた。

「あんなにいじめなくてもいいのに」

僕はいった。

「奴はいい男だ。だが奴が信義をつくしている、日本て国の政治家どもが悪すぎる。奴はそれを知ってて、目をつぶっちまっているのさ」

親父はコーヒーをすすり、いった。

「これからどうするの？」

「是蔵をひっぱりだす。安田さつきをとり返さなけりゃならんからな」

「出てくるかな」

「セザンヌを鼻先にぶらさげれば出てくるさ」

島津さんが戻ってきた。メモを持っている。

「これが住所、下の番号は、奴を運んでいるリムジンの自動車電話だ」

「税金が無駄に使われてないことがわかって、嬉《うれ》しいぜ」

親父はいった。

「ごちそうさん」

と立ちあがる。僕もあわてて立った。

「車で来たのか」

「ああ」

島津さんは頷《うなず》いた。親父は手をさしだした。島津さんは、あきらめたように、ジャケットのポケットからキイをとりだした。

「そのつもりだったんだろ」と、親父。

「お前には負けるよ。ダッシュボードの中にオマケが入っている。ただし――」

島津さんは、渡すと見せかけてキイを握りこみ、いった。

「是蔵の息の根を止めるなら、半殺しはやめてくれ。周りが迷惑するからな」

そのときだけは、島津さんの顔に真剣な凄《すご》みが漂った。

「だんだんお得意のパターンになってきたじゃないか」

親父はにたっと笑った。

「キタない仕事は、民間に押しつける。日本の役人の、鑑《かがみ》だぜ」

島津さんの車は、博物館の通用門の横に止められていた。濃紺のセドリックだ。親父は運転席に乗りこみ、エンジンをかけた。僕は助手席のシートを倒した。腹がいっぱいになったら、再びねむけが襲ってきたのだ。

「どこいくの？」

「赤坂だ。絵を捜す」

親父は、いって車をスタートさせた。

「着いたら教えてね」

僕はいって目を閉じた。だが眠れるほど、「喜多の家」と博物館は離れていない。あっというまに到着してしまった。

例によって、車寄せにセドリックをおいた僕と親父は、離れに向かった。

「おはよう」

圭子ママが、さんごをあやして、日本庭園を散歩している。

「康子は？」

「着替えをとりに帰ったわ。ついでにわたしのところに寄ってわたしのとさんごのをとってきてくれるっていうから、頼んじゃった」

僕と親父は、顔を見あわせた。

「いつ頃、出てったの？」

「一時間くらい前、朝ご飯を食べてからよ。涼介さんたちは食事はすんだの？」

「すんだ。ママ、さんごが入っていたバスケット、どうした？」

親父は、離れをのぞきこんで訊《たず》ねた。

「そういえばどうしたかしら……。あら、そうだわ。康子ちゃんが、着替えを詰めるのにちょうどいいからって、持っていったんだわ」

「リュウ、康子のうちに電話しろ。サンタテレサアパートには寄らずにまっすぐここに来るようにいうんだ」

「わかった」

僕は離れの電話機に歩みよった、康子は、お袋さんといっしょに住んでいる。

ママが親父に訊ねた。すっかり母親が板についている。

「どうしたの？」

康子のお袋さんが電話にでて、少し前に康子は帰ったが、すぐにまた出ていったと教えてくれた。

「もう、出ちゃったみたい」

「『麻呂宇』に電話して、星野さんに伝えろ。康子が来たら、バスケットを持ってすぐに帰ってくるように」

「了解」

僕は「麻呂宇」の番号を押した。

「——はい、カフェ『麻呂宇』でございます」

星野さんがいった。

「リュウです。康子、そっちに行ってませんか?」

「ちょっとお待ち下さい」

星野さんの口調が変だった。僕は目顔で親父に合図した。

「もしもし、冴木隆くんですね」

星野さんではない、別の人物の声が、僕の耳に流れこんだ。その声を聞いたとたん、僕は、背中に冷たい汗がどっと噴きだすのを感じた。

あの美形の声だった。是蔵の爺《じじ》いのそばにひかえ、リヴォルバー・スクリューに僕が乗せられている間中、インカムから流れでていた、美形の声だ。

「親父!」

僕は送話口を、手で押さえた。

「是蔵の手下が『麻呂宇』にいる!」

「そこで何やってんだ!?」

僕は受話器に叫んだ。

「ただいま、こちらのカフェテラスは、私どもの手で貸しきりになっています。あなた方がおいでになるまで、この状態をつづけようと思いますが……」

親父が僕の手から受話器をとった。

「是蔵はそこにいるのか」

「まさか。会長は忙しいお体ですから、私が会長の命を受けて、参りました」

美形がそう返事をするのを、受話器の反対側に耳をあて、僕は聞いた。

「バーテンの星野さんにかわってくれ」

「——もしもし、星野でございます」

「大丈夫か、星野さん。どこも怪我させられていないか」

「はい。今のところは」

「今、店に何人いる？　あんたをのぞいて」

「えー、五杯くらいでございますね」

星野さんはうまく頭を働かせていった。

「あんた以外は、全部、今電話にでた奴の仲間か」

「いえ、一杯だけ、別の銘柄が——」

「まさか康子じゃないだろうな」

「そうなのですよ」

僕と親父は顔を見合わせた。最悪だ。

星野さんの手から受話器がもぎとられた。

「申すまでもありませんが、警察にはお知らせにならないよう。関係のない方を巻き添えにしたくはありませんから、赤ん坊を連れて、一刻も早くおいでになるのを、お待ちしています」

電話は切れた。

「どうする？　父ちゃん」

「奴ら、本気だな」

親父は苦い顔だった。僕のせいだ。

サンタテレサアパートを教えたのは、僕なのだ。親父がそれを見抜いたようにいった。

「お前のせいじゃない、リュウ、奴らは遅かれ早かれ、現われることになっていたんだ」

「でも僕が――」

「今は、そんなことをあれこれいっている場合じゃない。星野さんと康子を助けるんだ」

「どうするの」

ママが話の様子で状況を察したようだ。

「星野さんの話じゃ『麻呂宇』をハイジャックしているのは、四人だ。たぶん武器をもってるし、警察につかまるのもこわがらないような連中だろう」

僕は唇をかんだ。相手は、是蔵の私兵、というわけだ。

「作戦は？」

「まずは行動だ。リュウ、いくぞ」

親父はいって、ママに向き直った。

「大丈夫、必ず二人は助ける」

「涼介さん……」

親父は離れを出て、セドリックに歩みよった。

本当に助けられるだろうか。僕は親父のあとを追って、セドリックに乗りこみながら思った。

ママは心配そうに、さんごを抱き、離れの縁側から、僕らを見送っている。

親父は、島津さんからもらったキイで、ダッシュボードの蓋《ふた》を開いた。

小型のオートマチック拳銃《けんじゅう》が入っていた。

「島津がこいつを俺に預けたということは、自分の応援はアテにするな、という意味さ」

親父はいって、ダッシュボードの蓋を閉じた。

「ハジキ一挺《ちょう》で奴らに勝てそう？」

親父がセドリックをスタートさせると僕はいった。

「ハジキだけじゃ駄目だ」

「爆弾か何か用意するの？」

親父は、僕を見た。

「そいつはもっとあと、是蔵の屋敷に乗りこむときでいい」

その顔は真剣だった。

4

僕と親父は、途中、何軒かの店で買い物をして、広尾に向かった。寄ったのは、オモチャ屋、電機屋、洋品屋、などだった。

オモチャ屋で買ったのは、ひとかかえもあるミルク飲み人形だった。ごていねいに、人形用のゆり籠《かご》まで、親父はそろえた。

つづいて電機屋では、電池やコード、そのほかにこまごましたものを仕入れた。親父の指示で、僕はそれらを人形の腹に詰めこんだ。親父の作戦が、どこまで通用するかはわからないが、こちらはとにかくいわれる通りにするほかない。

細工をしたミルク飲み人形をゆり籠にいれ、セドリックの後部席におくと、洋品屋で買ったタオルケットをかけた。車の外からのぞきこまれたくらいなら、人形とはわからない筈《はず》だ。

それから親父は、僕に運転をかわらせ、ダッシュボードの中にあった拳銃を、テープで右足のくるぶしのところに巻きつけた。

カフェ「麻呂宇」の入口扉には、美形の言葉通り、「CLOSE」の札が下がっていた。

僕は親父にいわれて、そこから少し離れた場所にセドリックを止めた。「麻呂宇」のまん前に、メタリックシールをはりつけたバンが止まっている。窓をふさぐようにしているので、外からは「麻呂宇」の中の様子はうかがえない。

親父はセドリックを降りると、先に立って歩きだした。バンを回りこみ、「麻呂宇」の扉の前に立つ。

カウンターの中に星野さん、そして向かいあって康子と美形がいた。ボックス席に三人の男。そのひとりの姿を見て、僕はゆっくり息を吸いこんだ。テーブルに松葉杖《づえ》をたてかけ、ギプスで固めた右足を前に投げだしている。

〝万力〟だった。

星野さんが僕らの姿に気づき、カウンターの内側のスイッチを操作した。「麻呂宇」の自動扉が音をたてて開く。

〝万力〟以外の二人は、「日本防災連合会本部」で見たような、戦闘服を着けた男たちだった。

美形はくるりとストゥールを回転させ、康子から、こちらを振り返った。例によって白の詰襟を着て、いやらしい笑みを浮かべている。

〝万力〟がずずっと音をたて、テーブルをどかした。立ちあがる。

「父ちゃん、警官のばしたの、あいつ」

僕は親父に囁《ささや》いた。

「なるほど、頭が悪そうな体つきだ」

親父は驚いた様子もなく頷《うなず》いた。

〝万力〟の耳にも、それが聞こえた。〝万力〟はぐわっと目をみひらき、松葉杖で詰めよりかけた。

「〝万力〟、やめなさい」

美形が涼しい顔でいった。

「リュウ……、涼介親父……」

康子がこわばった顔でいった。僕は康子が引退していて、よかったと思った。引退前の康子だったら、いつも匕首《ドス》やナイフの一本はのんでいる。もし康子がそれをふりまわしていたら、無傷ではすまなかったろう。

「お待たせ」

僕はわざと康子に片目をつぶってみせた。康子のすわるストゥールの足もとには、さんごが入っていたバスケットがおかれていた。

「ご足労をかけました」

美形が立ちあがり、うしろ手に組んで歩みよってきた。自信まんまん。

「こちらこそ。息子がえらく世話になったそうだな、おかまちゃん」

親父はにたっと笑った。美形の顔がひきつった。

「是蔵の爺《じじ》いは、昔から、青いケツが好きだった。あんたも毎晩、なでまわされているのか」

親父は平然といった。美形の頬に赤みがさした。

「どうやら、ご自分のおかれた状況を理解していらっしゃらないようですな」

うしろも見ずに、右手をあげる。

制服の男たちが、さっとテーブルの下においていた手をだした。二挺のショットガンが、テーブルの上でかまえられた。

親父は溜息《ためいき》をついた。

「垢《あか》ぬけないやり方だな。そんな調子じゃ、ネオ・ナチどもに信用されないのも無理はない」

美形はすっと息を吸いこんだ。

「ずいぶん色々とご存知のようですな」

「そうかい。ちょっと週刊誌を読んだだけだ。どれも今週の目玉だからな。『是蔵豪三からネオ・ナチに流れる、百億円の資金』、なんちゃって――」

美形が目をみひらいていた。そんな馬鹿な、という顔をしている。

「嘘さ、もちろん。からかっただけだ」

親父はにやっと笑った。

「〝万力〟！」

美形が命じた。〝万力〟がのっしのっしと歩みよって、親父の肩をうしろからつかんだ。振り返らせ、右手で喉《のど》を絞めあげた。そのまま空中にもちあげる。親父の顔がまっ赤になった。苦しげに両足が宙を蹴《け》る。

「涼介親父！」

康子が叫んだ。僕が一歩出ると、ショットガンの銃口が突きだされた。

美形は苦しむ親父を冷ややかに見つめた。

康子がするりと、ストゥールをおりた。

親父の目がみひらかれた。僕が止めるまもなく、康子の手が、テーブルに飾られていた花壜《かびん》をもちあげ、〝万力〟の肩に叩《たた》きつけた。

花壜が砕けた。だが〝万力〟は露ほどもこたえた様子もなく、にたっと笑った。左手をのばし、康子の首をかかえこんだ。

「く、や、やめろ！」

康子が叫ぶのもおかまいなしに、康子を横抱きにする。

「よし！」

美形が手を叩いた。

〝万力〟が親父と康子のふたりを床に投げだした。ふたりとも呻《うめ》き声をあげた。特に親父は、床に両手をつき、激しく咳《せ》きこんでいる。

美形は僕に向かって、微笑んだ。

「おわかりでしょう。あなた方親子は、ふたりとも、よく似ている。へらず口は叩くが、決して我々には勝てない。ごらんのように、苦しむだけです。あなたも、幸運にも助かりはしたが、ジェット・コースターの上で、泣いて救いを乞《こ》うた。もう、お忘れですか？」

　僕は歯をくいしばった。

　美形は向き直った。

「〝万力〟、立たせろ」

〝万力〟は親父の肩をつかみ、床からもちあげた。

「さあ、赤ん坊を渡していただきましょう」

　親父は咳きこみながら、いった。

「赤ん坊が、腹の中に、お宝を飲みこんでいるとでも思っているのか」

「ひょっとしたら……」

　美形はいった。僕は、腹の底から怒りがこみあげた。こいつなら、是蔵の命令とあれば、涼しい顔で、赤ん坊の腹を裂くだろう。

「ふたりを、先に解放しろ」

　親父は、喉をさすりさすり、目顔で康子と星野さんをさした。

「まだ条件をつける気ですか？」

　美形はあきれたようにいった。ピシッと指を鳴らす。兵士が立ちあがり、ショットガンの狙いを、星野さんに定めた。

星野さんが、さすがにあとじさった。

「この男を殺せ」

美形が命じた。

「わかった！」

親父が叫んだ。

「俺たちの負けだ。リュウ、赤ん坊を連れてこい」

美形は頷いた。

「そう、最初から素直にそのようにすればよかったのです」

僕は親父に頷き、「麻呂宇」の扉をくぐった。セドリックに走った。

ショットガン二挺《ちょう》に人質がふたり。これでは、さすがに手がだせない。人形でごまかそうとしたことがばれたら、まちがいなく死人がでる。

僕はタオルケットごと、ミルク飲み人形のバスケットを、セドリックの後部席からもちあげた。

本当の赤ん坊を運んでいるように、そろそろと歩いていく。

美形は、勝ち誇ったような表情で待ちかまえていた。

僕は「麻呂宇」の扉をくぐった。美形が近づいてきた。

「父ちゃん、こんな奴に渡したくないよ」

「あきらめろ、リュウ」

康子にも、僕らの芝居はわからない。康子は、涙を目にいっぱいためて、

「チクショウ」

とつぶやいた。

「渡しなさい」

美形が両手をのばした。

「渡すんだ」

親父がつらそうに立ちあがり、僕の手からミルク飲み人形のバスケットをとりあげた。

美形の手に渡す。

受けとった美形の頬に笑みが浮かんだ。が、次の瞬間、怪訝《けげん》そうな表情に変わった。

親父がぱっと、タオルケットを外した。

裸のミルク飲み人形の横腹から、豆電球とトグル・スイッチが突きでていた。親父の指が、パチンとそのスイッチを入れた。豆電球にぱっと明かりがともった。黄色い光を点滅させ始める。

「何のまねだ⁉」

美形が表情を変えた。人形をつかみあげようとした。

「おっと！」

親父が叫んだ。

「それをすると、あんたはふっとぶぜ。C―4プラスチック爆薬てのを知ってるか？」

「何だと——」

「見ためは粘土にそっくりだ。その通り、こねたり、形を作ったりもできる。ライターで火をつけても、ぶすぶすと燃えるだけだ。だが、ひとたび電気雷管で着火させると……」

美形の顔が青ざめた。両手で、ミルク飲み人形のバスケットをかかえている。

親父は首を振った。

「衝撃は禁物だ。下におろすなよ。ふりまわせば、それきり、あんたの上半身はきれいさっぱりふっとぶ」

美形は、今にも目玉がとびでそうなほど目を大きく開いて、ミルク飲み人形を見つめた。

「う、嘘だ」

「試してみるか？　ま、C—4の量はたいしてないから、運がよけりゃ、両手をなくすくらいで助かるかもしれん」

美形の喉が、ごくりと鳴った。額に汗がふきだしている。

「き、貴様、こんなことをして——」

「上等だな。俺を殺したら、スイッチの切り方は永久にわからんぜ。手下に銃を捨てるようにいえ！」

「う、うう……」

「それとも、あんたの手がくたびれるまで、ここでねばるか」

〝万力〟が唸《うな》り声をたてて、親父に歩みよった。

「よせ、〝万力〟」

美形が悲鳴のような声でいった。親父はにやりと笑った。

「そうとも。俺を怒らせせん方がいい。俺がどんなに嫌な野郎か、是蔵から聞かされてきたのだろ」

「く、くっ」

美形は歯がみした。

「いわれたんだろう。赤ん坊を受けとったら、俺は殺せ、と。ちがうか」

美形は汗みどろだった。どうやら図星のようだ。親父は椅子をひき、腰をおろした。

「そこまで読んだ俺が、手ぶらでくると思ったか」

美形は目を閉じ、鼻から息を吐いた。

「わかった、私の負けだ」

「銃を捨てさせろ」

「捨てろ」

美形はいった。兵士たちは、ショットガンから手を離した。

「よし。テーブルを立って、入口近くに集まってもらおう」

「いうことを聞け」

兵士ふたりは、「麻呂宇」の入口近くに立った。

「リュウ」

「ほい」

僕はショットガンを両手にかかえた。

「是蔵の爺《じじ》いに伝えろ。絵は俺が預かっている。欲しければ、安田さつきと交換だ、とな。もし、安田さつきが死んだり、傷つけられていたら灰になるぜ」

「わ、わかった」

僕はショットガンを手に、親父のすわるテーブルに歩みよった。親父は、右足を上に、足を組んでいた。

「そのまま、是蔵のもとに帰ってもらおうか」

「冴木！」

「冗談だよ。そいつはただのオモチャだ。何をしても爆発はせん」

「何だと！」

美形は人形を放りだした。床に落ちた人形から乾電池が転がりでた。

「貴様ぁ、〝万力〟！」

〝万力〟がひと声吠《ほ》えて、親父につかみかかった。その瞬間、親父の手が、右足のくるぶしから拳銃《けんじゅう》をはがし、パシッという、小さな銃声をたてた。

ぎゃあっと〝万力〟が叫んで、松葉杖《づえ》を離してひっくりかえった。無傷だった方の左足の膝《ひざ》をかかえている。

〝万力〟はのたうちまわった。

「命には別状ないが、ちょいと痛い場所にあたったな」

親父は冷ややかにいった。

美形は〝万力〟を見つめ、言葉もなく喘《あえ》いだ。

「ではひきあげてもらおうか。伝言はちゃんと伝えるんだぜ」

「こ、後悔するぞ」

美形は唇を震わせていった。

「どうかな。後悔するのは、そっちの方だと思うぜ」

「ひけっ」

美形は命じた。膝をかかえて呻《うめ》いている〝万力〟を、兵士ふたりが両わきから抱きおこした。

親父は、銃口を美形の胸に向けている。

四人は「麻呂宇」の扉をくぐった。バンに乗りこむと、美形はくやしげな一瞥《いちべつ》をくれ、走り去った。

バンが見えなくなるまで、誰も、ひと言も口をきかなかった。

見えなくなってようやく、康子が叫んだ。

「馬鹿野郎……アセったよ」

ぺたんと床にすわりこんでいる。

「まったくでございます。私も、これで人生を終えるのかと、覚悟いたしました」

星野さんがいった。

「迷惑をかけたよ」

親父はあやまった。それから僕を見た。

「ちょっとは気がすんだか」

「半分くらい」

親父は頷《うなず》いた。

「残りの半分は、是蔵にとっておこうぜ」

「了解」

僕はいって、康子がおいたバスケットに歩みよった。とりあげて、カウンターにのせる。

上にかかったカバーを外した。

「ちょっと！」

康子があわてて立ちあがった。赤ん坊用の産着などに混じって、ぐっと大胆なパンティやブラジャーが入っている。

「おおっ」

「スケベ！　何すんだよっ」

「どれどれ」

　のぞきこんだ親父の頭を、康子がどついた。

「康子、お前、年のわりに大胆なの着てるね」

　親父がいうと、康子の顔はまっ赤になった。

「馬鹿。これは圭子ママの」

「そうか、それならいいや。後見人としちゃ、スケ番引退したとたんに、ナンパ路線に走られたのではつらいものがあるからな」

「何考えてんだよ」

「でも康子にも似合いそうだぜ」

　僕はいった。康子は僕をめいっぱいにらんだ。

「お前な、死にかけといてよく、そういうことといえるな」

「とにかく、ちょいとこのバスケットを見せてくれ」

　親父はいって、康子が詰めこんでいた着替えをすべてとりだした。

　あとに残ったのは、タオルケットを敷きつめたバスケットの底だ。

　親父は僕をちらりと見て、そのタオルケットをはがした。

「あったあ！」

　僕は叫んだね。

　ビニールで何重にも包装された、油絵のカンバスが、バスケットの底に、裏を上に向けて敷きつめられていたのだ。

「何これ」

親父の指が、それをそっとはがしてとりだすと、康子が訊《たず》ねた。

「百億円」

「ひゃ、百億！」

康子はぶったまげたような声をだした。

「さんごは、百億の上で寝ていたわけだ」

親父はビニールの包装をゆっくりと外していった。

それは、七、八人の裸の女性が、葦《あし》の生い茂る水辺で、水浴びをしている光景を描いた油絵だった。ぼたぼたっという感じで、色がちっている。

「――セザンヌでございますね」

星野さんがゆっくりと息を吸いこんでいった。

「さすがだね」

驚いたように親父はいった。

「皆《み》んな、これを捜していたんだ……」

康子が茫然《ぼうぜん》といった。

「そういうこと。これは、第二次大戦中、ユダヤ人の財産だったのを、ナチの兵隊が、むりやり奪っていったものだ」

「持ち主はどうなったの？」

「死んだろうな」

親父はいって、再び、絵を包み始めた。

「これで、是蔵をひきずりだす材料が手に入ったぞ」

恐怖の交換会

1

赤坂の料亭街は、昼と夜とでは、雰囲気が一変する。

昼間は通行人も少なく、静かなのが、夜になると、ずらりと黒塗りの車が並び、出迎え、見送りの人々や着物姿の芸者さんの行き来が激しい。

黒塗りの車から次々と降りたつのは、皆、値のはりそうなスーツを着こんだ、偉ぶったおじさんばかりだ。太ったり、痩《や》せたり、大きかったり、小さかったりはするが、いちように、

『ああ、忙しい、俺は忙しいんだ』

という顔で、料亭の門をくぐっていく。

僕と親父は、「喜多の家」の表門前に止めたセドリックから、そうした人々を眺めていた。

「この人たち、皆んな、何やって儲《もう》けてるのかな」

「政治家、官僚、不動産屋、金貸し、ブローカー、やくざ、代理業、その他もろもろだろうな。どいつも、ふてぶてしそうな、ひと筋縄じゃいかん面構えをしてやがる」

親父はペルメルをふかしながら答えた。

「今入ってったのなんか、ボディガードつきだよね」

「政治家が金をもらう算段を企業のトップとひそひそこらしてる間、警官が身辺を護衛しているわけだ。相談が終われば、きれいどころがしゃんしゃん待っている」

「きれいどころって、あの白塗りオバケ？」

「中には若くて可愛いのもいる。とびきりいい女で、男を喜ばすワザを備えてて、しこたま金がかかるような——」

「うらやましそうじゃん」

「今の日本じゃ、こういう爺《じじ》いどものことを〝成功者〟と呼ぶのさ」

親父は馬鹿ばかしそうにいった。

「島津さんも、こういう連中に使われているわけ？」

「結局はな。実際、こいつらの何割かは、本当に日本を動かしている」

「いやんなる」

「だが見くびっちゃいかん。こうやって偉くなるために、奴らは、何人ものライバルをはめ、蹴落《けお》とし、自分は罠《わな》にはまらんように、生きのびてきてる。頭はきれるぞ。トランプのババ抜きを毎日やっているようなものだからな。絶対に自分だけは、ババをつかまされないように、全神経を使って生きてるんだ」

「疲れそう」

「人間らしい生き方といえるかどうかは疑問だな。だが奴らから見れば、人間らしいをウンヌンするような連中は、負け犬なのさ」

「困ったもんだ」

僕は溜息《ためいき》をついた。そのとき、黒塗りがぎっしりと道の両わきを固めた坂を、黄色いハッチバックがのぼってくるのが見えた。

「来たよ」

親父は、セドリックのライトをパッシングさせた。

「喜多の家」の離れで「作戦会議」を練るために、僕らは教わった電話番号にかけ、ミラーを呼びだしたのだった。

同じような建物が並ぶこの料亭街で、ミラーが道に迷わぬよう待っていたのだ。

「喜多の家」の車寄せに、ミラーが車をいれると、親父は、そのうしろにセドリックをつけた。

ミラーは、ノーネクタイのシャツに薄手のカーディガン、コーデュロイのスラックスといういでたちでハッチバックから降りたった。本物か変装か、丸い眼鏡をかけている。

「ここは奇妙な街だな。いったいこれらの建物は何なのだ？」

「一種のレストランだ。会員制で個室ばかり、悪事を相談するにはもってこいのところだ」

ミラーが不思議そうに訊《たず》ねたので、親父は説明した。

「客はどんな連中だ？　マフィアのようなギャングなのか。それにしては、レストランの数が多いが」

「政治家や役人、大企業のトップといった人間さ」

「尊敬されるような人々ばかりではないのか」

「表ではな」

ミラーは、一瞬、親父に鋭い視線を向けた。

「君はコミュニスト（共産主義者）か」

「いや、ちょっとばかり、この国の仕組を知りすぎた快楽主義者さ」

親父はいって、離れを指さした。

「あそこに、赤ん坊と、あんたが欲しがっている絵がある」

ミラーは目をみひらいた。

「本当か」

「ああ」

離れには、圭子ママと康子、康子に抱かれたさんごがいた。

親父はミラーをママと康子に紹介した。ミラーは、康子の腕からさんごをそっと抱きあげた。

「可愛い赤ん坊だ。私に妻や子がいたなら、ちょうど孫くらいの年だな」

さんごは怯《おび》えた様子もなく、青い目の行商人《スパイ》を見あげた。ミラーは、さんごに頬ずりして、微笑んだ。初めて見る、ミラーの優しい笑顔だった。

「家族はいないのか」

サンキューといって、さんごを康子の腕に返したミラーに、親父は訊ねた。

「いない。結婚を約束した女性はいた。三十年以上も前のことだが――。彼女は死んだ」

「そうか。以来、仕事ひと筋か」

「そうだ。ナチを狩ることが、私の人生のすべてだ」

「世界中を回ったのだろうな」

「共産圏の一部をのぞく、ほぼすべてをな」

ミラーは頷《うなず》いた。僕は訊ねた。

「あなたはいくつなんです?」

「じき、六十歳になる。私はこの任務を、兄から受けついだ」

僕は親父を見た。親父は痛みを感じているような顔をしていた。

「六十年の人生の大半を、祖国イスラエルではない、いろいろな国々のいろいろな街のホテルで過ごしてきた」

人間狩りに一生を捧《ささ》げたというのだ。僕にはとてもできない、孤独な生き方だった。

「だが、じき、私も引退する。セザンヌを持ち帰ったあかつきには、のんびり農作業でもやるつもりだ」

ミラーはいって、ママがいれたお茶をすすった。日本間にも慣れている様子で、さりげなくアグラをかいている。

「その絵だが、あんたが持ち帰った場合、いったいどうするつもりだ？」

「現在では、もとの、つまり略奪される前の所有者をつきとめるのは困難だろう。いちおう、調査はおこなわれるが、つきとめられなかった場合は、フランスあるいはイスラエルの美術館に寄付される」

「それによってあんたが得る報酬は？」

ミラーは首をふった。

「私の報酬は、祖国から定期的に支払われるサラリー以外にはない」

親父は僕と顔を見あわせた。

「仕事に誇りをもっているのだな」

「金に命を賭《か》けるには、私は年をとりすぎている。いつ死ぬかもわからない日々の中で、死んでいく瞬間、悔いを残したくないのだ」

ミラーは静かにいった。

「あんたは自分のしていることが正義だと信じているのか」

「正義かそうでないかを決めるのは、人間の仕事ではない。私は任務で人を殺すこともある。正義のために人を殺す、というのは矛盾しているとは思わないかね？

大切なのは、自分の行動に疑いを抱かずにいられるかどうかだ。愛国心があり、民族のために闘う自分に誇りをもてるかどうかだ。そこに疑いが生じれば、どんなささいな行動であってもおこすことはできない。疑いがなければ、それがいかなる結果を生もうと行動にうつすことができる。ただし、それが正義なのかどうかは、神が判断することであって、人間が決めることではない」

親父は低い声でいった。

「俺は正義を口にして、人を殺す人間は信用しない。だが、愛国心という奴も信用していない。俺にとって大切なのは、俺が俺を許せるかどうかだ」

「君と私とでは、だいぶ立場がちがうようだな」

「戦争で死ぬ兵士たちは、たいていが愛国心という言葉で、その死を正当化させられる。勝った方にも、負けた方にも、愛国心はある。それは、正しい側とまちがった側、というようには決して分けられない。俺は、正しい戦争などない、と思っている。愛国心は、戦争を、正しいものであるかのように見せかけるには、うってつけの言葉だ」

ミラーはゆっくりと息を吐きだした。親父は言葉をつづけた。

「俺も昔、あんたと同じような稼業をしていたことがある。嫌になったとき、俺はさっさとやめた。理由は、あんたにも理解できる筈《はず》だ。納得いかないことのために、命を賭けたくなかったからだ。今でもその頃の仲間とつきあいはある。奴らが、命を賭けていることそのものは、馬鹿らしいとも、無意味だとも思わない。だがそういう連中の上でアグラをかき、自分ばかりが肥え太ることしか考えていないような政治家どもは、叩《たた》き殺してやりたいと思う」

「君のいいたいことはわかった。今回の事件がどんな形であれ、政治的な利用をされないことを望んでいるのだな」

「あんたがプロなら、そういう決着のつけ方ができる筈だ」

「いいだろう。コレクラのもとからネオ・ナチに金が流れていたことは、公表されないように手を打つ」

僕はようやく話のなりゆきがよめた。親父はことが公けになったとき、島津さんが責任を追及されることがないよう、ミラーに頼んでいたのだ。

国際世論に日本の政府が追及されれば、そのあおりは、政治家を経て、島津さんたちにくる。親父にしてみれば、大臣のクビがいくつとぼうが知っちゃいないだろうが、真剣に日本の国を考えている島津さんを苦しい立場に追いやりたくなかったのだ。

親父は頷いた。

「コレクラの決着は俺がつける」

「マンシュタイン一家はどうだ」

「どちらでも」

「私に任せてもらおう」

「いいだろう。では、あんたにプレゼントだ」

親父はいって腰を浮かし、アグラをかいていた座布団をずらした。下から、セザンヌの絵が現われた。

ミラーがすうっと息を吸いこんだ。

「まちがいない」

「この赤ん坊の籠《かご》の中にあった。ハンナは、絵の上に赤ん坊を寝かせ、税関をくぐりぬけたのさ」

そして親父は、赤ん坊の父親が、パリの画家、露木であること、代理親として、身代わりに立った神谷が、強請《ゆす》りの目的で、赤ん坊をさらったことを、ミラーに話した。

「ナリタ空港でのいざこざの際、ハンナは指輪にしこんだ毒針で、カミヤをひっかいた。赤ん坊をさらってホテルまで来たカミヤは、コウモトに連絡をとった。コウモトに雇われた俺たちが、カミヤに金を渡しにいったところで、毒がまわり、カミヤは死んだ」

「ハンナたちは、カミヤが、コウモトかコレクラの差し金で赤ん坊を奪ったと思ったのだな」

「そうだ。コレクラはコレクラで、コウモトから赤ん坊をさらったのがカミヤであることを知らされ、絵を手に入れようとカミヤの愛人をさらった。巻き添えをくったのが、ここにいるリュウだ」

「ハンナとコレクラは、連絡をとりあっていないのか」

「どうかな。とりあっているとしても、俺とあんたほど信頼関係をもっちゃいない」

ミラーは、なるほどというように頷いた。

「ハンナたちの居場所を知っているか」

親父は訊《たず》ねた。

「日本在住のドイツ人実業家で、ケスラーという男が提供したアパートメントにいる。ケスラーは、シュミットの友人で、ネオ・ナチのひとりだ」

「どこだ」

「車に地図がある」

ミラーはいって立ちあがった。

ミラーが庭におり、車に歩みよっていくのを見ながら、僕は親父に訊ねた。

「どうやって是蔵をやっつける」

「ネオ・ナチとケンカをさせるってのはどうだ。どっちもセザンヌに血眼だ。案外、うまくいくかもしれん」

「で？」

「生き残った方を、俺たちかミラーが潰《つぶ》す」

ミラーが地図を手に離れの座敷に戻ってきた。

「アパートはここだ」

親父と僕は、ミラーが広げた地図の上にかがみこんだ。五反田《ごたんだ》の駅の近くだった。

「ハンナは、セザンヌをとり戻すまで、ドイツには帰れないだろう。任務の失敗には、シュミットの制裁が待っている」

ミラーはいった。

「多分、連中は、俺と息子をつかまえたがっている。コレクラの手下も同様だ」

「どちらも、このセザンヌを君が握っていると信じているのだな」

「そうだ。そいつを利用して、この二組に戦ってもらう」

「どうやる？」

親父は目を閉じ、つかのま、考えこんだ。

やがて目を開くといった。

「あんたの協力も必要だ」

「いいだろう。何をすればいい？　いってくれ」

親父はにやりと笑った。

「誘拐だ」

ミラーが帰ると、親父は、島津さんから教わった、是蔵の自動車電話に電話をかけた。いく度かかけてつながらず、つながったのは、真夜中近くだった。

「はい」

例の美形の声が返事をした。

「ハロー、赤ちゃん人形の抱き心地はどうだった？」

親父は、いきなり英語でいった。

「冴木！」

美形の声は一オクターブ高くなった。

「どうやって、この番号を知った⁉」

「電話帳にのっていたんでね。伝言はちゃんと爺《じじ》いに伝えたのだろうな」

「伝えた。今、ここにおられる」

「代わってもらおうか」

「待て」

やがて、是蔵豪三の低音がいった。

「あいかわらず、ドブネズミのような真似をしておるようだな、冴木涼介」

「その言葉はそっくり返そう。大物ヅラはしているが、あんたの方こそ、ドブネズミの大将だ」

「儂《わし》にそういう口をきいて、長生きした人間はおらんぞ」

「結構だ。長生きして、社会に害毒をまき散らす年寄りにはなりたくないからな。安田さつきは元気か」

「貴様などにいわれるまでもない」

「お前さんの可愛こちゃんにいったセリフは威《おど》しじゃない。安田さつきに何かあったら、古い絵が燃えるぞ」

「貴様があれを持っている、という証拠はあるのか」

「水浴びを楽しんでる姐《ねえ》ちゃんたちは、どれも栄養がいきとどいている。今の美の基準だと、どの子も皆、太めだな」

「…………」

是蔵は黙った。しばらくして、

「よかろう。儂としては、その絵を受けとれば、あの者に用はない」

「すぐに交換、といきたいところだが、あいにく、うっとうしい別口がいる」

「何のことだ？」

「とぼけなさんな。ドイツからお越しの婆さんだ。あんたの手下同様、押しかけてくるんで、こっちは迷惑をしている」

「すべては、あの連中の不注意からおきたことだ。儂が尻《しり》ぬぐいをする必要はあるまい」

「なるほど、絵が手に入れば、代金の残りはほっかむりか」

「自業自得だな。奴らが信じておるほどゲルマン民族が優秀かどうかを学ぶ、よい機会だろう」

「連中の恨みをかってもかまわないのだな」

「裁判にでも訴えをおこすというのなら、儂としても対処しようがあるが、その絵はもともと、公けには存在しなかったものだ」

「あいかわらずの、やらずぶったくりぶりだな」

「無礼なことをいうな。二十五億は払っておるわ！」

「まあいいだろう。そっちはそうとして、連中を追っかけて、イスラエルからエージェントが来ているのを知っているか」

「儂の部下に迷惑をかけた外人だな」

「そうさ。そいつもまた、俺たち親子をつけ回している。おかげでこっちは簡単には動きがとれん」

「居場所をいえば、こちらから出向くぞ」

「よかろう。明日《あした》の昼、あんたの可愛いペットちゃんを、『麻呂宇』によこしてくれ。ただし、ごついお供はなしでだ。うちのセガレと、交換の方法や場所を相談してもらう。そのとき、安田さつきが元気でいる証拠をもってこい。約束が守られなければ、絵は灰だ」

「わかった。カズキも、先日の失敗にこりて、反省しておる。ひとりでいかそう」

「俺はあんたとちがって、人質はとらんし、男のケツを愛する趣味もない。安心してくるようにいってくれ」

「貴様のへらず口、いずれ後悔するぞ」

電話は切れた。

「あの美形、英語、話せるかな」

僕は、切れた受話器を戻した親父に訊ねた。

「話せるようだ。是蔵の秘書役をつとめるくらいだ。頭の方も使いみちがあるのだろう」

「婆さんたちの方は？」

「俺がうまくやる。婆さんは、是蔵を疑っている筈《はず》だ。俺たちと是蔵が仲間でないことくらいはわかっている。きっちり、はめてやるさ」

「あとは、ミラーの演技力ね」

「と、お前のな」

僕は肩をすくめた。

「この役、あんまり楽しくなさそう」

2

翌日の昼前、僕と親父は、広尾に向かった。

美形と「麻呂宇」で会う前に、サンタテレサアパートの周辺をチェックする。どうやら、是蔵の部下やネオ・ナチグループが張りこんでいる様子はないようだ。

見張りがいないことを確かめて、僕は「麻呂宇」に入った。星野さんには事情を話し、開店を待ってもらっている。

親父はそれを見届けて、セドリックをスタートさせた。五反田の、ネオ・ナチグループのアジトに向かったのだ。

カウンターで、星野さんのいれてくれたコーヒーを飲みながら、待つことしばし。

やがてアメ車のリムジンが「麻呂宇」の前に横づけされ、後部席から美形がひとりで降りてきた。運転手を車内に残し、「麻呂宇」に入ってくる。

「時間に正確じゃない」

僕はいった。「麻呂宇」の壁かけ時計はきっかり正午をさしている。

「へらず口はいい。条件を聞こう」

美形は入口のところに立っていった。

「とりあえず、コーヒーでも飲んだら？　このお店には、この間、さんざん迷惑をかけたのだから、コーヒー代、おいていくくらいしてもいいのじゃない」

美形はぴくりと頬をひきつらせた。

「では、ウインナ・コーヒーを。私を罠《わな》にはめようなどとは考えるな。ここには入ってこないが、外には運転手がいる。何かあれば、すぐに電話で、会長に連絡をとるぞ」

「わかっているよ」

僕はいって、窓に近いテーブル席をさした。

「そこで向かいあってコーヒーを飲もう。そこなら、おたくの運転手からも、よく見える」

「いいだろう」

僕と美形はテーブルで向かいあった。

「さつきが元気でいる証拠は？」

美形は、例の白い詰襟から、カセットテープとポラロイド写真をとりだした。

写真は、今日の新聞をもっているさつきを写したものだった。顔にアザを作り、化粧けがないさつきは、だいぶ男に近づいている。サイズのあわない戦闘服を着せられていた。

カセットテープを、僕は、「麻呂宇」のB・G・M用のデッキにセットした。

「さ、冴木さん……安田です。あたしは、今のところ、元気です。でも早く、自由になりたい。晴夫がもっていた絵を、この人たちに渡してください……」

「と、いうわけだ」

美形は冷ややかにいった。星野さんがウインナ・コーヒーを運んでくると、詰襟の内側から財布をだし、一万円札をテーブルにおいた。

「釣りはいらん」

星野さんは眉《まゆ》をつりあげ、僕を見た。

僕は肩をすくめた。星野さんは、金には手をつけず、カウンターに戻った。

「交換の方法は?」

「ホテルのロビーに、あんたと是蔵豪三のふたりで、安田さつきを連れてくること」

「会長の手をわずらわすつもりか」

「セザンヌがいらないのなら、話は別だけど……」

美形は詰襟を指でゆるめた。

「どこのホテルだ」

「神谷が泊まっていた、赤坂のKホテルは?」

「日時をいえ」

僕は口を開いた。そのとき、ドシン、ガシャン! という物音がカウンターの方角から聞こえた。

僕と美形は、同時にカウンターを振り返った。星野さんが、カウンターの下に倒れ、ミラーが立っていた。カウンターの奥の、「麻呂宇」の裏口扉が開いている。ミラーの手には、拳銃《けんじゅう》があった。

「何だ!?」

美形はいった。

「静かに」

ミラーは英語でいって、倒れている星野さんをまたぎこえた。銃口は、僕と美形の中間にあった。

「何者だ」

美形は素早く、英語で訊《たず》ねた。

「セザンヌをとり戻すために、イスラエルから来た者だ」

「モサドのエージェントか」

美形の目が広がった。手下を撃たれたことを思い出したようだ。

「ユー」

ミラーは銃口で僕をさした。

「こっちにくるんだ」

「何ていってるんだい？」

「高校生なら、それくらいわかるだろう。こっちへこい、といっている」

「僕が？」

「そうだ」

美形はいらだたしげにいった。

「なんで？」

「この少年はなぜか、と聞いている」

美形はミラーに訊ねた。とたんに、消音器をはめたミラーの銃が火を噴いた。美形の前におかれていたウインナ・コーヒーのカップが砕け散った。美形は顔色を変えて立ちあがった。

外で待機していたリムジンの運転手が、車から降りてきて、「麻呂宇」の窓ぎわに立った。美形が、待て、というように手をかざし、ミラーに訊ねた。

「何が目的だ」

「この少年の父親は、セザンヌをもっている」

「本国にもち帰るつもりか」

ミラーは美形を見た。

「君は、コレクラの部下だな」

「その通りだ」

「私は君を見たことがある。カワサキの、あの作りかけの遊園地で」

美形は無言でミラーを見つめた。

「来い！」

ミラーは僕にいった。僕はゆっくりと立ちあがり、ミラーに近づいた。ミラーは左腕で僕を羽交い締めにし、後頭部に銃を押しつけた。

「私は今、この少年と取り引きをしていたのだ」

美形はあわてたようにいった。

「いったい、どういうつもりなの、こいつ」

僕は日本語で叫んだ。

「黙れ！」

ミラーがいい、僕は口を閉じた。

「この少年の父親に伝えろ。絵と少年を交換する、と」

「私にそんなことをさせる気か！」

美形は叫んだ。

ミラーはいった。

「私が本国イスラエルにセザンヌをもち帰っても、勲章がせいぜいだ。君らは最初、あの絵を百億で買うつもりだったそうだな」

美形は一瞬、面くらったような顔になった。

「なぜ、それを……」

「私はシュミットの一派をずっと監視していたのだ。奴らのような連中を狩るために、六十年近い、この人生を捧《ささ》げてきたのだ」

美形は息を吸いこんだ。ミラーはつづけた。

「ナチは今でも憎い。だが、そろそろ引退して、優雅な生活も楽しみたいと思っている」

「どういうことだ？」

美形は顎《あご》をひき、ミラーと僕を見つめた。目にずるそうな光が宿っていた。

「私が、この少年の父親から絵を手にいれたら、君らはそれを買うか」

「いくらだ」

「百億とはいわん。百万ドルでいい」

「罠じゃないだろうな」

「私は祖国を裏切ろうとしている。そのことを考えれば、百億ドルでも安いくらいだ。だが、私は、残る人生をバハマかニューカレドニアあたりで静かに暮らせればいいのだ」

美形は目を細めた。

「絵と交換だぞ」

「いいとも。少年の父親とは、私が交渉する。私は一度、この少年を助けている。父親も嫌とはいえない筈《はず》だ」

「何ていってるのさ」

僕はいった。その瞬間、ミラーが拳銃の銃身で、僕の後頭部を殴りつけた。

「黙れといっているだろう」

僕は呻《うめ》いた。本当に痛かったのだ。

「絵が手に入ったら、取り引きに応じよう」

美形はいった。

「わかった。そちらの連絡先を教えてくれ」

「これからいう番号にかけろ。〇三〇……」

美形は自動車電話のナンバーを口にした。

ミラーは聞き終えると頷《うなず》いた。

「わかった。連絡を待て」

そのまま、僕をひきずって後退った。

「麻呂宇」の扉を開け、美形の運転手がとびこんできた。右手を上着の内側にさしこんでいる。

「カズキ様、大丈夫ですか⁉」

ミラーがさっと銃口を運転手に向けた。

「待て」

美形は日本語で怒鳴った。

「手を出すな。これは、我々とは関係のないことだ」

「は？」

運転手は不思議そうに美形を見た。美形の唇にいやらしい笑いがあった。

「ミスター、成功を祈っているぞ」

ミラーはそっけなく頷き、僕をひきずって「麻呂宇」の裏口を出ると、止めてあったハッチバックに乗りこんだ。

ハッチバックが、安全と確信できるだけ広尾から遠ざかると、ミラーは車を止め、助手席の僕を見た。

「アー・ユー・オーケー？」

「オーケー、オーケー」

僕はそう答えたが、本当は結構、痛かった。

「ミスター・ホシノも、真剣に殴ったの？」

「ホシノ？」

「あー、バーテンダー」

「ノー、ヒー・イズ・グッド・アクター」

「よかった」

僕は頷いて、ハッチバックのドアを開けた。どこへ、と目で訊ねたミラーに、公衆電話を指さした。

公衆電話から「麻呂宇」にかけた。

「はい、カフェ『麻呂宇』でございます」

グッド・アクターが返事をした。

「リュウです。話して大丈夫？」

「大丈夫です。あれからすぐ、帰りましたので」

「そう。どんな様子だった？　あの美形」

「複雑な表情でございましたね。喜んでよいのやら、困ってよいのやらわからない、という」

どうやらうまくひっかかったようだ。

「了解。親父から連絡があったら、赤坂に戻ったと伝えてください」

「承知いたしました」

「喜多の家」に戻って一時間ほどすると、親父が帰ってきた。

「うまくいったようだな」

親父は僕の頭にできたタンコブを一瞥《いちべつ》していった。

「演技賞は出ないの？」

「ツバつけてやろうか、コブに」

「遠慮しとくよ。そっちはどうだった」

「相当いらついてるようだ。ドア越しに、婆さんが喚《わめ》きちらす声が聞こえてきた。奴ら、手がかりがなくてあせっているらしい」

親父はミラーを見て、同じことを英語でいった。

「いい機会だ」

ミラーは頷いた。親父は電話の受話器をとりあげた。

「さて、今度は俺の番だな」

リムジンの自動車電話にかける。今度は、すぐに美形が出た。

「冴木だ。息子が帰ってこないが、まさか取り引きの条件をたがえたのじゃないだろうな」

親父は深刻な声でいった。

「おやおや、やっと連絡がついた、冴木さん。何せ、こちらからは連絡のしようがないので困っていたのですよ」

美形は、きのうまでとうってかわり、ぐっと余裕のある口調になっていた。

「リュウはどうした？」

「それが思わぬハプニングがありましてね」

「何だと」

「あなたも多分、ご存知の、イスラエルからの客人が、リュウ君を連れていってしまったのですよ」

「どういうことだ」

「私たちの打ちあわせの席に、突然、現われましてね。おそらく、あなたの住居を見張っていたのでしょう、力ずくでリュウ君を……」

「……」

親父は息を呑《の》んだ。電話のこちら側でも、その演技力は真に迫っている。

「近いうちに、リュウ君からそちらの連絡先を聞いて知らせが入ると思いますよ」

「そうなったら……絵は貴様らに渡せなくなる……」

「仕方ありませんな。今、会長とも話していたのですが、二十五億は捨てることになるかもしれない、と……」

「待て。リュウを助けだして、絵はそちらに渡す。だから安田さっきを殺すな」

「人聞きの悪いことをおっしゃらないで下さい。安田さんは、とてもお元気ですよ。ただ、こちらとしては、今のところ、何もすることがないので静観させていただくつもりです」

「貴様、リュウが連れていかれるのを、指をくわえて見ていたんだな」

親父は怒りのこもった口調でいった。

「お約束通り、私は身ひとつで参りましたから。あの場合、私にもどうすることもできませんでした。お気の毒と申しあげるほかないですな」

いやみたっぷりに、美形はいった。

「くそ。連絡するから待ってろ」

「お早めにどうぞ」

美形は電話を切った。

「次はあの婆さんだ」

親父はいって、受話器をおろした。

「どうやるの？」

「婆さんたちのいる部屋のドアに、俺はドイツ語で書いた伝言を貼りつけてきた。『セザンヌの件で話あり、Kホテルロビーにお出乞《いでこ》う』とな」

「何時に」

「今夜七時。それまでにミラーには、是蔵と話をつけてもらう」

親父はミラーに向き直った。

「ちょっと遅いが、日本式のランチをすませたら、コレクラに電話をかけてもらおうか」

「任せてくれ」

ミラーは落ちついた声で答えた。

「喜多の家」特製の弁当で昼食をすませると、親父は腕時計をのぞき、ミラーに頷いてみせた。ミラーは電話の受話器をとりあげた。さすがにプロだ。こちらが教えるまでもなく、美形が口にした番号を暗記していた。

「はい」

美形は今日いち日、自動車電話にはりついていたのだろう。すぐに電話にでてきた。

「先ほど会った者だ」

ミラーは英語でいった。

「どうなってる」

美形は急《せ》きこむような調子で訊《たず》ねた。

「まず、こちらの条件を聞け」

ミラーはぴしりといった。

「百ドル紙幣で百万ドルを用意しろ。もち運びしやすいように大型のトランクに詰めておくんだ」

「いつまでだ？」

「今夜十二時」

「無理だ！」

「では、絵は本国にもち帰る」

「ま、待て」

受話器から一切の物音が消えた。消音にして相談しておる様子。

「――二十万まではキャッシュで何とかなる。残りは小切手になるが」

「論外だな。取り引きはなしだ」

ミラーは受話器をおろす素振りを見せた。

「待て！　日本円でどうだ。今日のレートで八十万ドル分は、日本円で払う」

ミラーはつかの間、考えるように時間をおいた。

「……いいだろう」

「もうひとつ、頼みがある」

「何だ？」

「百万ドルとは別に、一千万エンを払うから、連れていった少年を我々に渡してくれ」

「だが、サイキとは、絵と交換に、という条件だ」

「そこをうまくやるんだ。絵を受けとって、少年も渡さずに逃げてくれ。サイキが邪魔をしたら、殺してもかまわない」

美形はとんでもないことをいい始めた。

ミラーはちらりと僕を見た。一瞬、どきっとしたね。ひょっとして、このおじさん、本気で百万ドルプラス一千万円の条件を、検討しているのではないだろうか。

「これは、私のボス、ミスター・コレクラの提案なのだ。もしそうしてもらえれば、ミスター・コレクラは、たいへん恩にきるだろう」

「少年をどうするのだ」

「ミスター・コレクラは、楽しみたい、といっている」

僕は、背筋ではなく、お尻《しり》が冷たくなるのを感じた。おぞましい爺《じい》さんだ。しかも、それを口にした美形の声には、明らかにジェラシーがこもっていたね。

「――うまくいけば、だ」

「サイキをその際に殺してくれれば、もう一千万払ってもいい」

「つまり、サイキを殺し、サイキ・ジュニアをそちらに渡せば、二千万のボーナス、ということか」

「そうだ。百万ドルは大金だが、それに十五万ドルが加わっても、多すぎるということはないぞ」

「……わかった。試してみよう」

ミラーは冷静な声でいった。

「で、取り引きの場所だが――」

「それについては、もう一度、こちらから連絡する。取り引きの時刻を十二時として、その一時間前までには、キャッシュを用意しておけ」

「わかった」

「そちらは、百万ドルを私に払ったとしても、当初よりは、五千万ドル以上安く、セザンヌを手に入れられるのだ、ということを忘れるな。決して損な取り引きではない筈《はず》だ。逆に、取り引きが失敗すれば、千六百万ドル以上を捨てたことになるのだぞ」

「あ、ああ」

「私をハメようなどとも考えるな。私の組織は、メンバーの死を決して忘れない。私が死ねば、君らはエルサレムからの暗殺者に一生、命を狙われつづけることになるのだ」

「あんたたちが執念深いというのは、知っている。裏切りはしない」

「よかろう。組織はまだ、私を全面的に信頼している。愚かな考えをもたないことだ」

ミラーはいって、電話を切った。

「最後のセリフは真実だったな」

親父はミラーにいった。

「その通りだ。我々は、敵国で処刑された仲間の死体をとり返すために、生きた捕虜と交換することすらある。そして、仲間が暗殺されれば、決してそれを忘れない。世界中、草の根をわけても捜しだし、やった人間に報いを与える。そのことが、たったひとりで国外活動をつづける私たちの心の支えになっている」

答えたミラーの表情は、冷徹なプロの行商人《スパイ》そのものだった。

3

夜になった。さんごはすっかり、ミラーになついたようで、ミラーに抱かれているとすやすや眠るのに、康子や圭子ママの腕にうつされると泣きだしてしまう。

「どうやら男好きらしいな」

いった親父は、康子にきつい目でにらまれた。

「リュウ、そろそろいくぞ。念のために、少しばかり変装しろ」

「どんな風に？」

「ホテルのロビーじゃ、学生服というのも変だ。その辺で眼鏡でも買って、頭をオールバックにしておけ。連中は東洋人の顔を見わけるのが下手だから、けっこうそれでゴマカシがきく筈だ」

「僕もいかないとマズいのかな」

「いざというとき、バックアップが必要になるかもしれん。ミラーはユダヤ人と見ぬかれると警戒心をもたれるしな」

「あたしもいくよ」

康子がいった。

「リュウひとりよりも、あたしが一緒なら目立たないだろ。場所もホテルだしさ」

「ついでに部屋とろっか」

「いいよ。あたしとママ、それにさんごのために、スイートとってもらおうか」

「勘弁して」

どうやら康子は、さすがに旅館暮らしにも似た「喜多の家」での毎日に飽きてきたようだ。

「よし、康子にはつきあってもらおう」

親父も、それがわかったのか、頷《うなず》いた。

セドリックに三人で乗りこみ、Kホテルに向かう。Kホテルは、ほんの目と鼻の先だ。思えば、このホテルの地下駐車場で、さんごが寝かされた車に乗りこんでから、すべてが始まった。

その地下駐車場にセドリックを止め、僕と康子、そして親父は、ふた手に分かれてエレベーターに乗りこんだ。

「恋人ごっこしようか」

康子の腕をとるリュウ君。

「だいぶ元気になったようだね」

康子はすんなり腕を貸しながらいった。

「見通しがたってきたからね。奴らをぶっ潰《つぶ》す」

「よかったよ。あんたがあのまま骨ぬきだったら、どうやって立ち直らそうか悩んでた」

「どうやるつもりだった?」

康子がじっと僕の目をのぞきこんだ。

むむっと思った。これは、ひょっとして、もしかすると、決意を固めておったのかも。リュウをオトコにするために、アタシがオンナになる、とか――。

そのとき、無情にも、チン、と音をたてて、エレベーターがロビーに到着し、ドアが開いた。

ネオ・ナチなんか、ほったらかして、このまま、上の階の、どこか静かなところに思わずいってしまいたくなったね。

だが、現実には、僕と康子は腕を組んだまま、ロビーに足を踏みだしていた。

ロビーは、中央に三本の太い柱があり、それを囲むように円形の革ソファがずらりと並んでいる。

真ん中の柱の、玄関に面した側に親父は腰かけていた。紺のダブルのスーツに、サングラスといういでたち。はっきりいって、夜の二流ホテルロビー、サングラスにダブルのスーツときたひには、マットウな稼業には見えない。

売れないジゴロか、三流芸能プロダクションのマネージャーといったあたり。

僕と康子は、さりげなく、柱をはさんだ裏側のソファに腰かけた。

「愛しあってるって風に見つめあったりして……」

康子は溜息《ためいき》をついて、目玉をぐるりと回してみせた。

「見つめあうのはいいが、それ以上は盛りあがるなよ。婆さんがヤキモチ焼いて、他の場所にいこうといいだすかもしれん」

親父が、前を向いたままいった。

「タフね。あんたたち親子って。相手は殺されかけた連中でしょ」

康子があきれたようにいった。

僕と康子は手を握りあったまま、ロビーをいきかう人々に目を配った。例によって、客の半数以上は外国人だ。

「もうちょっと大胆なカッコして、ディスコメイクしてきたら、おこづかいくれそうなおじさんがいっぱいいるぜ」

「上等じゃないか、こいつ」

康子は唸《うな》った。でも、実際、フツーのワンピース姿という康子に、物欲しげな視線を投げかけてくるオヤジの多いこと。

本物の、ではないにせよ、小金には不自由しない程度の、金持不良中年が、国籍不明の美女たちとカッポしておる。

七時少し前だった。ロビーの回転扉の前でタクシーが止まり、ハンナ婆さんがせかせかと降りてきた。窮屈げにシートにおさまっていたフリッツとハンスが、あとから降りてくる。

クッダサーイのハンスはどっちだろう。二人とも同じような紺のジャケットにグレイのスラックスという姿で、見分けがつかない。

婆さんは回転扉をくぐったところで棒立ちになった。親父がサングラスを外して、ふって見せたからだ。

婆さんは目をかっとみひらいて、親父を見つめた。順番に回転扉をくぐった、フリッツとハンスも婆さんのうしろで立ち止まった。

片方がさっと、右手をジャケットの内側につっこんだ。

それを見ていた康子の手が、ぎゅっと僕の手を握りしめた。

おいおい、いくら何でもホテルのロビーでぶっぱなすほど間抜けじゃないよね。

「……!」

婆さんがドイツ語で何ごとかを叫んだ。金髪の大男はしぶしぶ、空《から》の手をジャケットからひっぱりだした。

婆さんは、まっすぐに親父の方に歩みよってきた。僕はあわてて、背中を柱に押しつけた。Kホテルのロビーは照明が暗く、見破られる心配はないだろうが、用心にこしたことはない。

「…………」

婆さんがドイツ語で何かいった。親父が日本語で答えた。

「日本語にしよう。ロビーに、ドイツ人がいたら、かえって聞き耳をたてられるぞ」

「ハンス!」

婆さんはうしろも見ないで叫んだ。ハンスがすっとんできた。

婆さんは無言で指を一本立て、親父の隣をさした。

ハンスはすっと腰をおろした。

そのとき僕は、二人を見分ける方法を思いついた。

フリッツは、いつも、黒い鞄《かばん》をさげている。「サイキ・インヴェスティゲイション」を襲ったときも、フリッツが鞄をもっていた。

鞄を持ったフリッツは、婆さんが、指をちょいと動かすと、親父をはさむように、ハンスの反対側に腰かけた。

「最初に断わっておく。力ずくはなしだ。このホテルのフロントには、俺の知りあいがいる。もし、俺がこのロビーをひとりで出ていかなければ、警察を呼ぶ」

親父は意味ありげにフロントのカウンターに目を向けていった。

ハンスが素早くドイツ語に直し、早口で叔母《おば》に伝えた。

婆さんは、ぐいと頭をそらした。婆さんは親父の前に立ち、鋭い目をあたりに配っている。何も知らない人が見れば、敬老精神のない連中だと思うだろう。

この婆さんに関していえば、立たせていても、リュウ君の良心は痛まない。できれば、是蔵とこの婆さんをワンセットにして、鎖で縛って、どこか深い海にでも沈めてやりたい。

婆さんが小声のドイツ語で喋《しゃべ》った。

「アッカンボウハ、ドッコデスカー」

ハンスが通訳した。

「赤ん坊に用はない筈《はず》だ。あんたたちが捜しているのは、セザンヌの、水浴びをしている娘たちの絵じゃないのか」

ハンスがさっと婆さんをふり仰ぎ、ドイツ語に訳した。

婆さんの顔色は変わらなかった。ドイツ語でいう。

「エハ、ドッコデスカー」

「ミラーが持っている。モサドのエージェントだ。あの晩、俺たちを助けた男さ」

ハンスが訳すと、婆さんは無言で唇をかみしめた。

「だが奴は、それをイスラエルに持って帰る気はない。是蔵に売りつけるつもりだ」

婆さんの目が光った。早口でハンスにまくしたてた。

「ドーシテ、アナタハ、ソレーヲ、シッテイルノデスカ?」

「俺の息子が、あのあと、ミラーに誘拐された。ミラーは、息子と交換に絵を手にいれた。そしてそれを是蔵に売った金で、外国に逃げるつもりなのさ」

婆さんはハンスの通訳を聞くと、何ごとかをドイツ語で吐きすてた。ハンスが訳さなかったところを見ると、ユダヤ人に対する、人種差別的な発言のようだ。

「エハ、イマ、みらーガモッテイルノデスカ？」

「そうだ。奴が是蔵と取り引きをするのは、今日の真夜中だ」

「ドーシテ、アナタハ、ワレワレニ、ソレヲシッラセールノデスカ」

「俺は、ミラーの野郎に頭にきてる。是蔵にもだ。奴らにひと泡ふかせたい――」

「ヒットアワ、ナンデスカー」

「復讐《ふくしゅう》したいんだ。同じ敵をもっている俺たちは味方になれる。俺ひとりでは、奴らすべてを倒すというわけにはいかん」

ハンスが訳すと、婆さんは疑い深げに親父の顔をじっとにらんだ。

と、その目がひょいと親父の額を離れ、背後をうかがっていた僕に向いた。

とたんに、パチン、僕の頬が鳴った。

「ばかっ、どこ見てるのよ。あたしの話を真剣に聞いてよ！」

康子が叫んだ。

「ごめん、ごめん」

「もう、目を離すと、すぐほかの女の子を見るんだから」

ハンスが笑いの混じった声で、それを婆さんに訳すのが聞こえた。

婆さんがまず、フンと笑い、そのあとハンスとフリッツが、ホッホッホと笑った。

笑いがやみ、婆さんが何ごとかをいった。

「コレクラハ、ワッタシタチヲー、バカニシテイマス。ソノムクイハ、トウゼン、ウッケナクテハナッリマセーン。みらーモ、オナジデス。フタリニ、サイリョウノムクイハ、シヌコトデス」

「上等だ、やってくれ。俺も手伝う。それと、セザンヌがあんたたちの手に戻ったら、是蔵がミラーに払うつもりでもってくる金を、俺に分けてくれないか」

「イックラデスカー」

「百万ドル」

ハンスの言葉を聞いた婆さんがいった。

「イッチマンドル、アゲマス」

「一万？　たったの？」

親父は本気で情けない声をだした。

「アッナタハー、ホントウナラ、コノバデ、シンデイマス。イキテイラレ、ソッノウエ、オカネガ、ハイリマス。イッチマン、ヤスクアッリマセーン」

「俺を殺したら、今夜、是蔵とミラーがどこで取り引きするか、わからなくなるぜ」

婆さんがいった。

「ワッカリマシター、イッチマン、ゴセン」

思わず僕はずっこけそうになった。何としっかりした婆さんだ。

「このドケチ」

親父が思わず唸《うな》った。あわててハンスの腕をつかむ。

「いや、訳さなくていい」

「ハイ、ワカッテイマース。ワタシノ、オッバサーン、タイヘン、ケチ。ワタシタチモ、コノクニデ、クローシテイマス。ハヤク、どいつニカエッテ、オイシイモノタクサンタベテ、びーるタックサン、ノミターイデス」

何だか出稼ぎ外国人労働者のような、涙ぐましいことをハンスはいいだした。ハンナ婆さんとフリッツは冷酷な感じだが、このハンスは、どこか憎めない。

双子でも、性格にだいぶへだたりがあるようだ。

「オーケー、デハ、ワッタシタチヲ、トリヒキノバショニ、アンナイ、シッテクダサーイ」

「まだ時間がある」

「ダメデス。イッマスグデース」

厄介なことになった。

さすがの親父も困ったのか、黙りこんだ。

婆さんが何ごとかいう。

「アナタハ、マダ、シンヨーデッキマセーン。ワタシタチニ、シンヨーサレタイノナラ、ワタシタチト、コウドウヲトモニ、スッルベキデース」

「しかたがない」

親父は溜息《ためいき》をついた。

「取り引きが始まるまで、あんたらと一緒にいよう。ただし、場所はそのときまで教えないぜ。そっちがこちらを信用しないのなら、お互いさまだ」

ハンスが訳すと、婆さんが訊《たず》ねた。

「アナタノ、ムスコハ、ドッコデスカ？」

「安全な場所だ。父親としては、もうこれ以上、息子に危険をおかさせたくない」

ヨック、イウョーだ。僕は思わず、咳払《せきばら》いしたくなったね。

「――じゃあ、ここにずっといても仕方がない。前祝いを兼ねて、ビールでも一杯やろうじゃないか」

ハンスが嬉《うれ》しそうな顔になって、通訳した。婆さんが首を振って答える。

ハンスは寂しげにいった。

「アルコールハ、ダメ、デス。エヌ、トリモドスマデハ、キ、キンシュデス」

「じゃあ、お前さんたちは飲むな、俺は飲ませてもらう」

親父はいって立ちあがった。ロビー奥にあるバーに向かって歩いていく。あわてたように、ハンスとフリッツが追っかけた。

どうやら親父は、連中といっしょにいるしかないと、覚悟を決めたようだ。

「どうする？」

康子が僕に訊ねた。

「しかたがない。あとは親父に任せて、取り引き場所で合流だ」

僕はいって、立ちあがった。康子は不安げに、四人が入っていったバーの入口を見つめた。

「僕らふたりじゃ、ホテルのバーは目立ちすぎる」

「それはそうだけど……」

「大丈夫。親父はきっとうまくやるよ」

僕は康子の腕をとって、いった。

親父のセドリックは駐車場に残し、タクシーで「喜多の家」に康子と戻った僕は、片言の英語でミラーに事情を説明した。

ミラーは一瞬、顔を曇らせた。

「ハンナは、ひじょうに危険な人物だ。サイキから必要な情報を訊《き》きだせば、あっさり殺してしまいかねない」

「でも人目が多い、ホテルのバーじゃピストルはふりまわせませんよ」

「忘れてはいけない。ハンナは、銃など使わなくても、簡単に人が殺せる。あの女の指輪にはいつでも猛毒がしこんであるのだ」

「大丈夫かしら、リュウちゃん……」

圭子ママが青ざめた。

「大丈夫だと思うよ。それに、今、僕たちがへたな動きをしたら、計画が水の泡になっちゃうよ。心配は心配だけど、ここは親父の悪運を信じようよ」

「もし涼介さんが死んだら、わたし、この子を涼介さんの子だと思って育てるわ」

ママはケナゲな言葉をつぶやいて、さんごを抱きしめた。ここにもひとり、リョースケさんの子がいるのを、まるで忘れている様子。

康子がしかたない、というように首を振ってみせた。僕はミラーに訊ねた。

「コレクラには、いつ連絡をとります？」

「取り引き場所に、我々が先についてからだ。先回りをして罠《わな》をしかけられてはたまらない。サイキもきっと、ギリギリまでハンナに場所を教えないだろう」

僕は頷《うなず》いた。これから先、すべてはタイミングにかかっている。

「十時になったら、我々は出発する」

ミラーはいって、ハッチバックからおろしてきたスポーツバッグを開いた。

中には、消音器つきの拳銃《けんじゅう》、催涙手榴弾《しゅりゅうだん》、プラスチック爆弾などが入っている。

そこにミラーは、無造作に筒にしたセザンヌの絵をしまいこんだ。

「本物を持っていくんですか」

「罠の餌は本物でなくては効果がない」

僕の胸にふっと不安が芽生えた。ひょっとして、ミラーは本気で百万ドルプラス二千万円を手に入れようと考えているのではないだろうか。

もしそうなら、親父は毒針の餌食《えじき》、憐《あわ》れリュウ君は、是蔵豪三のなぐさみものだ。

そんなことにはなりませんように。

「時間だ、出発しよう」

ミラーが腕時計を見ていった。僕は肩をすくめ、さんごを抱いたママと康子に見送られ、ハッチバックに乗りこんだ。

4

親父とミラーが、是蔵とネオ・ナチグループを衝突させる舞台に選んだのは、川崎の、競馬場遊園地だった。

あの、リヴォルバー・スクリューのあるところだ。もちろん、今回は、あれに乗ることはない。だが、そうとわかっていても、正直いって、リヴォルバー・スクリューを含めたあらゆるジェット・コースターの半径百メートル以内には近づきたくなかったね。

「この辺で連絡をしよう」

ミラーは、首都高速道路の大師インターを出て少し走ったところで、車を止めた。

夜の埋立地に、ほとんど車はいない。

だが、二十四時間稼働している、埋立地のコンビナートにはこうこうと明かりがつき、煙突からもくもくと太い煙が吐きだされているのが見える。

人の姿がなく、光と炎、そして煙だけが存在する夜のコンビナートは、まるですべてがロボット化された未来都市のようだった。

ミラーは公衆電話ボックスから、リムジンの自動車電話を呼び出した。狭いボックスで、僕は受話器の反対側に耳を押しつけた。

「――はい」

美形が出た。ずっと電話が鳴るのを待っておった様子。

「金はそろったか」

ずばりミラーは訊ねる。

「用意した。どこに行けばいい」

「先日、君の部下と私が出会った場所だ」

「カワサキか」

「そうだ」

「わかった。今から出る。十二時までにはつくだろう。絵はどうした」

「ここにある」

「少年は」

いきなりミラーは、僕の喉《のど》を片手でしめた。僕は呻《うめ》き声をあげた。

「ここにいる」

「サイキは？」

「逃げたよ。だが、弾丸を腹にかかえている。朝までもたないだろうな」

「本当か!?」

「疑いは、裏切りの第一歩だ」

「いや、疑っているわけじゃない。よくやってくれた。感謝する」

「時間に遅れるな」

ミラーはいって電話を切った。

競馬場遊園地は、あいかわらず巨大な塀でとり囲まれていた。出入口の詰所に守衛はいない。

ミラーはぐるりと周囲を一周し、見とがめられそうな人や車がいないことを確認した上で、以前にも止めた、隣接する工場との間の細い通路にハッチバックを乗り入れた。そこから、塀のすきまを通りぬければ、遊園地の敷地の中に入りこめる。

車のエンジンを切って、しばらくあたりの物音に耳をすませ、ミラーはいった。

「我々が一番乗りだ。行こう」

僕は無言で頷いて、車を降りた。塀のすきまを通りぬけ、敷地の中に入った。

黒々としたジェット・コースターの軌道が高架に支えられて、波をうっていた。隣の工場のライトは、高い塀にさえぎられ、直接には敷地内に及ばない。

それを見たとき、僕は口の中の唾《つば》が音をたてて乾くような気がした。敷地内の空中にくねくねと浮かぶ軌道は、まるで機械でできた竜の肋骨《ろっこつ》のようだった。しかも、淡い影を地面に落とし、その周囲だけ、妙にいやな雰囲気が漂っている。

発着所のコンクリートの建物の中はまっ暗だった。

ミラーは右手にバッグをさげ、敷地のほぼ中央にたたずんで、慎重に見渡した。

コートのポケットから手袋をだして、両手にはめる。顔はまったく無表情だった。

「ど、どこで待つ？」

僕は訊《たず》ねた。喉がカラカラだった。

「あそこがいいだろう」

ミラーはいって歩きだした。発着所に向かっている。

行きたくない、という強い気持が、僕の体を金縛りにした。ミラーの背中はどんどん遠ざかって、闇に呑《の》まれそうだった。

しっかりしろ、僕は自分を叱咤《しった》した。このまま回れ右をして、サンタテレサアパートの自分の部屋に一目散に帰りたかった。

だがもしそうしたら、僕は永久に負けっぱなしだ。なんとしても、ここは踏んばらなければならない。

僕はガクガクする足を踏み出した。ここにくることはわかっていたのだ。なのに、リヴォルバー・スクリューをひと目見たとたん、足がすくんでいた。

ミラーの姿は、発着所の暗闇に消えていた。僕は深呼吸して、下腹に力をこめると、歩きだした。

歩きながら腕時計を見る。十二時までには、あと三十分しかない。

「こっちだ」

闇の中からミラーの声がした。発着所の内部ではなく、突きでた軌道の方からだった。

ミラーが立つ場所を見て、僕の心臓はちぢみあがった。軌道の上、テール・トゥ・ノーズで並んでいる空きコースターの最前部だった。

「この中に隠れていよう」

僕は目を閉じた。全身に冷たい汗が噴きでていた。そのコースターは発着所を出たところに止まっていて、今にも軌道をのぼり始めそうだった。

ミラーは僕の恐怖に気づいていたろう。だが、何もいわなかった。

なぜこんな場所で取り引きしようなどといったんだ——僕は親父とミラーを呪った。どこかほかの場所ならばよかったのに。

ミラーはそんな僕の気持におかまいなく、さっさとコースターの中に片足を入れ、二人乗りのシートに腰をおろした。

僕はもう一度深呼吸して、気持を整え、コースターの内部に入った。ミラーのかたわらにすわる。

無意識に手がバーにかかった、もし何かのまちがいでこのコースターが動きだしたら、僕はきっと叫び声をあげて、とびだすだろう。

「待つことはつらい。だが、この限られた平和な時間が、ひょっとしたら自分の人生の中で最後の静寂だと思えば、決して長いとは感じられなくなる」

ミラーが低い声でいった。

僕はバーから手を離し――これだけのことをするのにたいへんな努力を要した――、額の汗をぬぐった。右手の甲が、べっとりと濡《ぬ》れるのがわかった。

親父たちはいつ来るのだろうか。是蔵は果たして来るのか。

この計画がうまくいったとしても、まだ安田さつきを救う仕事が残されている。

僕は煙草を吸いたいのをこらえていた。この暗闇の中で、煙草の火は、遠くからも見える。それに煙の匂いも、敏感な人間には感じられる筈《はず》だ。

十一時五十分、

「来た」

ミラーが低い声でいった。鉄のゲートの向こうに強い光がさしたのだった。

ゲートのてっぺんにとりつけられた黄色い旋回灯が回りはじめ、敷地全体に反響する音とともに、ゲートが開いた。

ヘッドライトの光の束が、敷地を切り裂き、リヴォルバー・スクリューの軌道を浮かびあがらせた。

二台の車だった。リムジンとバンだ。バンの天井には強いスポットライトがとりつけられ、窓には金網がはられている。装甲車のようだった。

二台の車は砂煙を巻きおこしながら敷地内に入ると、左右に分かれた。ライトですみずみまで中を照らすように、ぐるぐると走り回る。僕も息を呑んでその光の行方を見つめた。光がコースターに向けられた一瞬だけ、頭を膝《ひざ》に押しつけて隠れた。

やがて二台の車は走行を停止した。スポットライトを消したバンのスライドドアが開き、戦闘服をつけた男たち六人が降りたった。皆、手に手にショットガンや拳銃《けんじゅう》を持っている。

リムジンのドアが開いた。美形が後部席にすわっていた。そして、男たちが、リムジンから車椅子をおろし、後部席にいたもうひとりの男をその上にすわらせた。

僕はその姿を見て、息を呑んだ。

〝万力〟だった。両足にギプスをつけている。撃たれてからまだ間がない、というのに、なんというタフさだ。きっと、僕ら親子に対する憎しみでこりかたまっているにちがいない。

二台の車は、発着所から十メートルほど離れたところに止まっていた。

美形がゆっくりと降りたち、兵士に指示を与えた。

兵士は二人ずつ組を作って、ひと組がゲートに走った。もうひと組は車のわきに残り、もうひと組が、まっすぐ発着所の方に歩みよってくる。

どうやら、まだ我々が来ていないとみて、待ち伏せをかけるつもりのようだ。

是蔵は来ていない。危険をともなう取り引きには立ちあわないというわけだ。

こちらに進んできた兵士は、発着所の内部に入った。二人の注意はゲートの方に向けられている。僕とミラーには気づいていない。

ミラーがうずくまったまま、バッグを開いた。中からプラスチック爆弾をとりだし、前方の軌道に巻きつけた。細いコードのような、アンテナ線のついた起爆装置を埋めこむ。

僕は美形を見つめた。美形は兵士を従え、腕を組んで、ゲートの方角を見守っている。

「ここにいろ」

ミラーは僕に囁《ささや》いて、バッグを手に立ちあがった。驚くほどの大胆さで軌道の上を、発着所の内側に向かって戻っていく。

全員の注意はゲートに向けられている。誰もリヴォルバー・スクリューの方を振り返ろうとしない。

歩きながらミラーは消音器つきの拳銃をコートからとりだした。ミラーの姿が発着所の内部に消えた。

一瞬後、発着所の内部で、くぐもった物音と呻《うめ》き声がした。

美形はまるで気づいた様子もなく、腕時計をのぞいている。

そのときだった。ガタン、と音がして、コースターが動き始めた。僕は思わず、バーをつかんだ。

カンカンカン、僕の乗ったコースターは上昇軌道をのぼり始めた。敷地にいた全員がリヴォルバー・スクリューを振り返った。

「おい！　何をしてるんだ⁉」

美形が怒鳴った。

ガタン、と音がして、コースターが止まった。上昇軌道の途中だった。まだ垂直とはいかないが、発着所からはかなり離れ、本体は斜め上を向いている。

ミラーが発着所の中から現われた。

「いたのかっ」

美形はミラーを見あげ、思わず日本語で叫んだ。そしてあわてて英語に切りかえた。

「いつからそこにいたんだ？」

「少し前だ。金は持ってきたか⁉」

ミラーは叫び返した。美形は不安そうに、ミラーの背後を見つめた。

「そこには、私の部下がいた筈だ」

「知らんね。金は持ってきたのか」

美形は一瞬くやしげに顔をゆがめたが、さっと右手をあげた。リムジンの中に残っていた運転手がトランクの蓋《ふた》を開いた。

そこには大型のスーツケースがふたつおさまっていた。

「絵と少年はどこだ⁉」

「そこだ」

ミラーは、僕の乗ったコースターを指さした。美形のかたわらにいた兵士が走りだそうとした。

「待て」

美形が制した。美形は僕の顔を認め、にやりと笑った。

「スーツケースをおろし、中を開いて見せろ」

ミラーがいった。美形は合図をした。兵士たちがスーツケースをひきずりだし、蓋を開いた。ぎっしり紙幣が詰まっていた。

「いいだろう。こちらに持ってこさせろ。ひとりで、だ」

美形はいまいましそうにミラーを見あげ、手をふった。

兵士のひとりが銃を仲間に預け、左右の手にひとつずつスーツケースをさげた。かなり重そうで、ひきずるように歩きだす。

「絵は確かにあるんだろうな」

「私が少年を連れてきたことが証拠だ」

スーツケースをひきずった兵士が、発着所の階段に足をかけた。

銃声が轟《とどろ》いた。ミラーがさっと発着所に隠れ、美形たちも車の陰に伏せた。

スーツケースを持っていた兵士が声もなく倒れこんだ。砂煙があがった。

「何の真似だっ」

美形が叫んだ。

「私ではない！」

ミラーが叫び返す。次の瞬間、連続した銃声が響き、リムジンの窓ガラスが砕け散った。

「あそこだっ」

兵士のひとりが叫んで、僕とミラーが入ってきた塀のすきまの方角を指した。ゲートの方にいた兵士が駆けてきて、三人の兵士がいっせいに火蓋《ひぶた》を切った。

ショットガンが轟音《ごうおん》をたて、銃弾が闇の奥に向かって何十発と撃ちこまれた。

美形が拳銃を手に長い詰襟の裾《すそ》をひるがえらせて走りだした。スーツケースのかたわらまできたところで、その周囲に銃弾が撃ちこまれ、思わず倒れこんだ。スーツケースの把手《とって》に手をかけながら、拳銃を発着所と僕の乗ったコースターに交互に向けた。

「罠《わな》にかけたな！」

激しい怒りの形相で叫んだ。

バンの中から新たに二人の兵士が現われた。全部で八人いたのだ。

二人はサブマシンガンを手にしていた。ひとりがバンの運転席にとびこみ、スポットライトの方角を変えて点灯した。

その光の行く手に、ハンスとフリッツ、ハンナ婆さんがいた。三人とも手に拳銃をもっている。三人は積みあげられた鉄材の陰から銃をぶっぱなしていた。親父の姿は見えない。

位置を変えようと立ちあがった兵士が、悲鳴をあげて倒れた。

バンの二人からサブマシンガンが発射され、鉄材に命中すると火花を散らした。

フリッツが鉄材の向こうから走りでた。走りながら拳銃を連射する。バンの兵士が肩を撃たれて、運転席から転げ落ちた。恐ろしいほどの腕前だ。

だが、フリッツを狙い、美形がありったけの弾丸を浴びせかけた。フリッツはドイツ語の叫びをあげて、ばったり倒れた。

婆さんが金切り声をあげた。美形めがけ、しゃにむに拳銃を撃ってくる。美形はそれを逃れるように拳銃を投げすて、発着所の階段を駆けのぼった。

ハンスが鉄材の陰から、手榴弾《しゆりゆうだん》を投げた。手榴弾はバンの下に転げこんだ。中にいた兵士がとびだす。

大音響とともにバンが吹っとび、炎に包まれた。

そのとき、鉄材のすぐ横まで回りこんでいた兵士のひとりがショットガンをハンスの背後から発射した。

ハンスは人形のように体を鉄材に叩《たた》きつけ、動かなくなった。婆さんがふりむきざまに、その兵士めがけ拳銃を撃った。ショットガンの弾丸を詰めかえようとしていた兵士は、仰向《あおむ》けに倒れた。

僕は発着所を振り返った。美形とミラーが操作盤の前にいた。美形はコースターを戻そうとし、ミラーはそれを止めようとしている。二人の足もとに兵士が倒れているのが、今度はスポットライトの明かりではっきりと見えた。

美形が詰襟の下に右手をさしこんだ。匕首《ドス》の刃が光り、ミラーがわき腹を押さえてよろめいた。ミラーは発着所の壁に背中を預け、拳銃《けんじゅう》を発射した。

美形の白い詰襟の背中に、ぱっと血の染みが広がった。

銃撃戦がおさまった。ハンナ婆さんが拳銃を投げすて、両手をあげたからだった。

兵士はまだ二人残っている。ほかに〝万力〟とリムジンの運転手がいた。

「殺しちまえ！」

〝万力〟が吠《ほ》えた。兵士たちは銃をかまえた。が、二発の銃声が轟き、二人とも銃を落として倒れた。

〝万力〟がゲートの方角を振り返った。

「冴木！」

叫び声があがった。親父がゲートの最上部に馬乗りになって、拳銃をかまえていた。

〝万力〟が倒れている兵士の手からサブマシンガンをひったくり、親父めがけ、乱射した。親父の姿が見えなくなり、僕は、はっとした。ゲートの向こう側に落ちたようだ。

「ざまあ見ろ！」

〝万力〟は笑い声をあげた。僕は発着所を振り返った。美形は操作盤につっぷし、ミラーは壁ぎわにすわりこむようにして動かない。〝万力〟は美形が撃たれたことに気づいていなかった。

「婆《ばば》あはどうした⁉」

〝万力〟が吠えた。ハンナ婆さんの姿が見えなかった。親父が現われたすきに、逃げだしたようだ。

「カズキ様！」

〝万力〟は叫んで、車椅子の手すりにつけたスイッチを操作した。砂煙をおこしながら、車椅子がすべるように進んだ。

「押せっ」

〝万力〟が命じ、リムジンの運転手が車椅子を押した。階段を登らせる。

「カズキ様！」

つっぷしている美形に、〝万力〟は悲痛な叫び声をあげた。そして僕をふり仰いだ。

「小僧！　そこにいろ。今、首の骨をへし折ってやる」

〝万力〟は何を思ったか、車椅子を、リヴォルバー・スクリューの軌道に進入させた。

僕は斜めになったコースターの中で立ちあがった。足がすくんでいた。地面まで、十メートル近くある。

〝万力〟は車椅子のスイッチを操作した。車椅子はモーター音をあげて軌道を駆けのぼった。

「お前など、腕一本で充分だわ」

車椅子が近づいてくると、〝万力〟は吠えた。そのとき、ミラーが右手をかたわらに落ちているバッグにさしこむのが見えた。

僕はコースターから前方の軌道にとびついた。次の瞬間、轟音とともに軌道にしかけられたプラスチック爆弾が爆発し、車椅子ごと〝万力〟が空中高く放りあげられた。〝万力〟の絶叫が、尾をひいて落ちていった。地面に叩きつけられる前に、車椅子はこっぱみじんになっていた。コースターがあとを追うように落下する。

そして、僕はといえば、空中で分断されたリヴォルバー・スクリューの軌道に、両手でぶらさがっていた。

恐怖の報酬

1

砂煙が目や鼻を襲い、僕は目をつぶった。ひゅうう、という風の音が耳もとを通りすぎていった。

ギシ、ギシギシッという音に、僕は再び目を開いた。

音は、僕のぶらさがる、リヴォルバー・スクリューの軌道から聞こえてくるのだった。

〝竜の肋骨《ろっこつ》〟は、振りあげた尾のように、空中で分断されていた。発着所からここまでのびた部分は、ミラーがしかけたプラスチック爆弾でふきとんでいた。

その上を車椅子で滑走していた〝万力〟は、地面に叩きつけられ、黒い染みと化している。

軌道は、二本のレールと、その間をつなぐ、枕木のようなスティールパイプからできていた。僕が今ぶらさがっているのは、そのパイプの部分だ。

パイプは、ほぼ五十センチおきにレールをつなぎ、僕の両手が握りしめているのは、ちぎれた部分の下から三本めだった。一番下のパイプは、僕の膝《ひざ》より少し上にある。軌道が僕の体重にもちこたえられるかどうかは、わからなかった。途中で折れれば、〝万力〟の二の舞で、地面にめりこむことになる。

競馬場遊園地に、静けさが戻ってきていた。燃えた車の残骸《ざんがい》、そこここに散らばった死体、それに何人かだが生き残った者のたてる呻《うめ》き声が低く聞こえる。

発着所の中の、ミラーと美形は、ぴくりとも動かなかった。ミラーは美形の刃《やいば》を、美形はミラーの銃弾を、互いに浴びたのだ。

親父は？

親父の姿を、僕は首をねじって捜した。

最後に見たとき、親父は、ゲートの最上部に馬乗りになっていた。〝万力〟の乱射を受けて、向こう側に落ちたような気がする。

両手が痺《しび》れだしていた。

どうやら、自力脱出しか、ないようだ。

僕は両腕に今まで以上の力をこめ、懸垂の要領でじりじりと体を持ちあげた。

膝が一番下のパイプにつきあたった。パイプの上に膝をのせ、ほっとひと息ついた。

これで、腕にかかる体重が半分になった。

そのとき、ガキッという音をたてて、膝をのせたパイプが外れた。手を休めようと、握りをほどきかけた瞬間だった。

　僕はうっと息を詰め、パイプをつかみ直した。左手が外れ、右手一本でぶらさがる格好になった。

　カラン。しばらくして、パイプが地面に落下する音が下方から聞こえた。

　全身にどっと汗がふきだした。

　これはないよ。銃撃戦をようやくのことで生きのびたと思ったら、皆が死に絶えたあと、ひとりで墜落死するなんて。

　何としても、生きのびてやる。

　僕は歯をくいしばった。とはいっても、もう右手は一本の棒のようだ。手首から先には、まるで感覚がない。

　左手で、レールの途中をつかんだ。汗ですべる。つかまっているのより一本下、顔の横にあるパイプに顎《あご》をのせた。左手をそこまですべらせる。

　今度は慎重を期して、耐えるかどうかを試した。大丈夫だ。

　目が痛くなり、涙がにじんだ。

　これだけの大騒ぎだったというのに、まだパトカーのサイレンすら聞こえてこない。

　左腕をつっぱり、そろそろと僕は上体を持ちあげた。

　垂直に近い上昇軌道は、ちょうど梯子《はしご》段のようだ。

　ギシギシッ、と再び音がした。

ようやくのことで、僕は両膝《ひざ》をひとつ上のパイプにのせるのに成功した。

長時間は、保《も》たないような気がする。ということは、梯子を登るように、この垂直軌道を登りつづけるほか、ないわけだ。

ジェット・コースター嫌いの僕が、コースターにも乗らないで、その軌道を手足を使ってよじ登るなんて――。

悪夢を通りこして、地獄だ。

人間、そうなると奇妙なもので、目の前のできごとがすべて、現実ではないように思えてくる。きっとこれは、脳が受け入れを拒否しているのだろう。

すべてが絵空ごとで、ここで手を離しても、どうということがないような気分になってくるのだ。

しっかりしろ、これは現実なんだ。この気持に負けたら、自分は死ぬんだ。

僕は必死で自分にいい聞かせはじめた。

嘘だ、こんなの何かのまちがいだ、手を離せばそれがわかる――もうひとりの僕がそうつぶやいている。そいつは、この現実に背中を向けて、おどおどとしゃがみこみ、つぶやいているのだ。

「冗談じゃない。死んでたまるか」

僕は言葉にだしていった。そういうことで、しゃがみこんでいたもうひとりの僕が、おずおずと立ちあがった。

「しっかりしろ、手を貸すんだ」

そいつがぶらさがっている僕を見つめた。首をふっていう。

『駄目だよ、無理だよ。死んじゃうよ』

「馬鹿っ」

僕は叫んで、次のパイプに右手をのばした。体をひきずりあげる。

『上にいくの？　嘘だろ。やめようよ。やめちゃえば、楽になるって。これが嘘だってこと、すぐにわかるって』

「嘘じゃないっ」

左足をパイプに巻きつけ、体を支えた。

登るんだ、登れ！

胸が苦しかった。腕だけではなく、全身が痛い。足も——太腿《ふともも》も、膝も、ふくらはぎも、足の裏さえ、痛い。背中が痛い、首が痛い、腰が痛い、胃まで痛くなってきた。

痛くないのは、あそこくらいのものだ。

不意に笑いがこみあげてきた。楽しいこととなると、まっ先に反応するくせに、命がけの苦しみには知らんふりをする。まったく、どうしようもない代物だ。だけど、これがついているかどうかが、まず、男の定義の第一なのだ。

両手両足は、その間も動いていた。決して下は見ない。見たくない。

そのとき、閃《ひらめ》いた。僕がジェット・コースターを嫌いになったのは、墜落するヘリに乗っていたからだが、結局のところ、高所恐怖症にとりつかれたからではないのだろうか。

とすると、このまま登りつづけ、上昇軌道のてっぺんに辿《たど》りつくのは、それを確かめる、絶好の機会というわけだ。

降りられなくなって、そこで夜を明かす羽目になるかもしれない。

次第に汗で掌《てのひら》がぬるついてきた。ときおり、足をパイプにからませ、スラックスで掌をぬぐった。軌道にはグリースがところどころ塗ってあり、それも手をすべらせる原因になる。

どれくらい、かかったろうか。

僕はついに、最上段に達していた。最上部は、コースターを、わずかの間だが水平にするための、平らな軌道がある。

そこに僕は倒れこむようにして、体を横たえることができた。

右を下に、右手と右足をそれぞれパイプにからませ、体を横たえた。息が荒く、顔が汗と油でべとべとになるのもかまわなかった。風が頬にあたり、気持がよかった。

しばらく、そうして僕は動けなかった。落ちないように、しかし、腰骨を楽にしようと、わずかに仰向《あおむ》けになると、夜空が目にとびこんできた。

星がいくつか見えた。広尾よりは、見える星の数が多いようだ。

そろそろと左手で煙草をとりだした。ここで一服つけなければ、つけるときがない。

ずっと煙草を吸いたかったのだ。

くしゃくしゃになっているマイルドセブンを指でしごいてまっすぐにし、くわえた。百円ライターの炎は、風でいくども消され、なかなか煙草につかなかった。

ようやくのことで火がつくと、僕は胸いっぱいに煙を吸いこんだ。

最高の味がした。

煙草を半分まで吸ったときだ。

「おーい、そんなところで何してる!?」

叫ぶ声が下から聞こえた。

僕は驚いて、煙草を落としそうになった。

親父が両足を開いて、発着所のところに立ち、両手をメガホン代わりに口にあてていた。

「父ちゃん！　生きて、いたのかよ！」

「死神が、気を悪くするようなことというな！　いつまでそこでのんびりしてるつもりだ？」

親父のダブルのスーツは、片方の袖《そで》がもげて、なくなっていた。それ以外には、たいした怪我も負っているように見えない。

「あと、もう、少し！」

「ジェット・コースター、嫌いだったのじゃないのか!?　まさかお前がそこにいると思わないから、倒れてるの、ひとりずつ仰向けにして捜したんだぞ‼」

本当かいな。ひょっとしたら、登っている最中の僕を見つけ、下手に声かけてもってんで、見守っていたのではないだろうか。

僕は吸い終えた煙草を地面に落とした。煙草は、赤い火の粉を散らしながら、二十メートルほど下の地面まで落ちていった。

不意に僕は、その眺めが、恐くないことに気づいた。

水平軌道の先は、約四十五度のらせんの下降軌道だ。コースターでのらせんは、恐怖を伴うが、手足を使っての下降は、上下につかまるものがあるぶん、梯子より楽になる。

事実、下りは、さほど恐くなかった。最下段は、地上約三メートルで、そこからぶらさがった僕は、難なく、着地することができた。

「上からの眺めはどうだった？」

かたわらに来た親父が訊《たず》ねた。弾丸がかすめたのか、頬に鋭い傷があった。

「最高。ジェット・コースター、好きになっちゃいそう」

僕は答えた。

2

僕と親父は、発着所からミラーの体を運びだした。ミラーは発着所の階段に横たえられると、弱々しく目を開いた。わき腹の刺傷からの出血は、ミラーのスラックス全部の色を変えるほど激しかった。

「どうやら……終わりの、ようだ……」

ミラーが小さな声でつぶやいた。

「残念だ。病院まではもたないだろう」

親父はいった。僕は思わず、親父の顔を見た。親父は無表情だった。

ミラーは頷《うなず》いた。

「ありがとう。よけいな慰めは聞きたくなかった。頼みがある」

「聞こう」

「絵を、まず、大使館に届けてくれ」

「わかった」

「それから、教えた番号に電話をして、私が死んだことを伝えてくれ。きっと……私の体を、祖国に、運んでくれる」

「約束する」

ミラーは微笑んだ。

「祖国で眠れるのなら、何も……恐くない」

親父は頷いた。

「あの……赤ん坊、名を……何といったかな」

「さ、さんごだ。コーラルのことさ」

「サンゴ……、美しい響き、だな」

ミラーは目を閉じ、いった。そして、長い溜息《ためいき》をついたきり、動かなくなった。

「父ちゃん……」

親父はミラーの顔を見つめていた。息をひきとった行商人《スパイ》は、おだやかな、大学教授か、芸術家といった顔だちになっていた。

やがて親父は、僕の方を見た。

「さあ、いよいよ決着をつけよう」

「是蔵の家にいくの？」

「そうだ。安田さつきを助けだす」

親父は、きっぱりといった。

僕と親父は、ミラーのバッグを手に、ガラスの砕けたリムジンに乗りこんだ。親父が乗ってきたセドリックはなくなっていた。ハンナ婆さんが乗り逃げしたのだ。

競馬場遊園地を出て、数百メートル走ったところで、パトカーとすれちがった。ようやく、通報がいったようだ。パトカーは、まだ一台。現場を見た警官は、きっと度肝をぬかれるだろう。まるで市街戦のあとのようだからだ。唯一無傷だった、リムジンの運転手は、親父に殴り倒され、気を失っている。

「ミラーは、結局、与えられた任務以外のことで命を落としたんだね」

僕はハンドルを握る親父にいった。

「そうだな。奴の任務は、絵をとり返すことだった。俺たちに協力を断わることもできたのだからな」

「後悔しなかったかな」

「奴がいったことを忘れたか。奴は、自分の行動に疑いをもちたくなかった。俺たちに協力しないことは、奴にとって自分を疑う結果になる。奴にとっては、あれが信念に基づいた選択だったんだ。結果、命を失うことになっても、奴は後悔しなかったろう。生きのびて後悔するよりも、奴は後悔しない方を選んだ」

「そういうのって、男らしいっていうのかな」

「男だとか女だとかには関係ないな。男であっても、後悔ばかりしている奴もいるし、女であっても後悔を嫌う人間はいる」

「じゃあ、何かな。勇気？」

「誇り、だろうな。人間として、自分を誇れるか、どうか。財産や地位を誇りに思う人間もいる。この場合は、自分の信念を誇りに思うことだろう」

僕は黙った。誰でも、自分を誇りに思いたい。だが、誇りの対象になるものを、自分の中から見つけだすのは、たいへんなことだ。また、その人その人が誇りに思っていることを、別の人間が理解するというのも簡単ではない。ミラーがどんな誇りを抱いて死んでいったか、いったい何人の人間が理解できるだろうか。

誇りをもつ、ということと、自分は大人物だといって威張るのは、まるでちがう。むしろ、本当の誇りとは、外からは決して見えないものなのかもしれない。

リムジンの自動車電話が鳴った。

「親父――」

「是蔵だろう。結果が心配になって、かけてきたにちがいない」

「どうする？」

「ここはほっておこう。奴を少し不安がらせてやろうじゃないか」

リムジンは、環状七号線を走っていた。既に世田谷区内に入っている。是蔵の屋敷は松原で、もうそう遠くはない。

「今度の信号で運転をかわれ」

「了解。道はわかるの？」

「だいたいな」

僕が運転をかわると、親父はミラーのバッグを膝《ひざ》にひきよせた。ミラーの銃に予備の弾丸を詰め、残っていたプラスチック爆弾をとりだした。

「検問にでもひっかかったら、えらい騒ぎだな。その次の信号を左だ」

親父はいいながら、プラスチック爆弾を、後部のシートの下に押しこんだ。

拳銃《けんじゅう》をスラックスのベルトにさす。バッグの中は催涙手榴弾《しゅりゅうだん》とセザンヌの絵だけになった。

やがて是蔵の屋敷が見えてきた。千坪はあろうかという、馬鹿でかい屋敷だ。テレビカメラをとりつけた高い塀が周囲にはりめぐらされている。

僕はリムジンを、屋敷の正面出入口につけ、クラクションを鳴らした。

正面出入口は、高さ二メートルほどの鉄製の巨大な門で、門柱にやはりテレビカメラがセットされている。

そのカメラがゆっくりと首を振り、リムジンのフロントグラスに向いた。親父は、筒にしてあったセザンヌの絵を広げ、フロントグラスに内側からぺたりと押しつけた。

ゴゴゴという音がして、鉄の門がスライドし始めた。カメラには、セザンヌがしっかりと映り、中にいる僕らの姿までは見えなかったろう。

「さて、腹すえてかかろうぜ」

親父はいい、僕はアクセルを踏みこんだ。

是蔵豪三の屋敷は、日本庭園によって区切られた、母屋と離れのふたつに分かれていた。その中間に、コンクリートを敷いた車寄せがあり、何台かの車が止まっている。庭に水銀灯が何本も立っているが、母屋の正面に、二基のスポットライトがあり、それがこうこうと車寄せを照らしだしていた。

リムジンが屋敷内に入ると、鉄門はすぐに背後で閉まった。

車寄せまでの一本道を進む間に、中から何人もの兵士たちが現われるのが見えた。車寄せに面した母屋の一階部分は、ガラス張りのテラスになっている。

僕は親父の言葉に従って、並んだバンやメルセデスの間に、リムジンを割りこませた。

あっという間に、銃をもった兵士たちが、リムジンをとり囲んだ。

親父は車を降りたつと、殺気だった兵士たちを見渡した。手にバッグをさげている。絵は再び、その中だった。

「是蔵のところに案内してもらおうか」

「カズキ様はどうした⁉」

拳銃を手にし、兵士たちの中央にいた男が怒鳴った。

「爺《じい》さんより、もっといい相手を見つけてな。そっちにクラがえした」

「何だと貴様！」

「頭に輪っかがついてる。背中に羽が生えてな」

男の目がくわっと広がった。

「なにっ」

今にも拳銃をぶっぱなしそうだ。

「こっちは約束通り、絵をもってきた。さっさと是蔵のところに連れていけ」

親父はぐっと声を落としていった。ナカナカの迫力。

男はいまいましそうに親父を見つめていたが、

「来い！」

と首を傾けた。

僕と親父は男に従って、母屋の方に歩みだした。兵士のひとりがリムジンの位置をかえようとドアに手をかけた。とたんに親父はいった。

「あ、その車は動かさん方がいい。プラスチック爆弾がしかけてある。下手に動かすとふっとぶぞ」

「ば、馬鹿な」

先に立って歩いていた男の顔色が変わった。

「本当だ。試してみるか」

「く……この……」

男は目顔で部下に合図した。部下がひきさがった。

「必ず後悔するぞ」

親父は肩をすくめた。

「爺さんもそういった。俺もこういうことにしている。俺とかかわると、皆《み》んな後悔するんだ」

「ぬ……」

「溝口！」

そのとき、母屋の二階にあるバルコニーから鋭い声が浴びせられた。

「何をしとる！　早く連れてこんか」

着物姿の是蔵豪三だった。

僕と親父は、母屋の一階にあるテラスルームで是蔵豪三と向かいあった。四十畳はあるテラスルームも四方に兵士が配置され、腰かけた是蔵の横に、溝口と呼ばれた男が立った。

是蔵が葉巻をくわえ、溝口が火をさしだした。是蔵はぷかりぷかりと煙を吐きだし、火口の具合を見てから、ようやく親父に目を向けた。

「儂《わし》の部下はどうなった？」

「全滅だ。ネオ・ナチと撃ちあいになってな」

「モサドの男は？」

「あんたのペットが殺した。もっとも奴も一発くらわしたがな」

「ハメたな、この儂を。モサドの男と組んで……」

「そういうことだ。ハメてやりたいと前々から思っていたんでね」

親父は悪びれもせず、堂々といった。是蔵の顔つきが変わった。鼻から大きく息を吐き、葉巻を床に叩《たた》きつけた。

「よっぽど殺されたいのだな！」

「絵を捨てるのか」

「そこにあるのだろうが。貴様を蜂の巣にしてからいただくわ！」

「そいつは無理だな。このバッグにも爆薬がしかけてある。開けようとすりゃ、絵ごとふっとぶぜ」

「その手はもう食わん。カズキがそれで一杯食わされたのを忘れたか」

それを聞いた溝口は唸《うな》り声をあげた。

「貴様！　俺をだましたな」

手にしていた拳銃で親父の頬を殴りつけた。鈍い音がして、親父の頬骨から血が飛んだ。

「どうかな」

親父はにやりと笑った。その笑いが消えないうちに、庭に止めてあったリムジンが轟《ごう》音《おん》をあげて爆発した。

「伏せろ！　リュウ！」

いわれる前に僕は伏せていた。テラスルームの窓ガラスが割れ、細かな破片となって室内に降りそそいだ。窓ぎわに立っていた兵士はもろにそのあおりを受け、反対側の壁に叩きつけられた。

爆発は一度では終わらず、二度、三度とつづいた。周囲の車にも引火し、ガソリンタンクを爆発させたのだ。巨大な炎が、二階の高さ以上に噴きあがる。

一番先に立ちあがったのは親父だった。手に腰からぬいた拳銃を握っている。ようやくの思いで親父に狙いをつけた溝口の右手首にその弾丸が命中し、溝口は呻《うめ》き声をあげた。

「さて、と！」

親父は頭をかかえてうずくまった是蔵を左手でひきずり起こした。右手の銃がさっと動き、ろくに狙いもせずにぶっぱなす。部屋の隅からライフルをかまえていた兵士が悲鳴をあげた。

ガラスの破片を浴び、僕も親父も是蔵もまっ白だった。下手に触ると、鋭い傷が両方につく。

「安田さつきの居場所に案内してもらおうか」

庭からも、屋敷のあちこちからも悲鳴が聞こえた。

テラスルームのドアを蹴《け》り開けると、是蔵をひきずったまま親父は銃をかまえた。

だが撃ってくる者は誰もいない。

「あいかわらず、あんたの兵隊は役に立たんようだな。逃げ回っているばかりで、誰も大将を助けに来ないぜ」

「うう……」

是蔵は呻いた。値のはりそうな着物にはびっしりとガラス片が付着し、首すじがそれでこすれて血まみれだった。

「安田さつきはどこだ」

「ち、地下室だ」

「連れていけ」

親父は是蔵をつきとばした。是蔵はよろめきながら、爆発の衝撃で家具が四散した廊下を歩きだした。

「逃げろ――」

「火事になるぞ――」

叫び声があちこちから聞こえる。ひとりの兵士が別の部屋からとびだしてきて、僕らの姿に気づいた。

「あっ、か、会長!」

駆けよったところを、うしろから親父に銃把で殴り倒された。

地下室は、母屋の廊下のつきあたりにある階段の下だった。鉄の扉がはまっている。

「儂は、鍵《かぎ》をもっとらん」

喘《あえ》ぎ、喘ぎ、是蔵はいった。

「どこにある?」

「溝口だ、溝口がもっとる」

「オーケー!」

僕はいって、廊下を走って戻った。テラスルームの出口までくると、当の溝口が、右手首をおさえて、よろめきでてきた。

「き、貴様……」

左手をスラックスにさしこんだ拳銃《けんじゅう》にのばす。

「忘れものしちゃって――」

僕はその顎《あご》にストレートを叩きこんだ。溝口は勢いで壁に後頭部をぶつけ、失神した。スラックスのベルトにチェーンで吊《つ》るした鍵束があり、それと拳銃を僕はいただいた。

廊下に、うっすらと白い靄《もや》のような煙が漂いだしていた。キナ臭い匂いもする。どうやら火事は本当のようだ。

地下室の入口まで階段を駆けおりると、僕は鍵穴に鍵をさしこんだ。

「よし、リュウ、中から安田さつきを連れてこい」

親父は階段の上に立って、僕にいった。

「了解」

僕は地下室の中にとびこんだ。

中は予想していたより広く、二十畳くらいあった。ところどころ、太い柱のような梁《はり》が天井から突きでていて、腰をかがめなければ進めない。その梁のせいで、天井の電球の光が地下室全体にはいきわたらず、ひどく暗かった。

「安田さん……安田さつきさん……」

僕は声をかけながら進んでいった。

地下室の一番奥に人影が見えた。両手を前で縛られ、目隠しをされた安田さつきだった。例の、だぶだぶの制服を着せられている。かたわらに、簡易式のトイレとパイプベッドがあった。

「誰？」

さつきは目隠しをされた顔を、僕の方に向けた。

「前に会った、都立K高の落チコボレ、冴木隆です。迎えに来ましたよ」

僕はいって、さつきに急ぎ足で歩みよった。さつきを立たせ、目隠しをとろうとする。

そのとき、カビ臭いばかりだった地下室の空気の中に、ふっと、塗り薬のような匂いが漂った。その匂いは、背後から流れてくる。

振り返ろうとして、突然、僕はわき腹に太い錐《きり》をさしこまれたような激痛を味わった。呻いて、前かがみになる。

「小僧……久しぶりじゃねえか」

髪をつかまれ、ひき起こされた。僕の体は凍りついた。

〝鉄〟だった。痩《や》せこけ、無精ヒゲがのび、目が落ちくぼんでいる。うすよごれた浴衣《ゆかた》から、大きな絆創膏《ばんそうこう》を貼った胸がはだけていた。入ってきたときは気がつかなかったが、もうひとつ、ベッドが地下室の隅にはあった。

「て、てめえたちに喋《しゃべ》った罰でよ、俺もここに閉じこめられてんだよ！」

〝鉄〟は、僕の腰から拳銃をひき抜き、僕の右目に押しつけた。

「だがな、これで罪ほろぼしができそうだな、会長に。え？」

〝鉄〟は苦しげに笑い、それから咳《せ》きこんだ。なんだか、時代劇にでてくるローガイ病みの浪人のようだ。

「上じゃ、何が起きてんだ？」

「自分の目で見たら？」

「よし、来い！」

〝鉄〟は、僕をひっぱって、地下室の入口まで進んでいった。

そこには、親父と是蔵が立っていた。

「か、会長！」

「〝鉄〟、よくやった。その小僧、放すなよ」

「父ちゃん――」

「どうなってるんだ？」

親父は眉《まゆ》をひそめた。是蔵が笑い声をあげた。

「冴木！　銃と絵をもらおうか」

「何てこった」

「父ちゃん、駄目だよ――」

僕は呟きこんだ。〝鉄〟が僕の喉《のど》を突いたのだ。あまりの激痛に、僕はしゃがみこんだ。

涙でにじんだ視界の中で、是蔵が親父の手から拳銃とバッグを奪いとるのが見えた。

「絵はこの中だな」

「そうだ、だが――」

「〝鉄〟、開けろ」

是蔵はバッグを〝鉄〟に投げた。そして親父を見た。

「お前のいったことが本当なら、お前のセガレも巻き添えをくうわけだ」

ガラス粉と血で、赤白まだらになった是蔵は唇を歪《ゆが》めた。

「会長、何のことです?」

「いいから早く開けろ! 中にセザンヌがある」

親父のこめかみに銃口を押しつけ、是蔵は命じた。

〝鉄〟は、拳銃を床におき、さっとバッグのファスナーを開いた。何もおこらない。

〝鉄〟は中からセザンヌをとりだした。

「あった! ありました、会長!」

〝鉄〟が叫び声をあげた。是蔵の唇がめくれあがった。銃をつかんだ右手をぐっとのばす。親父にいった。

「馬鹿が! 死ね」

銃声が轟《とどろ》いた。是蔵の目がぱっと広がった。着物に血の染みが広がる。

「ああ……」

是蔵は呻《うめ》き声をあげ、その染みを見つめ、背後を振り返った。

「か、か、会長!」

ハンナ婆さんが銃を手に仁王立ちになっていた。ひっつめていた髪はざんばらで、スーツのあちこちが破け、頬が黒ずんでいる。血走った目をかっとみひらき、まさに、西洋の鬼婆《おにばば》だ。

「……」

婆さんはドイツ語で何ごとかいった。言葉はわからないが、調子では、いい気味だ、とか何とかいったようだ。

是蔵はすとんとひざまずいた。

「会長!」

〝鉄〟が階段を駆けあがった。

「婆あ!」

婆さんは拳銃の引き金をひいた。カチリ、という音しかしなかった。どうやら是蔵を撃ったのが、銃撃戦で使い果たした弾丸の、最後の一発だったようだ。

〝鉄〟は、是蔵を撃たれた怒りに、銃を使うことも忘れ、右手でハンナ婆さんの喉をわしづかみにした。

「この婆あが。絞め殺してやる」

ハンナ婆さんの目が広がった。鉤爪《かぎづめ》のように曲がった指で、〝鉄〟の腕をひっかいた。

だが怒り狂った〝鉄〟はびくともしない。

ハンナ婆さんの左手が右手の指輪にかかった。ハンナ婆さんの両足は宙に浮き、ドンドンと床を蹴《け》っている。指輪の石が、ぱかっと外れ、下から二センチほどの鋭い針がとびだした。婆さんはその針を〝鉄〟の腕につきたてた。

「くっ」

〝鉄〟は呻いた。だが、手をゆるめなかった。婆さんは無茶苦茶に、いくども針を〝鉄〟の腕につきたてた。〝鉄〟の腕は血まみれになった。

やがて婆さんの目がくるりと裏返り、腕がだらんと垂れた。〝鉄〟が手を離すと、そのまま床に崩れた。

「ざまあ、見ろ……。会長――」

〝鉄〟は前のめりに倒れていた是蔵に駆けよった。是蔵はこと切れていた。

「リュウ、ずらかるぞ」

親父がいった。

「待て、逃がさねえ！」

〝鉄〟が立ちあがろうとして、足をもつれさせた。信じられないように瞬《まばた》きした。

「何だ……いったい、どうしたんだ……」

いくども刺されたので、神谷のときより毒のまわりが早かったのだ。〝鉄〟は床に手をつき、体をもちあげようとして、それがかなわず、是蔵の死体の上に折り重なって倒れこんだ。

僕はそれを見届け、地下室に走りこんだ。

安田さつきを連れ、親父と母屋をとびだした。庭園に人の姿はなかった。激しいサイレンを鳴らして、消防車がいく台も駆けつけていた。

庭園の裏手に見つけた通用門からぬけだした直後、爆発音にも似た轟音《ごうおん》とともに、是蔵豪三の屋敷は炎に包まれた。

3

「麻呂宇」のカウンターに圭子ママが戻って、三日後、島津さんが訪れた。島津さんは、初めて女性の部下をひき連れていた。三十歳くらいの、頭のよさそうな、そういう意味では色気に欠ける部下だ。とはいえ、意地が悪そうに見えるわけではない。

「麻呂宇」には、僕と親父、康子に、そしてさんごがいた。

「もう少し、地味な終わり方をしてくれると思ったがな」

島津さんは開口一番、親父にいった。

「お前に雇われたわけじゃない。頼まれたことは、きちんと果たした」

島津さんは頷《うなず》いた。

「それについちゃ、ほっとしている人間がいることだろう」

新聞では、是蔵の部下だった〝鉄〟が、是蔵に厳しくされたのに腹をたて、屋敷に放火して、自殺したことになっていた。

「ミラーの遺体はどうした？」

「イスラエル大使館がこっそりひきとった。絵はどうなった？」

「匿名で送っておいた」

親父は素っけなくいった。

「本当だろうな」

島津さんは厳しい声をだした。

「本当だよ。あたしが郵便局までもっていったから」

康子がいうと、島津さんは、ほっとしたように肩の力をぬいた。

「わかった。とにかく、日本の外交関係に、これで傷がつかずにすんだ。礼をいう」

「お前が感謝するのは筋ちがいじゃないか」

「じゃあどうしろというんだ。外務大臣に感謝状を書かせろというのか⁉」

「それも悪くない」

「冴木！」

「冗談だよ」

島津は大きく息を吐いた。かたわらの女性はぴくりとも眉を動かさない。なかなかの心臓だ。

島津さんは、

「あれを」

といって、その女性部下に手をさしだした。女性は、黒く四角いハンドバッグを開いた。サブマシンガンでも入りそうなほど、大きい。

出てきたのは、ケースに入ったビデオテープだった。

「是蔵の屋敷の焼け跡から、防犯カメラのビデオが回収された。警察が分析しているのを横からさらってきた」

当然そこには、セザンヌの絵が映っている。あるいは通用門から脱出する僕らの姿も。

「オリジナル一本だけだ。ダビングはされていない。感謝状のかわりにこいつでどうだ？」

親父は肩をすくめた。

「やむをえんな」

「それから、その赤ん坊だが、パリの日本大使館から外務省に連絡が入った――」

「駄目！」

声をあげたのは圭子ママだった。さんごを抱きしめている。

「母親が婚約を破棄して、育てたいといってきているそうだ。父親の露木も同意している」

「駄目よ、そんなの！　涼介さん、駄目！」

ママは激しく首をふった。目に涙をためている。

親父は無言でママを見つめた。しばらく、誰も何もいわなかった。やがて、親父が口を開いた。

「ママ……」

ママの頬に大粒の涙がころがり落ちていた。島津さんがいいかけた。

「申しわけありませんが――」

「お前は黙っていてくれ」

親父は低い声でいった。島津さんは黙った。

「――ママ、仕方がないんだ。この子は孤児じゃない」

ママはぽろぽろ涙をこぼしながら、抱きしめていたさんごをおろした。さんごは驚いたように目をみはっている。

「ばば、ばば」といった。

康子がそっとママの肩を抱いた。島津さんの部下が立ちあがり、ママからさんごを受けとった。

「条件がある」

親父がいった。

「何だ?」

「その母親に、この子が日本で死なず、病気にもかからなかったのは、日本人の女性ふたりが本心から可愛がったからだと伝えろ。そして、この子の成長の様子を、写真でいい、ここに送らせろ」

「わかった」

島津さんは頷いた。ママは静かに泣いていた。

「この子が、日本で、何と呼ばれていたかも教えてあげてください。きっと忘れてしまうだろうけど……」

「わかりました」

島津さんはいって立ちあがった。さんごを抱いた部下をうながし、「麻呂宇」を出ていく。

島津さんたちが車に乗りこもうとすると、康子がぱっと駆けだした。あの、籐《とう》のバスケットを忘れていたのだ。中には、「麻呂宇」の常連客がプレゼントした、ベビー服や、タオル、ぬいぐるみなどが詰まっている。

親父が長い溜息《ためいき》をついた。

バスケットを渡し、走り去る車を康子は「麻呂宇」の店先でじっと見送っていた。康子も泣いていた。

「康子、どっか連れていってやれ」

親父はいって、圭子ママに歩みよった。ママは親父の胸に顔をうずめた。

僕は頷いて、「麻呂宇」を出、康子のかたわらに立った。康子の手を握ると、康子は強く握り返してきた。

「ツーリング、いこうか」

「うん」

康子はうつむいたまま答えた。

「どこまでいく？」

康子は顔をあげ、涙に濡《ぬ》れた頰に笑みを浮かべた。

「さんご礁が見える海岸まで……」

ハードボイルドが誕生するとき
——大沢在昌ロングインタビュー

『野性時代』一九九四年七月号収録

ハードボイルド小説の本質

——大沢さんにとって小説を書くということは何ですか。それがなぜハードボイルド小説だったのでしょうか。

大沢　小説家になろうと思ったのは中学二年生です。しかも小説家になりたいというよりは、ハードボイルド作家になりたいと思っていました。僕の中では小説を書くということイコールハードボイルド小説を書くということでしたから。しかし、小説というものにも色々なスタイルがあるように、僕がいま書いているものが全てハードボイルドかというと、これは一概に言い切れないと思います。ただ、僕という人間が小説を書くときの根幹にあるのはハードボイルドで、ハードボイルドとの出会いがなければ間違いなく小説家にはなっていなかったでしょう。

――では大沢さんご自身のなかで、ハードボイルドというものをどのように捉《とら》えているのでしょうか。

大沢　僕の中でも解釈が拡大しているし、今まで以上にハードボイルドの定義というのは難しくなっていると思います。僕のハードボイルドの出発点というのはレイモンド・チャンドラーだから、やはりチャンドラーの小説世界のエッセンスが、ハードボイルドだという手応《てごた》えは僕の中に確かなものとしてあります。

最近「惻隠《そくいん》の情」という言葉を使うのは、作家としての自分が本質として持っているものに、感傷性に対するアンテナというものがあって、自分の小説を読むときも、ハードボイルド以外の小説を読むときも、その作品の中にある感傷性というものが、自分の心にどう伝わってくるかを、その作品に対する一つの判断材料としているような気がします。

だから僕がハードボイルド小説を定義するときには、感傷性の皆無な小説はやはりハードボイルドではない、と間違いなく言えるわけです。

非常に説明しにくいんだけど、僕の中でハードボイルド小説というのはすごく広い意味があって、例えば恋愛小説であろうと、SFであろうと、経済小説であろうと構わない。さらには作品に対する方法論であるとか、文体論とかでは決してないんです。むしろ物語を描いていって導き出されてくる主人公を含めた登場人物が自らに課した生き方が、ハードボイルドという感触を持つというか。それは一種のリリシズムみたいなものだと思うんです。だから主人公の性別や、時代設定にも制限がない。アクションシーンさえも場合によれば決して必要な条件だとは思っていません。

——では大沢さんの小説の中で惻隠の情、感傷性というものは、どのように表れていると思っていますか。

大沢　これは主人公がそれ以外の登場人物に対して哀れみを抱く場合もあるし、逆に読者が主人公に対して哀れみを感じるということもあります。また一人で戦い続けている主人公に限らず、別の登場人物に対して読者が惻隠の情を抱くこともあり得ると思います。ただし、哀れむというのは、基本的に強者が弱者に対して示す態度です。なのに、主人公は決して強者ではない。だから強者でもないのに、同情したり感傷に浸ったりするというところがハードボイルドの良さだと。絶対的な強者の立場から弱者を哀れむなら、それは小説としても面白くないでしょう。

アウトサイダーとしての主人公

——主人公が弱い立場にいるというのは、例えば鮫島《さめじま》が警察機構に対して、たった一人で戦わなければならない状況にあるとか、『B・D・T　掟の街』(双葉社刊、現在角川文庫)のケンが差別される立場の人間であることなど、宿命的にハンディを背負わされているということなのでしょうか。

大沢　僕はハンディを背負っているという捉え方はしていません。これはすごく大切なことなんですが、主人公がハンディを背負っているにも拘《かかわ》らず戦っているからハードボイルドだという考え方を僕はしていません。

例えば、『B・D・T』のケンが純粋な日本人ではないというのは、ハンディと考えるより、むしろアドバンテイジを持っていると考えたほうがいい。彼はアウトサイダーです。だからこそ多くの最大公約数的な価値観やルールに縛られず、自由に行動することができる。書き手としても思う存分に、しかも読者がカタルシスを感じられるように彼を動かすことができる。

しかも主人公たちは解き放たれていると同時に、彼らなりのひとつの価値観を確固として持っていて、決してそれを曲げようとしない。それが結果的に彼らを様々な冒険に巻き込むんだけど、どんなに障害があっても目指す方向に対して、進む努力をやめない。だからといって全く無傷のままではなく、ときには傷つくし、ときには回り道を選ばざるを得ないときもある。しかしそれを受け入れるだけの寛容さをもっているし、必要となれば正面から突破していくことも厭《いと》わないという。

だから主人公たちは非常に人間的な人間だと思うんです。決して超人ではないし、肉体的にも精神的にも傷つく部分をもっている。ただ傷ついたことで殊更に自分を哀れむことはしない。かといって自分は決して傷つかないという過信を抱いているわけでもない。だからごく普通の人間がハードボイルドの主人公としてふさわしいと思っているんです。

そのためには、彼らがなぜその行動を取らねばならないのかという動機を、書き手が明確にしていなければならないと思います。その動機をはっきりさせておかないと、普通の人間が死と隣り合わせの行動をとることに説得力がない。それによって、感情移入の度合いというのも大きくかわってくると思うんです。

しかも主人公たちの価値観や信念は、それぞれ違うから、失ってもいいものと失えないものが、必ずしも同じとは言えない。『B・D・T』の代々木ケンと『新宿鮫《しんじゅくざめ》』（光文社刊）の鮫島を比べた場合、鮫島のほうが遥《はる》かにロマンチストだと思うし、ケンのほうは自分の生き方や生い立ちに対して非常に執着している。だから動機を考えるうえで、主人公の設定というのは当然ながら重要ですね。

もっと言えば、『走らなあかん、夜明けまで』（講談社刊）の坂田という主人公は彼ら二人と比べれば遥かに普通の人物だし、迷っている。それはいまだかつて何かと戦うという動機を持ったことのなかった人間が、重要な書類を盗まれることによって、初めて戦わなければならない状況に巡り合ったからで、これが『B・D・T』の代々木ケンであったら平然としていたかも知れない。

作家として意識すること

──大沢さんは『新宿鮫』で化けたとよく言われていましたが、本質的に変わったと思える部分はありますか。

大沢　小説の作り方は、全く変わっていません。ただハードボイルド小説、特に僕の書いているものが、それほど多くの読者を得ていないという認識が僕自身の中で強かったことは確かです。それで実際に迷ったこともありました。

いま現在はどのように考えているかというと、僕の小説を信頼して読んでくれている人がいるという確信があるので、一見分かりにくいストーリー展開にしても、読者が必ず付いてきてくれるという自信、さらには多少回り道をしても、読者を裏切らずに最後まで読ませる自信がついたと言えるのではないでしょうか。

──では、読者に最後まで小説を読ませるために、特に意識していることはありますか。

大沢　やはり情景描写です。読者からまるで映画を見ているみたいだったと言われると、自分の選んだ方法論に納得しますし、良かったなとも思う。あとはスピード感。物語が始まってから終わるまで、アッというまに読んでもらうというのが、僕の書く小説が目指すところでもあります。

──確かに大沢さんの小説は映像的ですよね。

大沢　僕の小説の書き方というのは、頭の中に映画のスクリーンがあって、自分一人のために映画が上映されているんです。そのスクリーンを見ながら映像を言葉に移し替えているというのが、僕の小説の書き方なんです。

映像というのはたくさんの情報、光も音も、さらに言えば匂いまで、一瞬にして入ってくるから、それを漏らさないように書かなければならない。しかし、あまり執拗《しつよう》にディテールを書き込むと、今度は物語のスピードが阻害されてくるから、その兼ね合いはすごく難しいですね。

だから「大沢さんの本をじっくり一週間かけて読みました」と言われるとなんかちょっとがっかりして「大沢さんの本を気がついたら徹夜して読んでました」と言われるとすごく良かったなと思う。もちろん書きなぐったり、書き飛ばしたりしているわけでは全くないけれど、読んでいるときは疾走しているというか、主人公や登場人物と一緒に読者が走っている、気がついたらアッという間に走り終えてしまったというふうに思われる小説をこれからも書きたいと思っています。たまにはじっくり読んでもらいたい小説もあるけど、基本的には、結構難しいことが書いてあったけどアッという間に読めちゃったと、言われるのが一番嬉《うれ》しいですね。

――作家としての経験が新しい作品を生み出す契機になるかと思うのですが、大沢さんにとって、これだけは避けて通れなかったという経験はありますか。

大沢　そういうのってないんじゃないかな。つまり作家というのはじょうごみたいなものなので、自分の私生活も含めて、ものすごく大きなパラボラアンテナみたいなものを持っている。そこで個人的に恋愛や結婚、あるいは遊びから吸収する部分と、仕事として本を読んだり、映画や芝居から吸収する部分とあって、そこから得た情報が最終的に僕というフィルターを通して作品になると思っているので、特にこれはという経験はないですね。

作家になってからは、大きな賞をもらったり、本がベストセラーになったりという波はあったけど、それは小説を書いた結果やってきたものだと思ってますし。だから変わった変わったと言われたときも、じゃあ何が変わったのか、ましてや何が変えたのかということは、自分でも全然わからなかった。今でもそういう意味ではそれほど変化したという気はありません。

「仲間」という存在

――大沢さんにとって仲間とはどのような存在ですか。

大沢　難しいよね。基本的には来る人は拒まない体質だし、仲間以外のものを寄せつけないというのは大嫌いだから。

小説を書いている時の苦しみや悩みを話せるのは、やはり小説家の仲間にしかいないと思う。これは経験しているもの、同じ言葉、同じ課題を持っているものにしか分からないから。逆に、これが小説家の小説家たるゆえんだと思うんだけど、喜びというのはなかなか共有できない。僕が賞をもらった時、なんで俺じゃなくてお前なんだという気持ちを持った作家は少なからずいたと思うし、そういう気持ちを持ち続けているからこそ作家だと思うから。

小説家以外で言えば、編集者というのは商売上の契約相手であると同時に、作家とは違った意味で喜びや苦しみを共有できる存在だと思う。僕の作品や小説家としての体質を理解してくれて、わずかでも好きだと思ってくれる編集者はそばにいてもらいたいですね。そういう人たちがいないと、作家はより孤独だし、せつないと思う。

だから仕事から離れた友人とは違う付き合いをしています。そういう仲間と遊んでいる時は仕事の話は全くと言っていい程しません。

仕事でも遊びでも、基本的に前向きな人間が好きですね。自分の人生の中で何が大切で、また何が楽しいのかを知っていて、それを我慢せず忠実に行なっている人たちが。そういう人達と一緒にいるのが、僕にとっては一番貴重な時間だという気がします。

「書くこと」と「遊ぶこと」の関係

――作家にとって、遊びとはどの程度必要なものだと思いますか。

大沢　よく作家は遊ばなければ駄目だと言われてるけど、遊びを義務感でやってたら、それは遊びじゃなくて勉強だよね。俺は好きで遊んでるんだと思えなきゃ意味がない。女に関してもそう。女を知りなさいといわれて、無理に何人もの女と付き合っても、それは知ったことにはならないと思う。遊びたいという欲望がないと駄目だと思うんです。

その先を言うなら、ある年齢になってくると、疲れているにも拘《かかわ》らず、今日は大人しく休んでいればいいのに、なぜか遊びに行こうと思う瞬間があって、それは飲むでも、打つでも、買うでもいいんだけど、そういう時のほうが後になって、結構いい経験になったなと思えたりすることがあるんです。人間の不思議さを垣間《かいま》見るというかね。

人間は機械じゃないから、自分は白のつもりでいたら、いつの間にか黒になっていて、それがやけに心地よかったりとか、タイプじゃない女性になぜか心魅《ひ》かれたりとか、自分のスタンスが突然変わってしまうことがあると思うんです。

小説を書いていると、わりあい人間を型にはめやすい。しかも小説の中の人間は、必ず何かをしなければいけないという宿命を背負わされているから、現実の人間よりも遥かに論理的な行動をする。甘いものが嫌いだという人間に甘いものを食べさせるのにはよほどの理由付けをしない限り小説の中ではあり得ない。でも現実的には充分あることですよね。

そういう人間の論理が崩れた部分、曖昧《あいまい》な部分が見えなくなってくると、小説の幅というか、人間的な臭みというものが希薄になってきて、小説として面白くないものになってしまう。

白のつもりでいるのにだんだん灰色になってきて、気がつくと黒になっている。そういう人間を書くのは難しいけれど、小説としての幅や深みはでると思うんです。だからよりリアルな人間を書くためには、自分の中にある論理では理解できない部分を知っておいたほうがいい。

遊びをしなさいというのは、結局はそこなんじゃないかと思っています。ただ、結果はいつも後から付いてくるものだから、小説を書くために遊ぶというのはやっぱりおかしい。まあ、三十八歳の若造が、結論づけるのは早いでしょう。

——読者に対して何かメッセージはありますか。

大沢　自分が興味を感じるものを書くという姿勢は変わらないでしょう。どこまで読者が面白がって付いて来てくれるか分からないけれども、こうなったら覚悟を決めて書くしかないと思っています。面白がってくださいとしか言いようがないですね。

本書は一九九七年に講談社文庫として刊行された『アルバイト探偵《アイ》　拷問遊園地』を改題したものです。

アルバイト・アイ

誇《ほこ》りをとりもどせ

大沢在昌《おおさわありまさ》

平成26年 5月25日　初版発行
令和7年 5月30日　6版発行

発行者●山下直久

発行●株式会社KADOKAWA
〒102-8177　東京都千代田区富士見2-13-3
電話　0570-002-301（ナビダイヤル）

角川文庫 18553

印刷所●株式会社KADOKAWA
製本所●株式会社KADOKAWA

表紙画●和田三造

ISBN978-4-04-101405-9　C0193

◆◆◆

角川文庫発刊に際して

角川源義

　第二次世界大戦の敗北は、軍事力の敗北であった以上に、私たちの若い文化力の敗退であった。私たちの文化が戦争に対して如何に無力であり、単なるあだ花に過ぎなかったかを、私たちは身を以て体験し痛感した。西洋近代文化の摂取にとって、明治以後八十年の歳月は決して短かすぎたとは言えない。にもかかわらず、近代文化の伝統を確立し、自由な批判と柔軟な良識に富む文化層として自らを形成することに私たちは失敗して来た。そしてこれは、各層への文化の普及滲透を任務とする出版人の責任でもあった。

　一九四五年以来、私たちは再び振出しに戻り、第一歩から踏み出すことを余儀なくされた。これは大きな不幸ではあるが、反面、これまでの混沌・未熟・歪曲の中にあった我が国の文化に秩序と確たる基礎を齎らすためには絶好の機会でもある。角川書店は、このような祖国の文化的危機にあたり、微力をも顧みず再建の礎石たるべき抱負と決意とをもって出発したが、ここに創立以来の念願を果すべく角川文庫を発刊する。これまで刊行されたあらゆる全集叢書文庫類の長所と短所とを検討し、古今東西の不朽の典籍を、良心的編集のもとに、廉価に、そして書架にふさわしい美本として、多くのひとびとに提供しようとする。しかし私たちは徒らに百科全書的な知識のジレッタントを作ることを目的とせず、あくまで祖国の文化に秩序と再建への道を示し、この文庫を角川書店の栄ある事業として、今後永久に継続発展せしめ、学芸と教養との殿堂として大成せんことを期したい。多くの読書子の愛情ある忠言と支持とによって、この希望と抱負とを完遂せしめられんことを願う。

一九四九年五月三日